日本ジョンソン協会[編]

十八世紀イギリス文学研究

[第6号]

旅、ジェンダー、間テクスト性

開拓社

目　次

第一部　旅する 18 世紀文学

第 1 章　近代小説の誕生と日本表象
　　　　──サルマナザール、デフォー、スウィフト──
　　　　　…………………………………………………… 原田範行　2

第 2 章　中国の人口拡大と英国人口論争
　　　　──マカートニー使節団の伝える中国の両義性──
　　　　　…………………………………………………… 加藤弘嗣　23

第 3 章　*Humphry Clinker* におけるメタモルフォーゼ
　　　　──手紙における挿話に注目して──
　　　　　…………………………………………………… 林　智之　45

第二部　18 世紀的心性と女性

第 4 章　Female Gaze and Male Sensibility in *A Sentimental Journey*
　　　　　………………………………………………… Naoki Yoshida　70

第 5 章　バーボールドの擬人化されたネズミと動物福祉
　　　　　…………………………………………………… 川津雅江　93

第6章　セアラ・フィールディングの『デルウィン伯爵夫人』と
　　　　18世紀の友・敵・洗練
　　　　　………………………………………… 鈴木実佳　110

第7章　『マンスフィールド・パーク』の副読本
　　　　──『恋人たちの誓い』と『私生児』──
　　　　　………………………………………… 中村裕子　126

第三部　18世紀文学の間テクスト性

第8章　感傷喜劇のなかの大英帝国
　　　　──『西インド諸島人』試論──
　　　　　………………………………………… 佐々木和貴　148

第9章　ジョン・ゴールトと「理論的ないし推測的歴史」
　　　　──政治小説『メンバー』と『ラディカル』をめぐって──
　　　　　………………………………………… 金津和美　166

第10章　舞台と書斎からみるシェイクスピア
　　　　──シバーによる改作劇『リチャード3世』を中心に──
　　　　　………………………………………… 伊藤優子　185

第11章　古代近代論争におけるスウィフトの
　　　　ハイドロロジカル (hydrological) な風刺
　　　　　………………………………………… 下川舞子　203

Synopses …………………………………………………	221
索　引 …………………………………………………	237
執筆者紹介 ………………………………………………	247
編集後記 …………………………………………………	251

第一部

旅する18世紀文学

第 1 章

近代小説の誕生と日本表象
――サルマナザール、デフォー、スウィフト――

原　田　範　行

I　幻のボズウェル訪日計画――18世紀英文学と日本

　18世紀のイギリス文学に、日本はその微妙な表情をのぞかせる。読者にしてみれば、日本のことが分かっているようでよく分からない、しかし、よく分からないようでいて、ある種のリアリティを持っている――そんな存在として、である。例えば1772年3月21日のこと。久しぶりにジョンソン(Samuel Johnson)の書斎を訪れたボズウェル(James Boswell)は、冗談半分に、スコットランドのセント・キルダ島(St Kilda)を購入したいと思うと話した。ヘブリディーズ諸島(Hebrides)の西端にある小さな島である。チャールズ・エドワード・ステュアート(若僭王、Charles Edward Stuart)がカロデン(Culloden)での敗退後、この島に逃亡したとの噂があってイギリス軍が調査したところ、住民は、チャールズはもとより、時の国王ジョージ2世(George II)のことも全く知らなかったという。[1]ところが、冗談半分のボズウェルのこの計画に、ジョンソンは乗り気になる。「島民がもっと悪い奴らの手に落ちるのを防ぐためだ」というわけだ。意表を突かれたボズウェルは、「本気ですか？」とジョンソンに訊き返し、「あなたが日本へ行くことをお勧めになるのなら、私はそうすべきだと思っていますよ」と、やはり冗談半分に応じるのだが、時すでに遅し、ジョンソンはただ、「僕は本気だよ」とのみ答えたという。[2]この滑稽なやりとりの要所は、日本が、当時の一般的なイギ

リス人にとって、いな、ジョンソンやボズウェルのような知識人の間にあっても、セント・キルダ島と同じく空想とリアリティとが混在する島であったところにある。

　この二人のやりとりがあった前年の 1771 年 6 月に刊行されたトバイアス・スモレット (Tobias Smollett) の『ハンフリー・クリンカー』(*The Expedition of Humphry Clinker*) にも、日本が同じような姿を見せる。エディンバラ (Edinburgh) から友人フィリップス (Phillips) に宛てたメルフォード (Melford) による書簡の一節だ。メルフォードは伯父ブランブル (Bramble) の妹タビサ (Tabitha) のスコットランドをめぐる知識があまりに貧弱であることを、「スコットランドには海からしか行くことができない、と彼女は考えていた」と伝える。ここでメルフォードは次のように書き添えている。「ブリテン島の南半分の人々は、スコットランドのことを、日本と同じくらいほとんど知らないのだ。」[3] タビサのスコットランドに関する無知はいささか誇張されているとしても、ここに突然、比較の対象として日本が登場するのは奇妙である。奇妙ではあるが、少なくとも、そういう形で日本が当時の一般のイギリス人の意識の端に浮かび上がる存在であったことは、いちおう承知しておく必要があろう。スモレットがこの 2 年前に刊行した『アトムの物語と冒険の数々』(*The History and Adventures of an Atom*) で、日本を作品の舞台にするなど、一定の関心をこの極東の島に持っていた作家であることを勘案するとしても、である。

　18 世紀イギリス文学において日本は、なぜこうした虚実綯い交ぜの相貌を見せるのか。マルコ・ポーロによる「黄金の国」伝説はともかく、イギリスにとって日本は、17 世紀前半にはジェイムズ 1 世 (James I) と徳川家康が親書を交わし、ウィリアム・アダムズ (William Adams) が家康の外交顧問となって、東インド会社が商館を平戸に設けるなどした相手国である。ところがその後、特に 1673 年のリターン号事件以降、外交も貿易も両国の関係はほぼ断絶する。人とモノの交流のない、ほとんど歴史的記憶のみによる日本表象がイギリスで跋扈したというわけだ。もちろん、経済的にも軍事的にも、当時のイギリス政府が対日関係に無策であったというわけでは必ずしもな

い。例えば、1792年、清朝中国の乾隆帝との謁見を果たしたジョージ・マッカトニー（George Macartney）の使節団は、当初、日本訪問を予定していた。だが、本国の対仏関係悪化を受けてこれを断念してしまう。結局、虚実綯い交ぜの日本表象は、イギリスの中国進出が本格化し、日本をめぐる国際情勢が大きく変化する1830年代まで続いたと言えよう。[4]

　18世紀イギリス文学研究において興味深いのは、こうした虚実綯い交ぜの日本表象が、イギリスにおける小説という表現手法の誕生の時期と重なっていて、そうした日本表象が、時に重要な意味を有していたのではないか、と思われる点だ。18世紀後半のスモレットやジョンソンの場合は既に触れた通り。だが、特に18世紀初頭の30年間、すなわち、リターン号事件のような日英両国の現実的交渉の残影があり、また17世紀末に実際に訪日し、徳川綱吉との謁見も果たしたエンゲルベルト・ケンペル（Engelbert Kaempfer）の『日本誌』（*The History of Japan*）のような実録の英訳版も刊行される中にあって、しかし他方、イギリスにおける日本の記憶が次第に虚構化していく時期の日本表象は、とりわけその微妙で多様な姿をイギリス文学に映し出しているように思われる。[5] 本論ではこの時期にいずれもロンドン（London）で刊行され、日本表象を豊かに含む三つの名作を取り上げ、その日本表象の性格を分析することで、これらの作品を中心に日本表象がイギリス小説の勃興に与えた影響を考察しようとするものである。三つの作品とは、すなわち、ジョージ・サルマナザール（George Psalmanazar）の『フォルモサ』（*Formosa*）、ダニエル・デフォー（Daniel Defoe）の『ロビンソン・クルーソー』（第2部、*The Farther Adventures of Robinson Crusoe*）、ジョナサン・スウィフト（Jonathan Swift）の『ガリヴァー旅行記』（*Gulliver's Travels*、正式なタイトルは『遠く離れた国々への旅』（*Travels into Several Remote Nations of the World*））である。

II　〈騙り〉のための日本表象──サルマナザールの『フォルモサ』をめぐって

　サルマナザールの生い立ちについては、いまだに多くの謎に包まれてい

第 1 章　近代小説の誕生と日本表象　　　　　　　　　　　　　5

る。[6] 生まれたのは 1679 年から 84 年頃で、場所は南仏のラングドック (Languedoc) かプロヴァンス (Provence) あたり。ドミニコ会やイエズス会などの学校で教育を受け、早い時期から語学の才能を示したらしい。7 歳か 8 歳の頃にはラテン語を習得。その後、英語を身につけ、アイルランドの巡礼者になりすましてローマ (Rome) へ旅しようとするものの、たちまち偽装が発覚。ここで一計を案じた彼は、日本人でキリスト教に改宗したとの触れ込みで振る舞うようになる。本格的なペテン師人生のはじまりだ。結局ローマ行きを断念し、代わりにドイツ諸侯国を放浪した後、オランダに姿を見せたのが 1702 年頃。オランダでは商売をしたり軍務に服したりしたこともあったという。ここでスコットランド人聖職者アレグザンダー・イネス (Alexander Innes) に出会い、「ジョージ・サルマナザール」として英国国教会に改宗。サルマナザールとは、旧約聖書の「列王記」(下、第 17 節) に登場するアッシリア王の名前のもじりであろう。当時のヨーロッパにあって、日本よりもさらに情報の少ないフォルモサ（台湾）人になりすますことにしたのは、この頃のことであった。イネス一行とともに彼がロンドンにやって来たのは 1703 年暮れである。

　奇抜な振る舞いが功を奏し、サルマナザールは一躍、ロンドンの有名人となった。王立協会の公開質問の場に召喚されたり、オクスフォード大学で講演をしたりしている。『フォルモサ』がロンドンで出版されたのは 1704 年。仏訳や独訳もただちに刊行された。[7] だが、ペテン師人生もそう長くは続かない。早くも 1706 年には、詐称していたことを告白する。ここでいささか奇妙なのは、彼を厳しく糾弾したり処罰したりといった動きがほとんど見られなかったことだ。結局彼は、後半生を、国教会の聖職者として、またグラブ・ストリートの三文文士として送ることになる。寄稿していたのは、主に『ユニヴァーサル・ヒストリー』(The Universal History) 誌。1732 年には、サミュエル・パーマーとの共著『印刷史』(A General History of Printing) も刊行している。グラブ・ストリートの三文文士としてジョンソンとも親交を結んでおり、ジョンソンは生涯、この年上の友人に対する敬意を忘れなかったという。[8] この世を去ったのは 1763 年。没後、回想録が刊行されたが、本

名などはそこでも明らかにしてはいない。

　このような人生を送ったサルマナザールが、いったいなぜ『フォルモサ』を著し、18世紀初頭の数年とはいえ、実録としてこれをロンドンおよびその他の地域で広め、一世を風靡することになったのか。1703年暮れにロンドンに現れた彼が、その翌年には、八折本で約300頁を書き上げていること、複数の執筆者による合作のような痕跡はあまり見られないこと、などから考えれば、彼はかなりの速度で本書の執筆を進めたと思われる。彼が最初は日本人と称しながらも、その後、より正体が判明しにくい台湾人と偽るようになったことについては先に述べた。実際、日本や中国に関する文献は、18世紀以前のロンドンにも少なからず流布していたが、台湾となると、地図以外の情報はそれほど多くはなかったようだ。[9] 限られた知識と自らの想像力で一気呵成に〈騙り〉を仕上げようとする彼にとって、実録的参考文献の少なさはむしろ幸いしたのである。執筆動機についても謎に包まれているのだが、ロンドン主教ヘンリー・コンプトン（Henry Compton）に宛てた『フォルモサ』の献辞によるならば、人々が自分の話に興味を持ってくれていることから、巷に流布している、主にイエズス会士がもたらした台湾に関する誤った話を一掃し、正確な情報を伝えたいと思った、ということになる。もちろん『フォルモサ』は〈騙り〉であるわけだから、「正確な情報」という体裁で自らの創作、ないしは当時のヨーロッパ社会に対する諷刺を世に問いたいと考えた、ということになる。

　台湾に関する本格的な記述が当時のロンドンではほとんど見当たらず、そのことがサルマナザールの『フォルモサ』執筆に幸いした、と先に述べたが、実際には、フォルモサの地理、歴史、生活習慣を、サルマナザールは、常に日本および中国を参照軸として記述している。献辞の冒頭からして、次のような調子だ。

> ヨーロッパの人々は、日本について、そして特にわが島フォルモサについて、まことに曖昧でいろいろなことを言っておりますので、どれをとっても、到底真実とは思えないでしょう。しかしなぜこのようなことになっているのかと

第 1 章　近代小説の誕生と日本表象

言いますと、私の理解するところでは、どうやらイエズス会士たちがかつて多くの話をでっち上げ、嘘偽りを人々に吹聴したためのようであります。彼らはそうした卑しき行いのつけを十分払ったと言えましょう。卑しき行いがゆえに、彼らは日本では、当然ことながら厳しく迫害されましたから。そのようなことから私は、出版物を出してフォルモサ島についての短い説明をし、なぜ、この忌まわしき集団が、そしてキリスト教徒だと誓ったすべての人々が、結局、イエズス会士とともにこの島を追われることになったのか、その理由を述べても受け入れられぬものではあるまい、と考えるに至ったのです。(献辞第 2 段落)[10]

　ヨーロッパでも広く知られていた日本のキリシタン迫害に材を得、そこにイギリス国教会におけるイエズス会への反感を織り込み、自らは、日本のことではなく「日本に従属する島」である台湾のことを語る――サルマナザールの『フォルモサ』が読者に受け入れられた理由の一つは、このような形で虚実を混ぜ合わせた、その巧みな創作手法にある。日本への言及は、いわば空想をリアリティに繋ぎとめる役割を果たしていたと考えられるのである。
　身近な、比較的よく知られた事柄から出発して自らの空想を語る、あるいは、空想をあたかも現実であるかのごとく語りつつ、それが怪しくなってくると、途端に身近なリアリティを持ち出して煙に巻く、というこの手法は、例えば、彼の人称の使い方にもうかがえる。次の引用は、台湾の地理的説明をしようとする場面だ。

　　フォルモサの北側、200 リーグほどのところに日本があり、また中国は、フォルモサの北西、約 60 リーグである。(中略) フォルモサ島は、南北の長さが約 70 リーグ、東西の幅が 15 リーグで、周囲は 130 リーグ以上に及んでいる。(中略) われわれの場合、雨は冬になるまで降らないが、降り始めると、2、3 か月は続く。(中略) 私は数学を習ったことがないので、フォルモサがどの辺の緯度にあるのか、はっきりしたことは申し上げられない。実際、ヨーロッパの地理学者たちでさえ見解は一致していないが、多くは、北回帰線直下であるとしており、たしかに夏至には太陽が真上に来るので、それが正しいのかもしれない。(2–3)

最初は「日本」や「中国」、「フォルモサ島」など、固有名詞を主語にして、疑う余地のない事実であるかのように語り始める。実際、これは当時の地図を見れば確かめられることで、日本が台湾の北200リーグのところにあると言っても間違いではない。ところが、気候のことになると、実際にフォルモサへ行ったことのないサルマナザールは、weという1人称複数を使い始める。そして緯度のことになると、数学を習ったことのない私には分からないといって、Iを持ち出す。このIに、「ヨーロッパの地理学者たちでさえ見解は一致していない」という強力なリアリティを結びつけ、そうすることで記述全体の信憑性を高める、という仕掛けだ。

サルマナザールが詐称していたことを告白した後も、しばらくは各種の言語解説書などに引用されていたというフォルモサのアルファベットについても、[11] 彼は、巧みにリアリティの間隙を通過させることで自らのフィクションをリアルに語っている。傍らに「フォルモサのアルファベット」なる表を添えて彼は言う。

> 日本の言語が中国やフォルモサのものと異なっている理由は次の通り。つまり、日本人は、中国に反抗して大陸を離れ、いまの日本列島に定着したので、中国を憎み、言語、法律、宗教、習慣など、中国と共通しているあらゆるものに変更を加えた。その結果、日本語と中国語は似ても似つかぬものとなったのである。ところで、フォルモサに初めて住み始めたのは、その日本人たちであり、彼らがもたらした言語は、今やフォルモサにあって、かなり洗練されたものとなっている。ただし、フォルモサ人は、日本人がもたらした言語の純粋性を変えることなく維持しているのだが、日本人の方は、自分たちの言語に常に変更を加え、日々改良しようとしている。(123)

ここでサルマナザールが言わんとすることは、要するに、台湾の言語が、現在使われている日本語や中国語とは異なっているということだ。だが、そう言ってしまえば、化けの皮が剥がれやすい。だから、日中の対立や、日本語とフォルモサの言語とが分離したという、ありそうな歴史的経緯を持ち出す。ほとんどの読者は、台湾どころか、中国にも日本にも出かけたことはないの

だから、「そうかもしれない」と思わざるをえない。日本を持ち出すことで〈騙り〉を語りとして機能させる——日本表象は、『フォルモサ』を支える重要な参照軸となっていたのである。

III　クルーソーはなぜ日本訪問を取りやめたのか？——デフォーのリアリズム戦略

　1719年4月に出版した『ロビンソン・クルーソー』(The Life and Strange Surprizing Adventures of Robinson Crusoe) が広く江湖の読者に迎えられ、瞬く間に4版を数えるに至ったことに気を良くしたデフォーは、周知の通り、同年の内に『ロビンソン・クルーソーの更なる冒険の数々』を刊行する。[12] この第2部も、第1部と同様、クルーソーの1人称語りで進行するが、今回は、クルーソーの甥が登場して船を指揮し、そこにクルーソーとフライデー (Friday) が乗り込むという形で物語が始まる。かつてクルーソーが暮らした無人島を再訪した後、一行はブラジルへ向かうのだが、その途中でフライデーは戦死。その後も多くの困難に直面するがこれを克服しつつ、ブラジルからマダガスカル、カンボディア、台湾を経てようやく中国に上陸。今度は、陸路、中国からロシアを経てイギリスへ戻るという、10年あまりの壮大な冒険と交易の記録である。クルーソーは台湾にも立ち寄るのだが、その記述はわずかに一段落のみ。デフォーが参照したと考えられる既存の旅行記等の全容はなお必ずしも明らかではないが、サルマナザールの『フォルモサ』については、ほとんど無視していたと考えてよいであろう。[13]

　だが日本表象は、クルーソーの中国上陸以降、この物語の展開に一定の役割を果たしていると見ることができる。というのも、クルーソーは、一時期、中国から日本へ渡ることを企てて船員たちに相談し、その結果、クルーソー自身は日本行きを断念するものの、途中で別れた甥が従僕として残して行ったクルーソーのお気に入りの青年が代わりに日本へ向うことになるからだ。この青年は、「およそ8年後には大金持ちになってイングランドへ帰国した」(172) とあり、[14]「そのことは折をみて述べよう」(172) と記しているくらいだから、更なる物語の可能性さえあったとも言えよう。ではなぜ、クルーソー

自身は、日本へ向かわなかったのか。

　もちろん、幾つかの理由を考えることができる。中国上陸時のクルーソーの共同経営者が、「日本人は嘘つきで残酷で陰険な国民だ」（170-71）と反対し、その一方、件の青年がうまい具合に日本行きを申し出た、というわけだから、ストーリー展開はごく自然である。中国での顛末は、そもそも第2部のかなり後半になってからのことで、イギリスに帰りたいという希望を強く持っていた主人公をさらに別の冒険に向かわせるほどの余裕がなかった、と言えるかもしれない。もっとも、作者が最初から日本のことを念頭に置いていたとすれば、第2部におけるクルーソーの行程は全体的に異なるものになっていたはずで、そうであるとすれば、デフォーは、まさにクルーソーに語らせているように、日本紀行を別の機会に別の形で扱うと考えていたとみるのが妥当かもしれない。日本のことをまったく念頭に置いていなかったとするのは、例の青年とのやり取りに精彩のある描写がなされていることなどから見ても、いささか無理がある。

　クルーソーの日本行き断念、というよりも、こうしたデフォーの日本描写断念の背景には、デフォーの想像力を満足させ、その創造力を十分に機能させるような、日本に関する実録が十分に彼の手元にはなかったため、と考えることもできよう。実際、デフォーの生前の蔵書には、アルノルドゥス・モンタヌス（Arnoldus Montanus）の『東インド会社遣日使節紀行』（Gedenkwaerdige Gesantschappen der Oost-Indische Maetschappy aen de Kaisaren van Japan）を除くと、日本関係の文献はほとんどない。[15] これに対して、例えば中国の場合、デフォーには、アダム・ブランド（Adam Brand）が1698年に刊行した『イヴァン、ピョートル両ロシア皇帝派遣使節団訪中記』（A Journal of the Embassy from Their Majestic John and Peter Alexievitz）のような参照すべき詳細な実録が、実は手元にあったのではないか推測されている。[16] ブランドは、北京到着の場面は次のように記している。

　　中国人の生活様式や習慣、宗教などについて読者に詳しく語るべきだと思うのだが、ここでは、中国帝国およびペキンと呼ばれている首都についての一般

第 1 章　近代小説の誕生と日本表象　　　11

> 的な説明をするに留めておきたい。中国の強力な帝国について、外国人の間では、幾つかの名前で呼ばれている。(略) 中国人自身は、これを多くの姓で呼んでいる。というのも、王位に就いた家系の多くが、その開祖によって特別な名称を付されているからである。(略) 帝国の首都であって、王たちの宮殿がある北京市の名は、同名の地域名によるものだ。この東には、朝鮮半島と日本の間に広がる湾があり、北東には遼東地域、北にはタタールと万里の長城の一部、そして西には山西地域がある。(99-102)[17]

ブランドの中国に関する記述は、「一般的な説明」と断っているにもかかわらず、歴史、地理、生活習慣を中心にさまざまな観察に及んで詳細をきわめている。この種の実録に匹敵する日本関係の記録が手元になかったとすれば、当時のデフォーが日本のことを後回しにしたという事情もうなずける。

　もっともデフォーの描写は、そうした実録の詳細さを常に裏切るものではある。彼は、こうした実録の価値を認めていないというようなそぶりをさえよく見せる。例えば、次のような具合に、である。

> このように自分たちの航海や旅行についての記録を書いた旅行家は実に多い。だから、われわれが行った場所やそこに住んでいた住民のことを長々と説明しても、あまり読者の関心をひくこともあるまい。(144)

クルーソーの北京到着時の記述もそうしたデフォーの姿勢をよく示すものと言えよう。北京と言いつつ、彼は北京のことをほとんど描かない。活写されているのは、北京ではなく、クルーソーの身の上である。

> ついにわれわれは北京に着いた。私の世話をしてくれるのは、船長であった甥が召使として私につけてくれた青年一人にすぎなかった。この青年は信頼のおける勤勉な男であった。共同経営者も、親類にあたる召使一人を連れただけであった。ポルトガルの水先案内人はどうかというと、この人はしきりに宮廷を見たがったので、われわれはその旅費を払ってやった。つまり、費用を負担し、通訳として働いてもらうというわけだ。(177-78)

もちろんこの後、クルーソー一行は、宮廷見物などしてはいないし、デフォーもまた、宮廷の様子を詳細に描こうとはしていない。
　しかしながら、それでは、ブランドのような中国に関する詳細な実録など、デフォーには必要なかったか、と言えば、実際にはそうではあるまい。詳細な実録の幾つかを熟読し、そこから自在に想像力を広げ、そこにしばしばフィクションを補って、自らのクルーソーを創作する――おそらくそれが、デフォーの作法なのであった。ハイデンライヒによるデフォーの蔵書目録が明らかにしているように、『ロビンソン・クルーソー』第1部、第2部には、その背後に、膨大な数にのぼる旅行記や実録による知識の蓄えがあったと見るべきであろう。
　北京に到達するまでの間に、クルーソー一行が実に「みじめな地方」を「25日」も歩き続ける、という描写がある。その道すがら、彼は次のような心境を吐露している。

　　　白状するが、実はここよりも、このあと旅した広大な韃靼地方の砂漠や荒野の方が私には面白かった。だがここの道路は、よく舗装され手入れも行き届いていて、旅行者にはたいへん都合がよかった。もっとも、このあたりの人々は、貧乏で無知なくせに、横柄で尊大で無礼であり、まことに違和感を覚えざるをえなかった。(176)

　このような記述を挿入するためには、おそらく、実録を読み込み、自らの読後感をよく整理しておく必要があったであろう。その読後感こそ、クルーソーの旅にリアリティをもたらす中心的要素となっていたのではあるまいか。クルーソーを日本に旅立たせるためには、虚実綯い交ぜのそうした読後感が、未だ十分にデフォーの中に醸成されていなかった、と考えられるのである。

IV　ガリヴァーと日本——スウィフトはなぜ日本を描いたのか？

　日本を目前にしてこれを通過したクルーソーに対して、『ガリヴァー旅行記』の主人公は、ラグナグ国王の親書を携えて日本にやって来る。1709年5月下旬のことだ。[18]「エド」(201) で皇帝に拝謁した後、「長くて辛い旅」(203) を経て「ナンガサク」(203) に到着したのが6月9日とある。その後まもなく、ちょうどアムステルダム（Amsterdam）から「ナンガサク」に来ていたアンボイナ号に乗って日本を去ってしまうわけだから、日本滞在はどう見ても、せいぜいひと月程度、日本訪問を扱った第3篇第11章は作品中、最も短い。とはいえ、クルーソーを日本に渡ることなくイギリスへ帰国させたデフォーと、現実に日本を訪れるガリヴァーを描いたスウィフトとでは、その日本表象の持つ意味にかなりの違いがあったことは間違いない。実際、『ガリヴァー旅行記』には、主人公の日本訪問とは別に、さまざまな場面で日本への言及が見られる。第1篇の最後で小人国からイギリスへ戻ろうとするガリヴァーを救出したイギリス船は、「日本から戻る途中」(70) であったし、第2篇で大人国ブロブディンナグの位置を説明しようとする彼は、「日本とカリフォルニアの間にはただ海しかない」(100) と考えているヨーロッパの地理学者を批判する。第3篇でガリヴァーが空飛ぶ島ラピュータにたどり着くのは、海賊船の船長の好意で彼が命拾いをしたからなのだが、この船長は日本人であった。『ロビンソン・クルーソー』とは対照的に、『ガリヴァー旅行記』には日本表象が遍在するとさえ言えよう。リリパットやブレフスキュといった小人国、大人国ブロブディンナグ、ラピュータをはじめとする太平洋の島々、馬とヤフーの社会フウイヌムといった、奇想天外なガリヴァーの訪問先にあって、日本は唯一、実在であることが読者一般に了解された島でもある。スウィフトはなぜ日本を描いたのか。

　まず、最初に確認しておくべきことは、スウィフトが、日本の文物の詳細にことさら強い関心を持ち、それがこの『ガリヴァー旅行記』や、『ガリヴァー旅行記』の2年後の1728年に執筆したとされる「日本の宮廷および皇帝について」("An Account of the Court and Emperor of Japan") などでの

日本表象につながっているというわけではない、ということだ。『ガリヴァー旅行記』における日本表象は、たしかに、スウィフトの意識の中に日本があったことを意味するものではある。だが、先に述べた通り、第3篇第11章におけるその具体的な描写は著しく短い。「日本の宮廷および皇帝について」に至っては、当時のイギリスのウォルポール (Robert Walpole) による政治を諷刺するための舞台でしかない。それは、『ガリヴァー旅行記』に登場する小人国リリパットなどと同様、虚構に満ちたものである。また、スウィフトの著作の全体を見渡しても、彼が、日本の地理や歴史、社会などを詳しく書こうとした形跡は見あたらない。彼は『慎ましき提案』(*A Modest Proposal for Preventing the Children of Poor People from Being Burthen to Their Parents of the Country*) の中でサルマナザールに言及しているが、サルマナザールがフィクションとして台湾を描出して見せたような表現手法を取ることもなければ、むろん、デフォーの中国のような描写もしない。『ガリヴァー旅行記』における日本表象は、この作品の構成にうっすらとした補助線を与えている、といった様相を呈しているのである。それではなぜ、この補助線が必要だったのか。

　『ガリヴァー旅行記』の作品構成とその日本表象をめぐっては、注目すべき先行研究が少なくとも二つある。一つはウィリアム・エディ (William A. Eddy) による素材研究だ。彼は、平賀源内の『風流志道軒伝』や遊谷子の『和荘兵衛』、曲亭馬琴の『夢想兵衛』など、18世紀後半から19世紀にかけて日本で出版された『ガリヴァー旅行記』的物語、すなわち主人公の奇想天外な旅と冒険を諷刺的に描いた作品群に注目し、それらが、オランダ語訳『ガリヴァー旅行記』からの影響ではなく、実は、そうした日本の『ガリヴァー旅行記』的作品群の祖型と言うべきものが日本もしくは中国にあり、それが17世紀後半から18世紀初頭にかけて、おそらくはオランダ経由でヨーロッパに伝わって、スウィフトの目に留まったのではないか、と推測をしている。[19] 実際ガリヴァーは、日本訪問の直前に訪れたストラルドブラグ（不死人間）の社会について次のように述べており、「日本の誰か」についてスウィフトが多少なりとも意識していたことがうかがえる。

第 1 章　近代小説の誕生と日本表象

> 日本の誰かがこのストラルドブラグの話を書いていることは大いにありうるが、なにしろ私の日本滞在は短かったし、その言葉がまったく解せないときているのだから、調べると言っても調べようがなかったのである。(201)

　さらに、世界地図の中に小人国や大人国を想起させるような島々が描かれた『坤輿万国全図』のような地図類が、17 世紀後半から 18 世紀にかけて、日本もしくは中国からヨーロッパに伝わり、これをスウィフトが目にしていた可能性も十分に考えられよう。こうしたことを勘案するならば、エディの推測を完全に斥けることはなかなか難しく、そしてもしこの推測に従うならば、日本は、スウィフトの『ガリヴァー旅行記』の構想に影響した重要な素材の一つであったということになるのである。もっとも、エディの推測する祖型が具体的に何であるのかは、今のところ分からない。寺島良安の『和漢三才図絵』(1712) のような作品を想定することもできないわけではないが、そのオランダ語訳などがスウィフトの書架に存在したという記録もない。

　もう一つの重要な先行研究は、ロバート・マークリー（Robert Markley）等による日欧交流史的視点から、『ガリヴァー旅行記』における日本表象を捉えようとしたものである。スウィフトはなぜ日本について多くを語らなかったのか、その理由をマークリーは次のように指摘する。

> ガリヴァーが日本人といろいろ議論するとなると、三つの危険性があった。つまり、ウィリアム・アダムズ（William Adams）のように日本社会に同化してしまう危険性、イエズス会士のように殉教したりクリストヴァン・フェレイラ（Cristóvão Ferreira）のように棄教を迫られたりする危険性、そしてオランダ人のように日本人に従属してしまう危険性、である。だからガリヴァーは、ブロブディンナグの国王やフウイヌムの主人との間に見られるような本格的な会話を、日本の皇帝とはできなかったのである。ガリヴァーにできたのは、嘘を言い、知らぬふりをして卑しき冒涜的行為［踏み絵］を免れることだけであり、そういう冒涜的行為を、スウィフトは、オランダ人の国民性の「本質的な」部分とほのめかすのである。(255)[20]

つまり、ガリヴァーにとって日本人は、「大人国の住人や話をする馬以上の脅威」(265) であったというのである。『ガリヴァー旅行記』はもちろんのこと、当時のヨーロッパにおける日本表象が有した重要な、そしてかなり深刻な意味を指摘したものと言えよう。ただ、スウィフトが、例えばアダムズの足跡に関して、マークリーの指摘するような「同化してしまう危険性」を実際にどこまで強く意識していたか、というといささか疑問が残る。「日本の宮廷および皇帝について」の舞台に、わざわざそのような危険性をはらむ日本を選択するという彼の判断についても、マークリーの視点から説明するのは難しい。

　作品の全体像から判断してむしろ妥当だと思われるのは、日本表象が、『ガリヴァー旅行記』においては、虚実の結節点として機能していたのではないかという解釈である。言うまでもなくこの『ガリヴァー旅行記』は、小人国や大人国、馬の社会に、諷刺すべき現実の人間社会を精密に映し出した作品である。夏目漱石が述べているように、それは、

> 到底実世界にあり得べからざる事実を、あたかも厳として存在するが如く明瞭に感ぜしむる想像である。(中略) コールリッヂが現在の事を書いて夢幻世界にある如き感を起こさしむる如く、スウィフトは荒唐架空の世界を描いてあたかも現実界にある如き思いを起こさしめる。(中略) 出立点は頗る奇怪な想像であるが、一度び出立さえすれば、余は極めて写実的な想像で進行するのである。[21]

といった性格のものだ。ガリヴァーの旅に、イギリス帰国という帰結点を設けようとすれば、いな、「荒唐架空の世界」を「現実界」のように描き出しつつ、読者が、そして作者であるスウィフト自身が、実際に直面する「現実界」に作品世界から立ち戻るためには、そこに、両者を結びつける結節点が必要になる。そうでなければ、「荒唐架空の世界」を自然な形で収束させることはできないからだ。虚実綯い交ぜの日本表象は、この結節点として機能していたのではないだろうか。

当初スウィフトは、第4篇の後に第3篇を執筆したとされる。そうであるとすれば、現在の第3篇に描かれた太平洋の島々は、フウイヌムの後に訪れたということになる。この島々もまた、いずれも「荒唐架空」ではあるが、リリパットやブロブディンナグのような透徹したデフォルメの構造はなく、動物が社会を支配するということもない。登場する人間たちは、不思議な格好をしてはいるものの、サイズは普通である。そういう第3篇の最後に置かれた日本は、それゆえ、読者にとって、そして何より作者スウィフト自身にとって、「荒唐架空の世界」と「現実界」を結ぶ適切妥当な結節点としての役割を担っていたのではないだろうか。むろんその描写が詳細である必要は全くない。詳細であればあるほど、「荒唐架空の世界」と「現実界」の際立ったコントラストを曖昧にしてしまうからである。

V　近代小説誕生をめぐる日本関係秘史

あり得るかもしれない、あるいはあり得たかもしれない可能性を描くということは、フィクションと呼ばれる表現領域の重要な特質である。いわゆる想定外の事象も含め、そういう可能性の確度をできるだけ高めるには、当然のことながら、現実世界への鋭利な観察と、さまざまな可能性を読者に十分に説得できる文章とが必要になる。イギリス近代小説は、そのような要請を満たす形で、その相貌を明らかにし始めた、と言うこともできよう。そういう18世紀初頭の文学的状況にあって、「遠く離れた国々への旅」という作品の舞台設定は、きわめて効果的であった。たとえ遠く離れていても、そこは天上界でもなければ地獄でもない。言葉も人種も生活習慣も相当程度異なるものの、そこにはともかく人間がいて、それなりの社会的まとまりを持って人生を送っている。喜怒哀楽の情もある、そういう確からしさがひとたび担保されれば、奇想天外とさえ思われるようなさまざまな可能性を描くことは、逆に、身近な生活世界を描く以上に、容易になる。遠く離れていることによって、作者も読者も、身近な生活世界が有するリアリティの呪縛から、いささかなりとも解放されるからだ。「遠く離れた国々」は、近代小説を生み出

す強力な磁場であったとも言えるだろう。

　島田孝右氏の調査によれば、18世紀最初の10年間だけでも、ロンドンで刊行された英語の書物に日本が登場する例は200件を越えるという。[22] 既に述べたように、当時のイギリスの文人にとって日本は、遠く離れた極東の島ではあるものの、決して想像上の島ではなかった。かつては外交関係もあり、貿易もおこなわれていた。オランダ経由であれば、当時にあってもなお交易が途絶えていたわけではない。しかし他方で、日本の鎖国政策と島国という地理的事情は、少なくともイギリスから見ると、人とモノの交流を著しく狭め、日本に関する知識を現実から乖離したものとするのに十分であった。日本表象が、単なる地理的記述にとどまることなく、フィクションを生み出す重要な磁場となった理由はここにある。

　もちろん本稿で取り上げたサルマナザール、デフォー、スウィフトは、それぞれが著しく異なる文人としての個性を有しており、その日本表象の性格も大きく異なっている。サルマナザールは、かつて自らのアイデンティティを日本人であるとし、その嘘が見抜かれやすいと感じると、より見抜かれにくいと思われる台湾人であると称した。だが、その台湾のことを語るべく、常に日本を引き合いに出すことになる。それは、あり得るかもしれない可能性の確度を高めるための戦略であったと言えよう。これに対してデフォーは、日本を描かなかった。『ロビンソン・クルーソー』第1部で、無人島での一人暮らしという可能性を描き切ったデフォーは、しかし、実録を入念に読み込み、作品の舞台に関する十分な想像力を喚起した上で、そこに自らの創造を加えて行く作家であった。それだけの十分な日本に関する情報が、彼の手元にはなかったのである。手元にある情報という点では、スウィフトもそれほど事情は変わらなかったであろう。だが、彼の作品創造において、そういう詳細な実録の情報は不要であった。彼に必要だったのは、遠く離れた小人国や大人国、馬の社会といった舞台を、適切妥当な形でイギリスやアイルランドの日常生活と結ぶ結節点であり、日本表象はまさにその意味において効果的に機能したと見ることができよう。

　18世紀後半以降の小説には、イギリス国内を舞台とするものの数が圧倒的

第 1 章　近代小説の誕生と日本表象　　　　　　　　　　　　19

に増えてくる。小説が主題とするものの質的変容、市民社会の前景化、読者層の変化といった経緯が、その原因と考えられよう。冒頭に触れたように、そうした中で日本は、次第に、比喩表現の片隅に追いやられていく。だが、そういう近代小説の系譜の発端に、虚実綯い交ぜの日本表象があり、それがフィクションの構築に一定の役割を果たしていたことを見逃すべきではあるまい。近代小説という表現領域の特質を考える上でも、また広く、人間の想像力の広がりと作品創造のダイナミズムを考える上においても、である。

注

* 本稿は、科研費助成事業「近代英文学における日本の表象に関する実証的研究」（基盤研究 (C)、課題番号 26370296）における研究成果の一部に基づくものである。
1 セント・キルダ島の歴史については、Steel 32 を主に参照。
2 一連のエピソードについては、Boswell 2: 149 を参照。引用は拙訳による。中野好之訳を参考にさせていただいた。
3 『ハンフリー・クリンカー』からの引用は Smollet, 213-14 より拙訳による。
4 1830 年には、ジョサイア・コンダー（Josiah Conder）による全 30 巻の『世界旅行者大全』（*The Modern Traveller: A Description, Geographical, Historical, and Topographical, of the Various Countries of the Globe*）が刊行される。世界各地の地理や歴史の実録を包括的にまとめ、広く読まれたものだが、この中にも日本に関する言及はほとんどみられない。
5 1727 年に刊行されたケンペルの英訳版『日本誌』は、本来のケンペルの実録の抄訳である。なお、この英訳版の出版は、後述する『ガリヴァー旅行記』刊行直後のことであるが、スウィフトが、この英訳版『日本誌』の原稿などを刊行前に目にしていた可能性は低いとされる。
6 サルマナザールの伝記については、没後、1764 年に刊行された自身の『回想録』のほか、Foley 6-14、Keevak 1-16、Sowerby 32-58 を主に参照。
7 『フォルモサ』の正式なタイトルは『フォルモサの歴史的地理的叙述』。このことからも分かる通り、『フォルモサ』は、後述する『ロビンソン・クルーソー』や『ガリヴァー旅行記』が主人公の旅や冒険に焦点を当てているのとはやや性格を異にする。この問題については、18 世紀イギリスにおける実録史の観点から、稿を改めて論じたい。なお『フォルモサ』は、ロンドン刊行の翌年には、早くもフランス、ドイツ、オランダなどで翻訳が出版された。
8 ジョンソンとサルマナザールの交友については、Boswell 3: 443-49、Hawkins 546、*Johnsonian Miscellanies* 2:12、Piozzi 119 を主に参照。

9 もちろん 17 世紀には、ドイツ生まれのジョージ・カンディディウス（George Candidius、1597-1647）、ベルギー生まれのレヴィナス・ハルシウス（Levinus Hulsius、1546-1606）、オランダのカスパール・シベリウス（Caspar Sibelius、1590-1658）などの台湾記述があった。いずれも言語的関心を有していたことなど、サルマナザールへの影響もうかがえる。特にカンディディウスは 1627 年から 10 年あまりを台湾で過ごしているので、彼の記述は実録と言える。サルマナザールも、こうした先行文献をある程度意識していたと推測されるが、それでもロンドンにおける台湾情報が、日本や中国のそれに比べてかなり限られていたことは確かである。
10 『フォルモサ』からの引用は、1704 年版より拙訳による。本文の該当頁数（もしくは段落）を引用末尾に示した。
11 Keevak 61-97 を主に参照。なお、アルファベット一覧は、1704 年版 123 頁の隣に折りこまれている。
12 本稿では、『ロビンソン・クルーソー』を第 1 部、『ロビンソン・クルーソーの更なる冒険の数々』を第 2 部と呼ぶ。
13 ハイデンライヒの蔵書目録にも『フォルモサ』は含まれていない。
14 第 2 部からの引用はすべてピカリング・アンド・チャットー版（*The Novels of Daniel Defoe* の第 2 巻）から、拙訳による。本文中の引用末尾に該当頁数を記した。なお、平井正穂訳を参考にさせていただいた。
15 Heidenreich 14 を参照。モンタヌスの『東インド会社遣日使節紀行』の初版は 1669 年にオランダで刊行され、翌年には英訳や仏訳が刊行された。もっとも、モンタヌス自身は日本を訪れてはいない。ハイデンライヒによる目録には、神学博士フィリップス・フェアウェル（Phillips Farewell）の蔵書も含まれているので、そのすべてをデフォー蔵書とすることはできないが、それでも日本関係として挙げられているのはこの一点のみである。ちなみに、このハイデンライヒの目録には、中国関係の文献が 7 点、ロシア関係が 4 点挙げられており、いずれにしても日本関係文献よりは多い。
16 ブランドについては Bridges 231 を参照。ただし、ハイデンライヒの目録にブランドへの言及はない。
17 ブランドからの引用は 1698 年版によるもので、拙訳による。引用末尾に当該頁数を記した。
18 『ガリヴァー旅行記』からの引用は、すべてオクスフォード・ワールズ・クラシクス版からのもので、拙訳による。該当頁数を引用末尾に記した。なお、富山太佳夫訳を参照させていただいた。
19 Eddy 68-71 を参照。なお、この問題については、『「ガリヴァー旅行記」徹底注釈』（注釈篇）pp. 391-97 のほか、次の拙論を参照されたい。『風刺文学の白眉』105-16、「『ガリヴァー旅行記』をめぐる東西文献交渉史」202-06。
20 マークリーからの引用は拙訳による。該当頁数を引用末尾に示した。
21 引用は、夏目漱石『文学評論』（下）121 による。
22 島田 29-43 を参照。

引用・参考文献

Boswell, James. *The Life of Samuel Johnson, LL.D.* Ed. George Birkbeck Hill. Rev. L. F. Powell. 6 vols. Oxford: Clarendon, 1934-50.（中野好之訳『サミュエル・ジョンソン伝』，全3巻，みすず書房，1982）

Brand, Adam. *A Journal of the Embassy from Their Majestic John and Peter Alexievitz*. London, 1698.

Bridges, Richard M. "A Possible Source for Daniel Defoe's *The Farther Adventures of Robinson Crusoe*." *Journal for Eighteenth-Century Studies* 2:3 (1979): 231-36.

Conder, Josiah. *The Modern Traveller: A Description, Geographical, Historical, and Topographical, of the Various Countries of the Globe*. 30 vols. London, 1830.

Defoe, Daniel. *The Farther Adventures of Robinson Crusoe*. Vol. 2 of *The Novels of Daniel Defoe*. Ed. W. R. Owens. London: Pickering and Chatto, 2008.（平井正穂訳『ロビンソン・クルーソー（下）』，岩波書店，1971）

Eddy, William A. *Gulliver's Travels: A Critical Study*. Princeton: Princeton UP, 1923.

Foley, Frederic J. *The Great Formosan Impostor*. St. Louis, MO: St. Louis University, 1968.

原田範行，服部典之，武田将明『「ガリヴァー旅行記」徹底注釈』（注釈篇），岩波書店，2013.

原田範行『風刺文学の白眉――「ガリバー旅行記」とその時代』，NHK出版，2015.

――.「『ガリヴァー旅行記』をめぐる東西文献交渉史」『旅の書物／旅する書物』（松田隆美編），慶應義塾大学出版会，2015，193-209.

Hawkins, John. *The Life of Samuel Johnson, LL.D.* London, 1787.

Heidenreich, Helmut. *The Libraries of Daniel Defoe and Phillips Farewell: Olive Payne's Sales Catalogue* (1731). Berlin: Heidenreich, 1970.

Johnsonian Miscellanies. Ed. George Birkbeck Hill. 2 vols. Oxford: Clarendon, 1897.

Keevak, Michael. *The Pretended Asian: George Psalmanazar's Eighteenth-Century Formosan Hoax*. Detroit, MI: Wayne State UP, 2004.

Markley, Robert. *The Far East and the English Imagination*. Cambridge: Cambridge UP, 2006.

夏目漱石『文学評論』（上下），岩波書店，1985.

Piozzi, Hester. *Anecdotes of the Late Samuel Johnson*. Ed. Arthur Sherbo. Oxford: Oxford UP, 1974.

Psalmanazar, George. *An Historical and Geographical Description of Formosa*. London, 1704.

――. *Memoirs ****. Commonly Known by the Name of George Psalmanazar*. London, 1764.

島田孝右編『日本関連英語文献書誌 1555-1800』，エディション・シナプス，2012.

Smollett, Tobias. *The Expedition of Humphry Clinker*. Ed. Lewis M. Knapp. Rev. Paul-Gabriel Boucé. Oxford World's Classics. Oxford: Oxford UP, 1984.

Sowerby, Benn. *Four Impostors*. Guildford, Surrey: Grosvenor House, 2012.

Steel, Tom. *The Life and Death of St. Kilda*. London: Fontana, 1988.

Swift, Jonathan. *Gulliver's Travels*. Ed. Claude Rawson. Oxford World's Classics. Oxford: Oxford UP, 2005. (富山太佳夫訳『「ガリヴァー旅行記」徹底注釈』(本文篇)岩波書店，2013)

第 2 章

中国の人口拡大と英国人口論争
――マカートニー使節団の伝える中国の両義性――

加 藤 弘 嗣

序論

　ジョン・バロー（John Barrow, 1764-1848）は、広大な中国の人口の多さについて触れ、中国の国勢調査に基づくとされる具体的な数字に言及している。バローは、清朝政府側の資料の不正確さは一目瞭然であるとしつつも、仮にその記録に基づいて述べるなら、当時の中国の人口は 3 億 3 千万で、1 マイル平米の人の数は 256 人であり、大英帝国の 120 人との比較でいえば、2 倍をやや上回ることになるとしている (574-76)。18 世紀の終わり 1792 年から 1794 年にかけて、公使マカートニー（George Lord Macartney, 1737-1806）を中心人物とし、中国に英国最初の公式使節団が派遣されるが、バローはその一員であった。また中国の人口をめぐり同じく随行者の一人であるジョージ・ストーントン（Sir George Leonard Staunton, 1737-1801）も、1 マイル平米における人口は、ヨーロッパの最も人口密度の高い国と比較しても 3 分の 1 以上多いと指摘する (2: 543-46)。さらにマカートニーの世話係であるイニーアス・アンダーソン（Aeneas Anderson, ?-?）も、「中国の驚異」である人口の多さという主題をその旅行記の中で繰り言のように展開する (82, 86)。そしてマカートニーもまた、中国の人の数はどの場所でもヨーロッパとは比べ物にならない莫大さであると伝えている (383)。[1]

　それではこのように使節団の人々が中国の人口過多に関心を示したのはな

ぜであろうか。歴史的にみて中国は、18世紀の100年で1億6千万から3億5千万へと人口の急速な増加を呈したとされ (Lee and Feng 27-28)、こうした事象が彼らの見聞録にも反映されたというのが一つの理由であろう。しかし更なる理由として、18世紀後半のイギリスで「膨大で拡大する人口」が「有益な社会制度」や「優れた政治」の「最適な指標」、あるいは「国家の繁栄の明確な一指標」と見做され (Whelan 150; Petersen 40)、人口の趨勢をめぐって激しい論争が展開されていたことが考えられる。中国の人口密度はイギリスの2倍程度であると指摘するバローの『中国旅行記』(*Travels in China*, 1804) が出版される3年前、英国で初めての国勢調査がイングランドとウェールズを対象に実施された。その数字は9,168,000人であったが、1801年の調査により最終的な結論が出されるまでは、人口規模に関する確かなデータに制限されることもないまま、イギリスの人口の増減やその原因をめぐり活発な議論が行われることになった (Glass 65, 21)。人口に関して得られる証拠が不確かなために論争は思弁的な性質を帯びると指摘するフレデリック・G・ウェラン (Frederick G. Whelan) は、そうした議論の中心が時代の流れとともに「ヨーロッパの人口減少は古典古代に対する劣等性の証しである」とする見解から、「近代の人口の多さは近代の制度の優越性によるものだ」とする対極的な見方へと推移したと主張し、またさらに加えて、最終的には論争の舞台が人口膨張の危機を訴える悲観的な言説をめぐるものへと変転していったと説いている (184)。

　この論考では、ウェランの指摘するような動向をみせた英国の人口論争との関わりで、中国が人口拡大におけるある種の典型事例として捉えられていたのではないかと想定し、使節団の見聞録で描出されるその実態や意味合いについて考察する。ただしここでこの問題を論じるにあたって二つの点に触れておきたい。一つは18世紀英国における中国像についてである。初期近代英国の言語、宗教、芸術、商業における中国表象について分析したデイビッド・ポーター (David Porter) は、それぞれの分野において正当性の象徴であった中国のイメージに関して、18世紀の後半にある種の反転現象が生じたと指摘している (10)。一方ヤン・チーミン (Chi-ming Yang) は、ポーター

の主張するようなイギリスの中国表象における一方向的な流れに疑問を呈している (24-25)。そして中国像をめぐる「理想化からの脱却」という 18 世紀後半における顕著な傾向を認めながらも、英国にとっての警告だけではなく模範の対象としても機能する、中国にまつわるイメージの二重性に着目している (Yang 25, 31)。本稿ではこうした中国像のパラダイム転換やまたその両義性を、使節団による中国の人口描写を解釈する上での一つの枠組みと考えたい。さらにもう一つは、公使マカートニーが清朝皇帝乾隆帝 (Qianlong, 1711–99) への叩頭 (主として中国皇帝に謁見する時の臣下の礼であり、ひざまずいて両手を地につけ、頭を地につける) を拒否し、代わりに片膝をつき敬意を表明するという一幕のことである。アラン・ペルフィット (Alain Peyrefitte) は、使節団の見聞録に散見される中国を「熱狂的な言葉で賛美する」形での描写について「一種の精神的叩頭」であると評しているが (156)、しかしこうした「精神的叩頭」とは対照的に、まるで乾隆帝に対する叩頭の拒絶を象徴するかのように、その反動とも解釈されるような描写が、彼らの見聞記の中で展開されている。本論では、このような中国皇帝への叩頭の拒否という象徴的逸話や 18 世紀の中国表象における変化を拠り所と考えながら、中国使節団の見聞録で描出される中国の人口稠密と英国の人口論争との関係性について論じていきたい。

I 中国の人口稠密と中国人の国民性

スコットランドの古典経済学の祖アダム・スミス (Adam Smith, 1723–90) は、「中国は最も豊かな国の一つ、すなわち最も肥沃で最良の形で開墾され、最も勤勉で、そのため人口が最も多い国の一つである」(1: 89) と述べている。[2] そしてこのスミスの指摘を中国での見聞において裏付けるように、マカートニーや彼の随行者たちも中国の人口過多について言及する。先ず彼らは寄港地バタビアで目撃した中国系の数の多さやその勤勉さについて触れる。バローによればアンダーソンの『英国使節団中国訪問記』(*A Narrative to the British Embassy to China*, 1795) は使節団帰国の熱狂に便乗する形で

ロンドンの書籍商が投機目的で捏造したとされるものだが、先ず使節団見聞録の中で最初に世に出たこの「粗雑な手記」において、バタビアの中国系住民について、非常に人の多い町バタビアの住民の半数は中国人であり、原住民であるマレー人が「手におえない気質」の持ち主で無能であるのに対し彼らは「穏やかで働き者」であると指摘される (Barrow 579; Anderson 40, 42, 35)。マカートニーも生前には出版されることのなかった手記の中で、1万人以上いるバタビアの中国系は「最も活動的で勤勉な類の人々」で、その地の商売の殆どを遂行し、また「その生産活動の大黒柱であるため、オランダの植民地であるバタビアは彼ら無しでは存続できないほどだ」と述べている (222)。そしてストーントンは、先に出版されたアンダーソンの訪問記を意識するかのようなタイトルを有する『使節団にまつわる正式な報告』(*An Authentice Account of an Embassy*, 1797) において、寄港地ではなかったフィリピン諸島についても、バタビアとの比較をしながら「中国系住民の数やその必要性はジャワ島と同じ状況」であるとの伝聞情報を披露し、中国人の「勤勉さと創意工夫」無しには成立しない東インドの植民地の現状に考察を加えている (1: 267)。

　それではその数3億3千万とされる本土の人口について彼らはどのように点描しているのか。アンダーソンが本土の中国人を初めて目にした時の印象について、「果てしない見物人たちの群れ」で沿岸は一杯であったと指摘するのにとどまる一方で (61)、マカートニーは、「無数のほぼ丸裸の恰好」の子供たちを前にしながら感慨深げに、「なんと多くの見事な創造された者たちがこの地に群集うことよ」と『テンペスト』(*The Tempest*, 1611) からの台詞を援用する (255)。その後使節団一行は、北京へ遡航する途中の天津で、中国側の用意した船に分乗する。そしてその光景に雲集する中国人について、アンダーソンは「見当のつかない」見物人たちの群れとのみ伝えるのに対し (75)、ストーントンは、水辺を取り巻く斜面に犇めきながらも「そのありさまに行儀の良さと秩序正しさが際立つ」群衆を「円形劇場」の観худものに喩えている (2: 25)。複数の人物が著わした中国見聞録に関して、彼らの認識のレベルや学問的背景の差異が指摘されるのだが、こうした描写において、公使の世

話係アンダーソンと他の使節団のメンバーとの知的水準の相違が顕著となる (Macartney 373n; Chang 42-43)。ともあれ中国の人口過多は特にアンダーソンにとって印象深いものであったようで、彼はこの国の驚異である表現しようのない人口の多さという主題を何度となく繰り返すだけでなく、人口の稠密は中国全土に当てはまると考え、もはやそれを口にするのも憚られるとまで言い切ることになる (82, 86, 89)。ただしこのことでは使節団の一員であったバローから、彼の「粗雑な手記」が人口過剰について歪曲した印象を与えていると批判されている (579)。

　ところで勤勉さについても本土以外の中国系住民に限ったことではなく、前述のスミスの言葉にもあるように、それは中国人の国民性でもあるようだ。働き者の中国人のことを称揚するアンダーソンは、その証拠として「中国人の生来の勤勉さを」象徴する、荒れた土地や危険な地形における農耕のための土地活用について触れている (134-35)。そしてこの国の労働は農耕主体だとするストーントンは、兵士たちについても殆どが農業に従事しているとの見解を示す (2: 545)。兵士たちが農耕に勤しむことができるのは、バローの指摘に基づいて述べるなら、中国が満州族による統一以来、戦争による荒廃や内戦も無く平和であるという社会状況を背景に、兵士たちの殆どが結婚し家庭を持ち、またある一定の土地が彼らの耕作用に分け与えられているためということになる (587)。さて勤勉なのは男ばかりではない。例えば「殆ど男性と区別がつかない様子」で収穫の手伝いをする女性たちの姿などに感服したストーントンは、「非常にたくましく働き者」である下層の女性たち、特に江西省の女性たちに言及している (2: 366, 505)。マカートニーによれば、「屈強で労働に慣れている」とされる「江西の働き者の女たち」の労働力を求め、各地より農家の男たちが群がってくるという (368)。このような形でマカートニーや彼の随行者たちは、スミスのいう「最も勤勉で、そのため人口が最も多い国の一つである」中国について、中国人の国民性と人口稠密との因果関係を肯定的に物語るのだ。

II　イギリスの人口多寡をめぐるイデオロギー論争

　第1節で少し触れたように、戦争とほぼ無縁な当時の中国の社会情勢が、その膨大な人口の一因と考えられていた。このような戦争と人口の関係という文脈の中で、ウェールズの聖職者リチャード・プライス（Richard Price, 1723-91）は、初期近代英国における人口の趨勢を捉えている。反戦論的な立場よりアメリカの独立を支持したことで知られるプライスによれば、「三度の長期にわたる大陸での破滅的な戦争」、またそれに伴う「海軍や陸軍の増強とその維持に必要な兵士の恒常的な補給」が、大都市ロンドンへの人口流入、「植民地への移民」、「食糧の高騰」、さらに「奢侈と税金や負債の増加」などと共にイギリスの人口減少の諸原因の一つとなっているという (29)。プライスはイギリスの人口は名誉革命以来、ほぼ4分の1程度減少したと主張するのだが (18)、これに対しエセックスの教区牧師ジョン・ハウレット（John Howlett, 1731-1804）は、王国の人口が名誉革命以来、3分の1、また先の20年間では6分の1の増加を示したという認識に基づき、プライスの人口減少にまつわる諸言説に悉く異を唱える (152)。例えばプライスが要因の一つに挙げる大陸での戦争に関しては、英国内での戦闘も同様に人口減少の原因であることを前提に、名誉革命以後はそれ以前と比べてごく稀にしかも小規模の内戦しか勃発していないと指摘する (14)。さらに軍備の増強をめぐってハウレットは、「我が陸軍や海軍の多くの必需品」の生産が「一定の雇用」を生み出し、「そのような仕事の供給が無ければ定職も無く貧困に喘ぐことになる数万人の人々」に「恒常的な支援や扶養」をもたらしているとの見方を示しながら、結果として結婚が促されることで人口増加に繋がると主張し、その経済的な波及効果について強調する (3)。プライスとハウレットの主張の何れに分があるかはともかく、ここで目を向けたいのは、18世紀最後の四半世紀においても人口の増加が「国家の繁栄の明白な一指標」と見做され、人口の多寡をめぐり激しい論争が展開されていたことである (Petersen 40)。このように言うのは、次に論じる18世紀後半の英国人口論争が、人口の拡大が「有益な社会制度」や「優れた政治」の表れであることを争論の土台としてい

たからでもある (Whelan 150)。

　プライスやハウレットにみられる人口をめぐる論争は、カエサル (Gaius Julius Caesar, 100 〜 44 B.C.) の時代と比較すると人口はその15分の1にも満たないとする、フランスの思想家モンテスキュー (Montesquieu, 1689-1755) の『ペルシャ人の手紙』(*Persian Letters*, 1721) の中の言葉に端を発する (Montesquieu 150; Mayhew 20)。15分の1という数字は後に10分の1へと改められたため、モンテスキューの指摘の粗略さが問題視されるものの、彼の主張の根底にある人口規模と国土の肥沃度との直接的な関係性はその後の争論の一つの底流をなすことになる (Mayhew 20)。イギリスでは先ずエディンバラを中心に活躍した聖職者ロバート・ウォーレス (Robert Wallace, 1697-1771) が匿名において英国での人口論争の口火を切る恰好で、「過度に古典古代への傾倒」を示すモンテスキューの数字を否定した上で、最も人口が多かったのはアレクサンダー大王 (Alexander the Great, 356 〜 23 B.C.) の頃で、それはローマ帝国が世界を隷属させる前のことであったと主張する (Glass 24; Wallace 148)。そして土地の生産力と人口との因果関係という流れの中で、ギリシャやローマの共和政の時代に「農業や質朴さ」が重視されたことが古典古代の人口の多さの一要因であるとの持論を繰り広げる (Amoh 79-80)。これに対して「交易、製造、生産」に関し当時のヨーロッパの繁栄を力説する、スコットランドの歴史家、哲学者、政治および経済思想家であるデイビッド・ヒューム (David Hume, 1711-76) は、「古代諸国の人口稠密に関して」('Of the populousness of ancient nations', 1752) と題する論文の中で、ドーヴァーかカレーを中心にした直径200マイルの領域を考えた場合、この圏域のように「大規模で人口の多い都市を含み尚且つ富と住民に恵まれた、同じだけの広さの地域」は古典古代には見当たらなかったと反論する (248、265-66)。

　ウォーレスとヒュームの人口をめぐる論争は、スコットランド啓蒙主義における古代近代論争として位置づけられるものである (Amoh 70)。[3] それはいわば古代と近代の人口比較においてその多寡を基準にそれぞれの社会のありようの優劣について論じるものである。言い換えれば人口拡大の要因をめ

ぐって展開された、古典古代的な「農業的美徳」と近代的な「商業と製造業の社会における増大する奢侈」というイデオロギー上の二項対立でもあった (Whelan 150)。そしてこのようなイデオロギー論争においてウォーレスは、「農業的美徳」の代弁者として、質朴さの尊まれた古典古代には農業が「最も穢れの無い最も有用で快適で最も誉れ高い仕事」と見做されていたが、近代においては人口の多さを促した平穏で農業中心の生活が衰退したため人口不足に繋がっていると説くことになる (98-100)。ヒュームとの論争におけるこうしたウォーレスの主張はその後、「農業主体の国の質朴さ」について「人口を増加させ、国を健全で徳の高いものとする」と称賛し、「奢侈」については結婚を妨げることで「人口減少を誘発するもの」と非難する彼の持説として繰り返される (Rutherford 157)。他方「商業と製造業の社会における奢侈の増大」を擁護するヒュームは、「人の快楽や喜び」を引き起こすような贅沢品の広がりは、市場や雇用における近代の優越性を示唆するものであり、近代の人口の多さを推定する根拠となりうると反論する (250)。さらに古代近代論争の枠組みを超えて、前述のプライスはウォーレスのイデオロギー的な主張を継承するような立場で、拡大するロンドンに顕著に見られる「奢侈」は、社会にとって害悪であり人口減の一因であると指摘し、「人間の数が最も増える状況」とは、「質朴な生活」を中心とした「見せかけの贅沢品とは縁のない平等な社会」であるとの持論を展開する (62)。これに対しハウレットは、「奢侈」がどのように蔓延していようが、愛国心や種の存続に有害な影響を及ぼしたとの確固たる証拠は皆無であると異論を唱える (38-40)。婉曲的にではあるが、近代における人口拡大を訴え「商業と製造業の社会における奢侈の増大」を唱道するヒュームの主張がハウレットによって受け継がれることになる。こうした形でイギリスにおける人口の趨勢をめぐる議論は、古典古代的な「農業的美徳」と近代的な「商業と製造業の社会における増大する奢侈」という二項対立的なイデオロギー論争へと集約されていく。

　歴史的にみれば、1681年から1841年に及ぶいわゆる長い18世紀と称される160年間で、イギリスの人口はほぼ3倍になったという (Wrigley 65)。そして1741年から1841年にかけての100年間で特に人口の伸び率が顕著とな

り、さらに言えば1791年と1831年の間で人口の上昇率が「最高潮」に達したとされる (Wrigley 65)。このような歴史的事実を反映してか、18世紀が終わりを迎える頃には、10年間で3分の1を下回らない人口増加がみられたとか、イングランドとウェールズの人口が合わせて毎年10万人ずつ増加を示しているなどの見方が主流となり、英国の人口拡大は紛れもない事実と見做されていく (Glass 64-65)。そしてその結果英国の人口趨勢をめぐる論争において、近代社会における人口増を主張するイデオロギーの優勢が決定的となる。[4] このようなイデオロギー論争の動向が、マカートニー使節団による中国の人口表象にも反映されるのだが、この問題については第4節で考察することにしたい。

III　中国の人口稠密と農本主義、そして人口膨張をめぐる言説

　第2節で言及した「農業的美徳」の擁護者ウォーレスは、「古典古代では勤労が食糧の供給に傾注されたことで豊かさをもたらし」、多くの古代国家の人口の多さを導いたとしている (148)。中国に関してもこうした古典古代的な「農業的美徳」を体現する人口過多の国として使節団の見聞録の中で描写されることになる。ただしそのありようは、英国人口論争における諸言説と合わせて考えるならば、一種の問題性を孕むようにも思われる。

　「最も肥沃で最良の形で開墾され」、「そのため人口が最も多い国の一つである」中国についてスミスは、「中国の政策は他のどの職業にもまして農業を奨励している」と述べている (1: 89; 2: 679)。そしてこうした農業と人口との相関関係との関連で、マカートニーの随行者たちもそれぞれ中国の農耕を肯定的に捉える。中国の肥沃な国土の印象に対しアンダーソンは、「広大な穀類の畑」は「イギリスの自慢の種」であるものと引けを取らないし、また「耕作はイギリスの農民たちのものに匹敵する」と指摘する (84-85)。ストーントンも中国の「二期作」について触れながら、「耕作可能な土地で作付けされないものは皆無」であり、「帝国全土が人の食べ物の生産に費やされている」と述懐している (2: 544-45)。その背景としてストーントンは、中国では「主要

な交通の手段が水路である」ため「道路のために土地が奪われること」が少ないことや、また交通手段として牛馬が使用されることが稀であるため、牧畜に利用される「牧草地や放牧地が殆どみられない」ことなどに触れている (2: 544-45)。またバローも農耕と人口規模の関係性をめぐるウォーレスの主張を反響させるかのように、「農耕への従事は手仕事より健康のためになり、結果中国の人口の多さに繋がっている」のではないかとの見解を示している (588)。

　ストーントンは、中国の農民たちの「収穫期」における「生き生きとした陽気さ」を目の当たりにする。そして農民たちの明るさの理由について、彼らの多くが小自作農であるため、「自分たちの利益のための労働であることを自覚している」ことにあるのではないかと推察している (2: 367)。またバローも中国の人口拡大の一因として、土地が「小さな農園に均等に分割されている」ことで「全ての人々が家族を養う手段を有している」点を挙げている (588)。このように使節団の随行者たちは、土地の所有という見地で農本主義国中国の人口拡大に着目するのだが、こうした土地の問題をめぐっては英国の人口論争の中でも議論がなされており、たとえばプライスは、人口減少の一要因として囲い込みによる土地の独占を挙げている (29)。これに対しハウレットは、農業技術の進歩による生産性向上を背景とした囲い込みは、人口減少の原因であるどころか人口増に寄与していると反論することになる (27)。ハウレットが複数の要因の中で特筆しているのは、囲い込みにより「貧しき労働者たちが大幅に増加」し、人口増に「有利に働いている」という状況である (27)。その理由としてハウレットは人口の増加にとって望ましい早婚や結婚の割合が、下層の労働者たちのほうが中流以上の人々よりも高く、特にこの30年間の既婚率に関していえば「ほぼ9対1」(後に「6対1」と修正) になるという事実を挙げている (28)。さらに加えてハウレットは、社会的地位への執着や貧困への懸念という「自然の衝動を抑制する障壁」が貧困層には皆無であるとも指摘している (28-29)。ちなみにストーントンは、中国の膨大な人口の一因として中国人が「早婚であり多産である」ことに言及しているが、それはハウレットの下層民に関する見解を考え合わせると皮肉

めいて聞こえる (2: 543-44)。

　ハウレットが人口論争において注視した貧困層の拡大との関連で言えば、イングランドの教区牧師ジョセフ・タウンゼンド（Joseph Townsend, 1739-1816）は、「空腹は穏やかで物言わぬ不断の重圧であるだけでなく、勤労意欲や労働への最も自然な誘因である」と主張し、貧困層の労働の妨げとなる救貧法の廃止を訴えている (23-24)。このタウンゼンドは、食糧の規模が人類の数を調整すると考え、「肥沃な土地が全て最大限に耕作される時、人口増は必然的に停止せざるを得ない」との見方を示す (38-39)。そしてこうした人口拡大と食糧の相関関係をめぐる文脈の中でタウンゼンドは中国について言及し、「中国より肥沃な土地はこの世には存在しない」し、また中国ほど「人間の多い国もない」のだが、かの地で口減らしのため「捨てられた子供たちの泣き声」が聞こえるのは、中国でさえも食糧面での制約により「人口の増加に限界があること」を意味するのだと述べている (40)。しかしタウンゼンドの悲観的な捉え方とは裏腹に、マカートニー使節団の随行者たちは楽天的な見方を示しているようだ。ストーントンは、もし「中国の人口の拡大に限界」があるとすれば食糧面ということになるが、それは「他の国に比べ最も余裕のあるもの」だと主張しているし (2: 544)、バローもまた、「推定3億3千万の人々を維持するために必要な国土の不足は一切ない」ため、生存に必要な食糧と言う点で人口は限界レベルに至っていないと述べている (578)。

　このように中国は使節団の人々によって、古典古代的な「農業的美徳」が体現され人口増加へと結びついている実例として肯定的に描かれるのだ。ただし、第2節で論じたように英国の人口をめぐる論争において近代社会での人口拡大を唱道するイデオロギーが主流となる中、こうした人口論争の成り行きが使節団の中国見聞録の中にも投影されることになる。そしてハウレットが着目した人口増と貧困層の拡大との皮肉めいた関係性や、タウンゼンドが懸念した食糧面での問題が、彼らの中国の人口をめぐる描写においても前景化されていく。またそれは、「人口は抑制されなければ幾何級数的に増加する」のに対し「食糧は算術的にしか増えない」とする英国の経済学者トーマス・R・マルサス（Thomas Robert Malthus, 1766-1834）の言葉に集約され

る、人口膨張の危機という人口論争の最終的局面での悲観的言説を象徴的に物語ることにもなる (Malthus 13; Whelan 184)。そこで第 4 節では、こうした人口論争の動向と使節団の人口描写との繋がりについて、序論で触れた二つの拠り所に目を向けながら論じていきたい。

IV 人口膨張する中国の問題性

　使節団の一行が 18 世紀の中国の貧窮の実態を認識していなかったとするペルフィットは、特に第 3 節で触れた小自作農たちの陽気さについて語るストーントンの姿勢を問題視している (320-21)。そして中国を「熱狂的な言葉で賛歌する」ことは「中国的な秩序」の中に組み込まれることであり、「一種の精神的叩頭」にあたると批判している (156)。[5] しかしここで考えなければならないのは、序論において使節団の見聞録を解釈するための拠り所の一つとして指摘した、公使マカートニーの乾隆帝に対する叩頭の拒絶についてである。そこでも触れたことであるが、この中国使節団における象徴的な一幕が彼らの見聞録にも反映され、次に論じるような形で中国への「一種の精神的叩頭」が拒絶されることになる。そしてその結果「農業的美徳」の体現された中国が大いに賛美されながら、その一方で中国の人口にまつわる負の側面が辛辣に風刺される。ただしこうした一貫性の無い記述は、序論でもう一つの解釈の拠り所として挙げた、18 世紀英国における中国像のパラダイム転換やその両義性を背景とする。

　中国の豊かさや人口の多さをめぐるスミスの指摘について第 1 節で言及したが、それと同じ文脈においてスミスは、彼の中国に対する肯定的な見方を反転させながら、肥沃な国土とは対照的な中国の貧困層の悲惨な状況についても述べている。そして「中国の下層の人々の貧困はヨーロッパの最も貧しい国々のそれをはるかに凌ぐ」との主張を展開する中、「生活の糧は非常に乏しく、ヨーロッパの船から海に廃棄されたひどく不潔なごみを進んで釣り上げるほどである」し、また「死んだ犬や猫の死骸といった腐肉」も「最も新鮮な肉のように歓迎される」のだとしている (Smith 1: 89-90)。こうしたス

第 2 章　中国の人口拡大と英国人口論争　　35

ミスの見解を裏付ける具合に、中国の人口の多さを強調するバローもまた、「全体的な印象」として「幸福や満足」とはあまり縁のないような中国の人々に関し「貧困とみすぼらしさ」という言葉に全てが集約されるとの見識を示す (71)。そして「中国人の清潔さに関して好ましくない印象」を受けるバローは、シラミなどの害虫の蔓延を指摘し、中国人たちが落ち着いた様子でそれらを嚙み殺すさまを諧謔的に伝えている (76-77)。この中国人らの様子について、シラミを「あたかも満足を与える美味な食べ物」であるかのように食する、と表現したアンダーソンは、「食べ物に関する中国人の無頓着」と関連し、「中国人のおぞましい食欲」を象徴するような光景を目撃することになる (82、63-64)。アンダーソンの粗雑な手記が伝えるところによれば、致死の病に冒された数頭の豚が船から遺棄されたのだが、これに対し小舟に乗った多くの中国人たちが死骸を挙って拾い上げ、まるでご馳走のように食べたという (64)。前述のスミスの指摘を想起させるような一場面であろう。そしてアンダーソンは、このような習慣は下層民だけにとどまらないとし、「飢えに苦しむヨーロッパ人の極端な食欲をもってしても胸糞の悪くなる慣習であろう」と回顧している (64)。さらに言えばストーントンも、中国では「事故や病気で死んだもの以外の肉は食べる機会がほとんどない」ことや「新鮮な肉と不潔なものの区別がない」ことなど「四足獣の肉の不足」について言及している (2: 399)。また中国の食糧不足は肉類に限ったことではないようで、ストーントンは「それほど豊かでない人々」は「自然の中をくまなく探し食欲を満たしている」と述懐している (2: 399-400)。こうした中国の食糧事情についてスミスは皮肉っぽく、「最下層の労働者たち」は「不十分な生活の糧」にも関わらず「人口の規模を一定に保つためにまた種の存続のため」やりくりしなければならないと痛言する (1: 90)。

　中国の食糧困窮をめぐって、「最少の食糧で生活する習慣のある」下層の人々は「悪臭を放つ腐肉を喜んで口にする」が、「ヨーロッパの労働者であっても、それを食べるよりむしろ餓死することを選ぶであろう」と述べたのはマルサスであった (57-58)。前述のアンダーソンの回顧をまるで反復するかのような指摘であるが、それと同じ一節において、人口の「真の永続的な拡

大」の「唯一の拠り所」は「生活の糧の増加」にあるとの主張を繰り広げる中、先のスミスの中国の人口の維持に関する皮肉を反響させ、「最小限の食糧」で生きることを余儀なくされまたそれが習慣にとなっている国々がいくつかあるのだが、中国がまさにこの一つに当てはまるとマルサスは主張している (57)。ここで着目したいのは、「中国において法律により親たちの子供の遺棄が認められている」とマルサスが指摘するところの、「最小限の食糧」での生存が常態化する国に蔓延る子捨ての因習についてである (58)。このような「最低限の生活の糧をも超える人口膨張」を如実に物語る「幼児の遺棄」についてストーントンは、北京だけでも「毎年約二千人が捨てられる」と述べ、「キリスト教の厳格な信条と熱情のもとで育てる」ため捨て子の命を救う宣教師たちの「人道的活動」について言及している (2: 544, 159)。またマカートニーも「幼児を遺棄するという貧民の間の習わし」と宣教師らによる救済活動について触れている (287)。同様にバローも、「死の淵」より「小さな穢れなき者たち」の命を救済するカトリックやイスラムの伝道師たちの様子について詳しく伝える (168-69)。ところでスミスは捨て子の因習と結婚の因果関係について、中国で人々が結婚へと促されるのは「子供を授かるという恩恵によるのではなく、それらを遺棄できる自由による」との見解を示す (1: 90)。スミスの述べるような結婚と嬰児遺棄との皮肉めいた相関関係と言えば、ヒュームも、ウォーレスが近代ヨーロッパの人口減の一因として挙げた「修道士あるいは修道女の誓い」について、口減らし目的での修道院の利用を親たちにとっての一種の安全装置と捉える中、古典古代の「幼児遺棄」の因習について触れている (Wallace 88; Hume 236)。そしてヒュームは、当世の修道院生活と同じくらい「人口の拡大に不利に思える」この習慣が、逆説的に親たちの扶養の重責を緩和することで当時の人々の結婚を促すことになったとの主張を展開している (236)。そして「この幼児遺棄という俗習が現在もなお根強く残っている、唯一の国である中国」は「最も人口の多い国」であると指摘する (Hume 236)。また男性は20才になる前に結婚するのが通例である中国に関して、「男たちに子供らを取り除くこんなにも簡単な方法が無かったら、こうした早婚の習慣が浸透することはなかったであろ

う」と付言する (Hume 236)。このようにヒュームは、古典古代にみられた「幼児遺棄」と人口増加との関係を中国のありようを通じて風刺的に物語ろうとする。[6]

本稿の第3節では、英国の人口論争における人口増加と貧困層の拡大との皮肉めいた関係性について触れた。そしてこの相関関係は論争の最終局面である人口膨張の危機を訴える悲観的言説へと結晶化していくのだが、こうした人口をめぐる論争の動向が使節団の見聞録にも投影されていく。そしてこの第4節で考察したように、スミスやマルサスやヒュームの中国をめぐる言説と重層的に絡み合いながら、増大する中国の人口にまつわる負の側面を描出していく。彼らが中国を「農業的美徳」の体現者として肯定的に描いていたことを考えると、こうした叙述は一見矛盾するように思われる。しかし「中国は最も豊かな国の一つ、すなわち最も肥沃で最良の形で開墾され、最も勤勉で、そのため人口が最も多い国の一つである」と主張するスミスがその見解とは裏腹な形で、「人口の規模を一定に保つためにまた種の存続のため」四苦八苦する中国の貧困の惨状について指摘したように、彼らの見聞記は拡大する中国の人口をめぐってその両義的側面を炙り出していくのだ (Smith 1: 89-90)。理想的な中国像にパラダイム転換がみられ、また中国をめぐるイメージの二重性が浮き彫りになった18世紀の後半において、18世紀末に派遣された中国使節団の見聞記にもこうした中国表象にまつわる変化が反映されていることになる。

V 不動の帝国としての中国

「中国人の食事は質素というレベルを通り越し最悪のものであった」とするペルフィットは、「栄養不良の国民」からなる中国について「人口の拡大に経済的な変化が伴わない」社会であったと指摘し、「膨張する人口と全く農業だけに依存する沈滞した生産システムとの不均衡」を問題視する (321)。さらにペルフィットは、こうした後進性の問題こそ中国使節団をめぐる彼の著作『不動の帝国』(*The Immobile Empire*, 1989) の中心テーマである「中

国の不動性」の一局面を物語っていることを力説する (321)。ペルフィットのいう「中国の不動性」に対する批判的な見方は、「中国に対する一般的な見方の変容」を背景としている (Porter 220)。初期近代英国における中国表象のパラダイム転換について論じるポーターによれば、「中国の国家としての正当性」は「国体とその階層的な構造の継続性」により裏付けられていたが、「18 世紀の終わりまでには確からしさの基準として常に進歩する現在が歴史的継続性に取って代わる」こととなるという (229)。このような風潮の中、否定的イメージで捉えられる「中国の不動性」はまた、中国との交易拡大を目指し派遣されたマカートニー使節団をめぐる事の経緯によっても明らかとなる。

使節団の随行者バローは、中国では自国内の交易は国の庇護下多いに奨励されるものの、外国との交易に携わる者は「渡り乞食」のようなものと考えられ、「外国との交易が殆ど容認されていない」と述べている (Barrow 399-400)。近代ヨーロッパの視点で考えるならば、このような外国との通商を拒絶する中国の後進性が問題となってくる。つまり「18 世紀の急速に広がる資本主義的経済」に裏打ちされた、「よどみなく流れ互恵的に豊かさをもたらす交易」という理想から見れば、「中国側の姿勢や社会制度」は「窮屈で不自然で近代の商業社会の明白な価値観にあらゆる点で反目する」ものとなる (Porter 219, 207)。そしてこうした「交易の自由な流れ」を最重要視する「枠組みに対する中国の確たる不調和」が根強い中、中国との互恵的な通商関係を構築すべく最初の公式使節団が派遣される (Porter 207; Staunton 2: 220)。けれども想定されることながら、中国はヨーロッパからの生産品に対する需要を殆ど有しない上、他国との交易を中国の生産物を必要とする国への慈善行為として捉えている、というストーントンの言葉に象徴されるように、イギリス側の思惑と中国側の認識の齟齬が大きな障害となってくる (Staunton 2: 221-22)。マカートニーは、「使節団にとっての大きな利点」が「イギリスという国家が文明生活における技術や成果をどれ程の極みへと高めたかを中国に対して誇示する」機会にあると捉え、「奢侈は法よりも強い」との持論に基づき、中国において「我々のナイフやフォーク、スプーン、そして数千

第 2 章　中国の人口拡大と英国人口論争　　　39

のささやかな有用品がまもなく多くの需要を生む」ことを夢見る (397)。しかし結局のところ、「マカートニーの中国への使節団とは、自由な交易という最も進歩した文明を有する人々とそれを頑なに拒否する人々との遭遇」であったとの見解に集約されるように、互恵的通商関係を目指し派遣された中国への使節は、「近代の商業社会の明白な価値観にあらゆる点で反目する」ような「窮屈で不自然」な「姿勢や社会制度」を有する中国を前に行き詰まりをみせることになる (Peyrefitte xix; Porter 207)。[7]

　本稿の第2節では、英国の人口論争において近代社会の人口拡大を主張する言説が主流となったことについて触れた。また第3節でみたような形でその論争で浮き彫りとなる人口拡大と貧困の相関関係が、使節団の中国の人口描写によって可視化されるさまについて第4節で考察し、このことによって第2節で言及した人口論争の動向が、彼らの叙述においても中国に対する「精神的叩頭」への反動として反映されていることを明らかにした。このようにして炙り出された中国の人口にまつわる否定的側面において問題となってくるのが、前述のペルフィットの言葉を借りるならば、中国の人口膨張とその「全く農業だけに依存する沈滞した生産システム」との不釣り合いということになる (321)。近代ヨーロッパからみた中国のこのような後進性に、中国との交易拡大を目指すマカートニー使節団は直面することになるのだ。こうした意味において、近代という潮流に抗う硬直化した中国社会のありようは、彼らが中国の人口膨張の負の側面を描出する上での一背景であったともいえるのだ。

結論

　本稿では、中国への最初の公式使節団のメンバーが、中国の膨張する人口をどのように描いているかについて論じてきた。またこうした議論の中で、当時の英国の人口をめぐる論争や中国に関する諸言説が重層的に彼らの中国の人口にまつわる描写や叙述に投影されていることが理解された。その上で考えたいのは、彼らが描出した中国の人口稠密のありようから読み取れる

メッセージについてである。

　1805 年 1 月付の『エディンバラ・レヴュー』(The Edinburgh Review) に使節団帰国のほぼ 10 年後に出版されたバローの『中国訪問記』についての書評が掲載される。この書評においてバローの見聞記から推察されるとする、人口膨張する中国の否定的イメージが提示される。書評はバローが指摘する中国人たちの「悲惨で飢えた極貧の状況」、「嬰児殺しの慣例」、そして「3、4 年に一度の頻度でおこる飢饉」などに言及しながら、彼の旅行記から浮かび上がる中国の印象について、人口膨張により「不健全な圧迫を強いられることで、心が退行し身体が衰弱した人間の群れ」であるとの見解を示す (Review 237)。そして中国の人口過剰を「奴隷船の船倉」に喩え、「このような過剰で悲惨な状況の人の数」を「羨望や賞賛の対象」として、また「壮大で啓発的な光景」として捉えることに疑問を呈する (Review 237)。

　『エディンバラ・レヴュー』の書評で総括された否定的イメージは極端すぎるかもしれない。とは言え、使節団が描出する人口膨張する中国の抱える負の側面は、人口を国力のバロメーターと考え、近代の人口の趨勢をめぐって展開された議論において、中国のような人口稠密の実態が人口拡大における理想的な指標としての意義を失いつつあったことを示唆することに他ならない。言い換えれば人口論争の趨勢が、近代ヨーロッパの人口減を主張するものから、近代における人口拡大を唱えるものへと変遷した時代において、中国社会に象徴される古典古代的な「農業的美徳」が、人口増の理想的な形態が近代的な「商業と製造業の社会における奢侈の拡大」にあるとされる中、人口膨張の典型事例として機能しなくなったことを意味するのだ (Whelan 150, 184)。こうしたメッセージを使節団の見聞録から読み解くことができるのだ。しかし同時に着目したいのは、本稿の第 1 節や第 3 節で論じたような恰好で、使節団のメンバーが中国の人口稠密に関心を示し、その農本主義的なありようを賛美したことについてである。このことを視野に入れるならば、彼らにとっての中国は、18 世紀末を迎える中、ポーターの指摘するパラダイム転換に大いに晒されつつも、ヤンの主張するような両義性を孕んだものであったといえる (Porter 10; Yang 31)。たとえ時代遅れのギリシャやローマ

のような古典古代的な世界であったとしても、中国は依然として彼らの憧憬の対象であり続けたのだ。

注

1 本論考でのマカートニーの手記からの引用は、Helen H. Macartney Robbins, *Our First Ambassador to China: An Account of the Life of George, Earl of Macartney* (Cambridge: Cambridge UP, 2010) によるものである。
2 このスミスの指摘を含め、本稿で言及する中国に関する諸言説は、フランス人宣教師デュ・アルド（Du Halde, 1674-1743）の『シナ帝国全誌』(*Description de la Chine*, 1735) によるところが大きいと考えられる。イェズス会士らの報告書などから編纂されたデュ・アルドの『シナ帝国全誌』は、いわば中国に関する百科全書の類であり、宣教師たちの中国での活動の成果をヨーロッパの人々に知らしめることとなった (Porter 73-74)。イギリスでは18世紀の中葉にすでに二種類の翻訳が出回っていたが、この二種の翻訳書の出版元の間で繰り広げられた版権をめぐる争いは、誰しもが中国について触れる際断りなしに引用することができるほど、デュ・アルドの著作を有名にしたとされる (Fan 252)。
3 ウォーレスとヒュームの人口趨勢をめぐる論争に関しては、エディンバラの哲学協会で発表され、ヒュームも閲覧したとされるウォーレスの草稿について詳細に分析したAmoh を参照のこと。
4 英国人口論争の顛末については、「4段階論」、「政治算術」、「貧困」そして「奢侈」をキーワードに詳しく論じた次の論文を参照されたい。深目保則「人口動態と富裕―貧困認識をめぐる文明史論と政治算術――18世紀スコットランド、イングランド経済思想の一側面――」、『名古屋大学附属図書館研究年報』第8号、2009年、1-21ページ。
5 ペルフィットのいう「精神的叩頭」と関連して述べるならば、エリザベス・H・チャン (Elizabeth Hope Chang) は、「北京に在住して以来私の眼差しや嗜好が少し中国的になった」というフランスのイェズス会士アッティレ神父 (Father Attiret, 1702-67) の言葉を引用しながら、「中国のものを見るという行為」を通して習得される「中国人的な眼差し」について議論を展開している (23)。そして中国の庭園は「中国人的な眼差し」への変容の過程について考察する格好の舞台であると主張する (Chang 23)。チャンが彼らの庭園描写において分析するのは、中国の庭を直接体験し中国化する彼らの眼差しに対し、そうした体験に先行する文脈、すなわちアッティレの円明園の叙述や英国の建築家で中国広東での滞在歴のあるウィリアム・チェンバーズ（William Chambers, 1723-96）による中国庭園論などの諸言説、あるいは中国趣味やイギリスの庭園風景にみられる美的価値観が、どのように抑制的に作用するかについてである (42-45)。
6 中国における「幼児遺棄」と関連して言えば、こうした因習を人口抑制のための一手段

として肯定的に認識する見方もある。たとえば中国人は社会的経済的な状況に応じて「人口学的な行動」を決定することができたとの見解を示す、ジェームズ・Z・リー (James Z. Lee) とフェン・ワン (Wang Feng) は、中国の人口拡大を「積極的制限」の所産であると捉えたマルサスに対し、中国の人口動態における「予防的制限」の重要性を主張する (40, 12)。つまり彼らが力説するところによれば、中国には「結婚生活での出生の抑制」や「嬰児殺し」、また「男性による結婚の自粛」などの人口を管理する複数の方法が存在していたのであり、こうした「予防的制限」のために中国では「長期にわたる飢饉や危機的な死亡率」などの「積極的制限」を回避しながらの人口の拡大が可能となったという (Lee and Feng 41)。

7　清朝皇帝への贈与品として反射望遠鏡、測量装置、蒸気機関、天球儀や地球儀、また太陽系儀などが献上されるが、その目的は清朝宮廷に「イギリスの当然と考えられる製造と科学における優越性を印象付ける」ことにあり、またそこには「中国市場における優位を獲得するという目的」が隠されている (Kitson 144)。しかし中国側は、献上品の受納を「アジアの朝貢国との複雑な関係を象徴的な形で調整するための一手段」としか認識しないため、贈答という行為に関する両者の見方に食い違いが生じる (Kitson 144-45)。つまり朝貢体制下の当時の中国は、英国からの使節団を、宗主国と藩属国という「彼らの世界秩序」の中で、「清の宗主国としての正当性」を再確認するための一種の宗教的儀礼の一コマと見做していたのである (Hevia 226)。こうした経緯を象徴するように、中国側が使節団のために用意した船には「中国皇帝へ貢物を運ぶイギリスの使節」と中国語で表記された旗が翻っていたという (Barrow 69)。このような光景を目の当たりにしたバローは、中国人たちは英国よりの使節について「彼らの君主への敬意の表明」以上の考えを有していないのではないかと懸念している (68)。

引用文献

Amoh, Yasuo. "The Ancient-Modern Controversy in the Scottish Enlightenment." *The Rise of Political Economy in the Scottish Enlightenment*. Ed. Tatsuya Sakamoto and Hideo Tanaka. New York: Routledge, 2003. 69-85.

Anderson, Aeneas. *A Narrative of the British Embassy to China, in the years 1792, 1793 and 1794*. London, 1795.

Barrow, John. *Travels in China*. London, 1804.

Chang, Elizabeth Hope. *Britain's Chinese Eye: Literature, Empire, and Aesthetics in Nineteenth-Century Britain*. Stanford, Cal.: Stanford UP, 2010.

Edinburgh Review Jan. 1805: 259-88.

Fan, Cunzhong. "Chinese Fables and Anti-Walpole Journalism." *The Vision of China in the English Literature of the Seventeenth and Eighteenth Centuries*. Ed. Adrian Hsia. Hong Kong: Chinese UP, 1998. 249-81.

Glass, David V. *Numbering the People: The Eighteenth-Century Population Controversy and the Development of Census and Vital Statistics in Britain.* Hants: Saxon, 1973.
Hevia, James L. *Cherishing Men from Afar.* Durham: Duke UP, 1995.
Howlett, John. *An Examination of Dr. Price's Essay on the Population of England and Wales.* London, 1781.
Hume, David. *Selected Essays.* Ed. Stephen Copley and Andrew Edgar. Oxford: Oxford UP, 1996.
Kitson, Peter J. *Forging Romantic China: Sino-British Cultural Exchange 1760-1840.* Cambridge: Cambridge UP, 2013.
Lee, James Z, and Wang Feng. *One Quarter of Humanity: Malthusian Mythology and Chinese Realities.* Cambridge, Mass.: Harvard UP, 1999.
Malthus, Thomas R. *An Essay on the Principle of Population.* 1798. Ed. Geoffrey Gilbert. Oxford: Oxford UP, 1993.
Mayhew, Robert J. *Malthus: The life and Legacies of an Untimely Prophet.* Cambridge, Mass.: Belknap P, 2014.
Montesquieu, Charles de Secondat. *Persian Letters.* 1721. Trans. Margaret Mauldon. Oxford: Oxford UP, 2008.
Petersen, William. *Founder of Modern Demography: Malthus.* Rev. ed. New Brunswick: Transaction, 1999.
Peyrefitte, Alain. *The Immobile Empire.* Trans. Jon Rothschild. New York: Vintage-Random, 1992.
Porter, David. *Ideographia: The Chinese Cipher in Early Modern Europe.* Stanford, Cal.: Stanford UP, 2001.
Price, Richard. *An Essay on the Population of England, from the Revolution to the Present Time.* 1779. 2nd. ed. London, 1780.
Robbins, Helen H. Macartney. *Our First Ambassador to China: An Account of the Life of George, Earl of Macartney.* 1908. Cambridge: Cambridge UP, 2010.
Rutherford, Donald. *In the Shadow of Adam Smith: Founders of Scottish Economics 1700-1900.* New York: Macmillan, 2012.
Smith, Adam. *An Inquiry into the Nature and Causes of the Wealth of Nations.* 1776. Ed. R. H. Campbell and A. S. Skinner. 2 vols. Oxford: Clarendon P, 1976.
Staunton, George. *An Authentic Account of an Embassy from the King of Great Britain to the Emperor of China.* 2 vols. London, 1796.

Townsend, Joseph. *A Dissertation on the Poor Laws. By a Well-Wisher to Mankind*. 1786. Berkley: U of California P, 1971.

Wallace, Robert. *Dissertation on the Numbers of Mankind, in Ancient and Modern Times*. 1753. 2nd. ed. Edinburgh, 1809.

Whelan, Frederick G. *The Political Thought of Hume and His Contemporaries*. Vol. 2 of *Enlightenment Projects*. 2 vols. New York: Routledge, 2015.

Wrigley, E. A. "British Population during the 'Long' Eighteenth-century, 1580-1840." *The Cambridge Economic History of Modern Britain*. Ed. Roderick Floud and Paul Johnson. Vol. 1. Cambridge: Cambridge UP, 2004. 57-95.

Yang, Chi-ming. *Performing China: Virtue, Commerce, and Orientalism in Eighteenth-Century England, 1660-1760*. Baltimore: Johns Hopkins UP, 2011.

第 3 章

Humphry Clinker におけるメタモルフォーゼ
――手紙における挿話に注目して――

林　　智　之

I　序文

　作家トバイアス・スモレット（Tobias Smollett, 1721-71）の『ハンフリー・クリンカーの旅』(*The Expedition of Humphry Clinker*, 1771) は 18 世紀の旅行小説である。この作品では、主人公で家長のマシュー・ブランブルが率いるウェールズ人一家 5 人が、実在の人物がでてくるなどの現実に近いブリテン島を巡り、旅の途中で故郷に書き送る書簡がこの小説を構成している。5 人とは主人公の地主ブランブル（Bramble）、その妹のタビサ (Tabitha)、主人公の甥ジェリー（Jery）と姪リディア（Lydia）、侍女のウィン (Win) であり、題名に出てくるハンフリー・クリンカーは途中で一行に加わる。主なプロットはブランブルとジェリーの手紙を軸として展開するため、本論ではこの 2 人とクリンカーの関係に注目する。
　この作品は 2015 年の『オックスフォード版英語小説史 第 2 巻』(*The Oxford History of the Novel in English* Vol. 2) で評価されている。批評家トマス・キーマー（Thomas Keymer）は、後世の小説家アンナ・レティシア・バーボールド（Anna Lætitia Barbauld, 1743-1825）とウォルター・スコット（Walter Scott, 1771-1832）が、各自の英国小説集に『ハンフリー・クリンカー』を含めたことを重要視し、その理由を「ブリテン島全体を舞台とする小説」は統一国家の概念形成に貢献したため（Keymer 383)、と述べる。

さらに言えば、古典文学に詳しいバーボールドやスコットは、ローマの古典世界を18世紀社会に重ね合わせた、この作品の優れた点をよく理解していたためと考えられる。[1] 作者スモレットは、ラテン語を必要とするグラスゴー大学の医学課程に学び、さらに多言語に堪能でもあった。この作品の前、1766年出版の『フランス・イタリア紀行』(*Travels through France and Italy*) では、ニース (Nice) でアウグストゥス・カエサルの戦勝記念碑に書かれたラテン語を読み、欠損部分はプリニウス (Pliny, 紀元23-79) の『博物誌』を参照して補っている (*Travels* 142)。実録と虚構の違いがあるが、同じ旅行記として、ラテン語とその文学への愛着が、『ハンフリー・クリンカー』にも表れていることは、十分考えられる。

　だが、今まで『ハンフリー・クリンカー』の批評は、バース、ロンドン、エディンバラ等の都市における1760-70年代当時の社会表象の分析が多かった。先述したように、この作品の特徴は、古代ローマの世界を考えながら、現在の場所を検討するところである。例えば「バースの円形建物 (The Circus)」(*Humphry Clinker* 34)[2] や、「リースの競馬 (Leith Races)」(226) に関して、その緻密な描写にばかり注目されていて、作品中でそれらをローマのコロッセウムやサトゥルヌスの祭りに比較していることに焦点をあてた批評はあまり見られない。[3]

　本論では、古典文学が、作品の根底にあることに注目する。実際、主人公ブランブルとその甥のジェリーは、手紙でよくラテン語の引用を使う。中でも、オウィディウス (Ovid, 前43-紀元18) の『変身物語』(*Metamorphoses*) に注目し、その派生語である「変身 ("metamorphose")」という、テクストに頻出する語の用いられ方を検証する。さらには、『変身物語』の引用部分の主題にも注目する。この作品では、ホラティウス (Horace, 前65-前8)、ウェルギリウス (Virgil, 前70-前19) 等の他の古典作家からの引用も多くあるが、警句・格言としての使用に留まっている。しかし、オウィディウスの『変身物語』は、そのラテン語文の単語が掛け言葉になり、さらに『ハンフリー・クリンカー』の物語の伏線ともなっている。

　また『ハンフリー・クリンカー』では、家長のブランブルとその甥のジェ

リーの旅の目的地が違ってくるが、このプロットの展開も『変身物語』13巻の引用箇所で、前もって暗示されている。スコットランドにおいて、2人だけでハイランド地方の旅行を行った仲であったが、最後では、故郷の屋敷に向かう叔父ブランブルの一団からジェリーは離れ、妹のリディアと共にバースに行く。本論では、旅でいつも共にいた叔父と甥が、最終的に別の道をいくことになる過程を、このオウィディウスの古典作品を通して考察する。

II　ジェリーの愛犬ポントの死――『変身物語』の引用

　先述した『オックスフォード版英語小説史 第2巻』で、「国内旅行の文学 ("literature of domestic tourism")」(Keymer 435) と呼ばれているものの、『ハンフリー・クリンカー』がスコットランドまで遠征する異色の小説であることを論じた批評は意外と少ない。1707年の「合同法（Act of Union）」制定後も、ほとんどの旅行小説の移動が北イングランドまでで留まっていた (Keymer 436)。だが、この小説はイングランド・スコットランドの両方を旅行し、ブリテン島の南北の統一を示す画期的なものであった。

　この点に関して、ブリテン島を巡る一行の出発点と終着点に、主人公ブランブルの屋敷のあるウェールズ (Wales) が具体的に描かれていないことは注目すべきである。旅行は4月初めにイングランドのグロスター (Gloucester) から始まり、11月の半ばウェールズの近くで終わる。この故郷の描写の欠落を埋めるのが、旅先のスコットランドのハイランド地方 (Highlands) の山岳だ。移動だけに注目すれば、この作品はブリテン島の南の山岳地帯の人々が、北の山岳地帯に向かい、新しい認識を得て故郷へと折り返す話だと言える。

　『ハンフリー・クリンカー』において、スコットランドは、ただ通過する地点のみならず、ウェールズとの類似を通し、歴史や風景を一行、特に主人公とその甥のジェリーに強く印象づける土地である。まず、ジェリーが旅を通し、手紙の中でくり返し『変身物語』に関する話を書くことで、旅の継続感を生じさせている。彼はオックスフォードの学生で、大学のジーザス・カレッジ (Jesus College) の親友と手紙を交わす。4月2日付のグロスターからの最

初の手紙で、自分の飼い犬ポント（Ponto）の世話を寮の皆に頼んでいる。

間もなく4月18日のホットウェルズ（Hotwells）で、愛犬が同じ寮生マンセル（Mansel）によってテムズ川に投げ込まれ溺死させられた、とジェリーがマンセルを非難する手紙が書かれている。ジェリーによれば、犠牲となった理由は、オウィディウスの『変身物語』の一節にあって、犬の名前ポントが、ラテン語「海（"Pontus"）」という名詞の、単数・与格の形 "Ponto" と同じためであった。

> 彼［マンセル］が私の哀れな犬ポント（Ponto）を溺死させたことを許すことはできない。それもオウィディウスの冗長さ（"Ovid's pleonasm"）を語呂合わせの墓碑銘（"punning epitaph"）「その海には岸がない」（"*deerant quoque Littora Ponto*"）に変える目的のためだ。彼は犬を、水かさが増し激流である時テムズ川に投げ込んだのは、蚤をとる以外の意図はなかったと言い訳したが、これは筋が通らない（"hold water"）だろう。(16)

ここで取り上げられるのは『変身物語』第1巻292行目の「すべてが海で／その海（"Ponto"）には岸がない（"Omnia pontus erat,/ deerant quoque littora ponto"）」という文章である。[4] マンセルはこれを長々しいと感じ、後の「その海（"Ponto"）には岸がない」という句を墓碑銘にして犬と共に葬ったのだとジェリーは解釈して、機知で応酬する。この文章は、神が人間の傲慢を罰するために洪水を起こす場面について述べたものである。ジェリーは "water" という単語を用い、マンセルの言い訳は「水も漏らさぬ」論理ではないし、「神罰の大洪水の抑止もできない」、という掛け言葉で返し、マンセルの浅知恵を馬鹿にするのだ。

この事件もあってか『変身物語』の大洪水の話は、ジェリーの心の底に存在しているように描かれている。この犬の死の話は、約5ヶ月後の9月3日スコットランドのインヴァラリー（Inveraray）における景色の表現に繋がる。ジェリーは北のハイランドの山岳地帯から、ヘブリディーズ諸島の眺望を次のように描写する。

第 3 章　*Humphry Clinker* におけるメタモルフォーゼ

私は今最果ての地（"the *Ultima Thule*"）のほんの近くにいる。この呼び方がオークニーやヘブリディーズ諸島 (the Orkneys and Hebrides) にふさわしければの話だが。これらのヘブリディーズの島々が私の目の前に広がり、その数は何百にも上り、"Deucalidonian" の海に点在していて、波間に上下（"up and down"）している。それは私が今まで見た中で、最も絵のようで空想的な光景（"the most picturesque and romantic prospect I ever beheld"）である。(236)

批評家ポール・ガブリエル・ブーセ (Paul Gabriel Boucé) が、早くも 1976 年に『トバイアス・スモレットの小説』(*The Novels of Tobias Smollett*) で述べたように、"Deucalidonian" はデウカリオン（"Deucalion"）とスコットランドの古地名カレドニア（"Caledonia"）とを合わせた、かばん語である (Boucé 330)。『変身物語』において、デウカリオンは大洪水の際、妻と共にパルナッソス山に流れ着き生き延びた人類の祖だ。つまりジェリーは、デウカリオンの立ち位置で、ハイランドの山から北大西洋の荒波をみているのである。

　ブーセの指摘以来、"Deucalidonian" は、部分的な言葉遊びと考えられてきた。だが、この言葉はもっと深い意味があり、愛犬ポントの水死の話とあわせ『変身物語』の挿話を構成するのではないか。ここで、ジェリーが "the *Ultima Thule*" と書くように、実際の風景は古典世界に重ねられている。彼の頭の中で、亡き愛犬ポント（Ponto）は、言葉の世界の中で「海」に生まれ変わり存在している。ジェリーの死と再生への鋭い感受性は、母を亡くしたことに由来するのだろう。さらにこのモチーフは、4 月 18 日と 9 月 3 日の手紙を通じ、イングランドのホットウェルズとスコットランドのインヴァラリーを繋ぐ。ジェリーは『変身物語』の「海」に言及し、ブリテン島の南部と北部の物理的距離を忘れさせ、親近感を感じさせるのだ。

　『変身物語』では洪水による滅亡だけでなく、その後の大地の新秩序・豊穣も描かれる。山に流れ着き洪水を生き延びたデウカリオンは、大地の女神ガイアのお告げで、妻と共に岩を投げ新しい人類を誕生させる。『ハンフリー・クリンカー』においても、ジェリーが惹きつけられるのが海（水）なら、主人

公ブランブルは山（大地）の安定性を好む。彼の故郷ウェールズは「自然の土（"natural soil"）」(119) のある山岳地帯だからだ。また、山の大地は、ブランブルが憩うためだけの場所ではない。『変身物語』の人類創造のように、物語の終盤において、彼の子孫が繁栄するために不可欠なところでもある。

　そこで、ブランブルの気分と旅先の大地との関連を具体的に検証する。「55歳（"the age of fifty-five"）」(24) のブランブルは痛風を患う上に、「家庭内のいざこざ（"domestic vexation"）」(11) のため最初は不機嫌だ。4月26日の手紙には、「毎日ますます人間嫌い（"misanthropy"）になる」(47) と、故郷を離れなければよかったと書いている。バースでは、療養所の水や空気の汚染に憤り、ロンドンでは売り子が果物を唾で磨くのをみて嫌悪を催す。5月8日にはホラティウスの『風刺詩』(Satires) を引用し「ああ田園よ、お前をいつ見られるだろう（"O Rus, quando [ego] te aspiciam!"）」(66) と嘆き、故郷の山の大地に固執している。

　彼の転機は、スコットランドのエディンバラで有名な医者のグレゴリー (Dr John Gregory, 1724–73)[5] に会い、「ウェールズ生まれならハイランド地方 (Highlands) に行き、その山の空気を吸えばよい」(235) と勧められたことだ。この地方で彼は健康を取り戻し、上機嫌になる。さらに、8月28日の手紙でハイランドの人々の言語や習慣がウェールズと似ていて、両者は「ブリトン人（"the Britons"）の子孫」(247) と考える。ブランブルは民族学的な観点で、ブリテン島の名の起源である民族が、南北の山岳地帯に国を創ったと感動するのだ。

　また8月8日付のエディンバラからの手紙でブランブルは、「イングランド人（"the Englishman"）がこの国［スコットランド］で受ける初印象は、彼の偏見を取り除くことに貢献しないだろう。なぜなら、その人は見るものすべてを自国の同じ事物と比較（"comparison"）して言及するからだ。」(231) と述べている。だが、ブランブルは西ハイランド地方への入り口である都市グラスゴー (Glasgow) を見て、すぐに8月28日の手紙に次のように書く。

　　私はグラスゴーを目にしたので、とても幸せです。グラスゴーは、私の記憶と

判断によれば、ヨーロッパで最もきれいな街（"prettiest towns in Europe"）の1つで、間違いなくグレート・ブリテン王国で最も繁栄している街（"the most flourishing towns in Great Britain"）の1つです。....その街は一部、緩やかな傾斜の上に建っていますが、大部分はクライド川の流れている平原にあります。(245-46)

　ブランブルはグラスゴーを見て、グレート・ブリテンだけでなく、ヨーロッパ全体と比較しても負けない繁栄した街だと述べている。さらに、その後、ハイランド地方を「民族的な愛着（"national attachment"）を感じる」(247) とまで言い、ブランブルにとって、まさに旅行先のハイランドの地は、ウェールズの代わりとしての大地となるのである。
　旅先の風景に対し、ジェリーは古典を通じて異国情緒を感じ、ブランブルは故郷との同一性を感じるが、両者はハイランドの地域への愛情で一致する。ローマの古典世界とブリテン島の古代の結びつきが2人の想像力の中にある。この作品の中ではブリテン島の南北は、『変身物語』の荒々しい海と、山岳地帯の大地の豊饒性で繋げられているのだ。

III　ブランブルの旅の成果——ハンフリー・クリンカーの2度の "metamorphose"

　ハンフリー・クリンカーはこの小説の題名になっている人物であるが、最初から一行に参加しているわけではない。チッペナム（Chippenham）で一行の馬車が壊れたので、仕方なく訪れたマールバラ（Marlborough）の宿屋において、臀部が開いたぼろの衣服を着た20歳代の青年 (81) として登場する。ブランブルは彼の困窮した境遇を聞いてお金を与える。彼は感謝し、主人公の従者になる。最後に主人の命を救った後、彼の庶子だと分かり共に屋敷に帰る。
　古典文学にも登場する、低い身分から変身する王子の典型のようだが、クリンカーは手紙を書かず、ブランブルの必要な時にしか登場しない。作品中には、他に、スコットランド人の退役軍人のリスマヘイゴー（Lismahago）と

いう手紙を書かない人物が登場するが、彼はブランブルの友人になり、その妹タビサと結婚し、より行動的な人物として描かれる。

　作品前半は、実際の歴史上の人物が登場するなど事実の上に構成されるフィクションであるため、活躍するのは甥のジェリーである。甥の「後見人 ("guardian")」(8) の元議員のブランブルは、ホイッグ派の元首領ニューカッスル公 (Duke of Newcastle, 1693-1768) に、甥のジェリーを跡取りとして紹介する (113)。さらに、バースでは叔父の友人、名俳優ジェイムズ・クイン (James Quin, 1693-1766) とジェリーは知り合い (51)、旅の中で社交界に自分の繋がりを作っていく。だから、旅の最後にバースの街は彼にとって活動拠点となるのだ。

　重要なのは中盤からの、クリンカーの身分変化である。最初にぼろを着た姿から御者に、そして、ブランブルの従者から彼の子どもに変化する時、"metamorphose" という言葉がそれぞれ使われている。OEDによれば、この言葉は「変身 ("metamorphōsis")」というラテン語から派生し、人間を動物に変化させる意味だったが、17-18世紀では身分の変化にも使われるようになった。ここには、英国文学における「変身 ("metamorphose")」概念の変化がある。

　本論では、この作品における "metamorphose" という言葉の使用に注目する。作品での最初の使用は馬車で目的地に着き休憩している時に、御者台から新しい服を着てクリンカーが現れる場面で、5月24日にジェリーの目線で書かれたものである。

> この新しい御者は際立って勤勉であり…そしてついにハンフリー・クリンカーの個人の顔 ("individual face") が現れた。彼はブランブル氏から受け取ったお金で彼自身の衣服 ("his own clothes") を質請けし、自分をこの [御者の] 身なりに変身させた ("metamorphosed himself in this manner") のだった。(83)

ちゃんとした衣服を着ることで、ハンフリー・クリンカーは、社会的な人間

として「個人の顔」をもつようになる。その変わり様は「変身("metamorphose")」と表現されている。だがこの後、不器用なクリンカーは食事の給仕の時に主人公の妹タビサの愛玩犬を踏んでしまう。タビサは怒り、彼を解雇しようとするが、ブランブルは、家長として妹タビサを叱る (85)。こうして、ロンドンで愛玩犬は手放され、クリンカーは残るのだ。

この場面は、社交のための南部都市の旅と、本格的なブリテン島の北への旅行 ("expedition") を区別する分岐点である。北部への旅は、危険を伴い、愛玩犬は邪魔になるからだ。実際、この旅は、グロスターの寄宿舎で学んでいた姪リディアが地方回りの役者ウィルソン (Wilson) に恋し、その兄ジェリーが怒って役者と決闘寸前になったという家族間の紛争に根源がある。リディアを役者から遠ざける目的で、ブランブルが4月2日に甥と姪2人と共に、家族でグロスターからブリストル (Bristol) に向かうことで旅は始まる。

しかし、主人公の半ば義務的な移動は、自主的で遠大な旅の計画へと次第に変化する。5月8日付のバースからの手紙では「首都の滞在期間は短いだろう。私は自分の健康のため北への旅行 ("expedition to the North") を計画している。」(66) と言い、早くも計画があったことが分かる。だが、北への旅行の出発準備ができた矢先、クリンカーはロンドンで追剝の濡れ衣のため監獄に入れられる。ブランブルは彼を心配して体調を壊し、6月12日の手紙で、「あの可哀そうな奴が…裁判 ("trial") になるまで私はロンドンに滞在しなければならない。おそらく私の北への旅はだめになってしまう ("blown up") だろう。」(146) と嘆く。

従者にすぎないクリンカーは主人ブランブルの旅を左右し、焦らす存在になるのだ。そして、主人公はクリンカーを監獄から助け出すとすぐに、北への旅を始めるのである。次はクリンカーが釈放された6月14日のブランブルから親友のルイス医師への手紙である。

> 私の精神と健康は相互に影響し合うことが分かりました。つまり、私の精神を不安にさせる全てのものは、対応する肉体の不調を生むのです。…クリンカーの投獄 ("imprisonment of Clinker") は前の手紙に書いた症状をもたらし、症

状は彼の釈放("his discharge")でなくなりました。.... 私達はこれから数週間の間移動しますので、通常のようにあなた［ルイス医師］からの便りを期待することはできません。(154)

最新の Norton 版テクスト注によれば、"clinker" の意味は「溶けたレンガ」から転じ、当時の俗語で「排泄物」であった (Gottileb 88)。[6] よって "discharge" は「便が通じた」ことも意味している。肉体と精神の繋がりを考えれば、クリンカーの釈放で、ブランブルの頭の中の持病や領地管理への懸念が除かれ、晴れやかな気分になり、北への旅路が開通したともいえる。

　ブランブルは、ジェリーとリディアの後見人として気配り、「国会議員 ("representative")」(98) の公務、地主として忙しい、耐える日々を送ってきたのだろう。55歳で機会を得て、新しく北への大旅行を計画したが不安もある。『ハンフリー・クリンカーの旅』という題であるのは、彼がクリンカーによってこの旅に踏み切った背景を示唆しているのではないか。

　ただ、この作品にはもう一回ひねりがある。クリンカーは2度目の変身 ("metamorphose") を遂げて、ブランブルの息子になるからだ。彼は、ブランブルが学生時代、チッペナムの「酒場の女主人 ("bar-keeper")」(318) との間にできた子だった。生まれ故郷の近くでの遭遇は親子の出会いだったのだが、それを知らずに2人は共にブリテン島をほぼ一巡していた。

　父と子を隔てていたのは、名前の変更である。ハンフリー・クリンカーは父に、自分の名は仮のものであり、出生証明書の正式名は「マシュー・ロイド」だと明かす。実はブランブルは、学生時代「グラモーガンのマシュー・ロイド (Matthew Loyd of Glamorgan)」と母方の姓を名乗っており、その時期生まれた息子に同じ名前を付けたのだ。だがその後、主人公は父方の姓の「マシュー・ブランブル」に名前を変えた。主人公には作品中で "metamorphose" という言葉は使用されないが、クリンカーだけは「マシュー・ロイド」と変化する。

　こうしてブランブルは、クリンカーを自分の実子だと認め、妹のタビサに息子だと紹介する。10月6日推定の手紙で、ジェリーはその様子を次のよう

第 3 章 *Humphry Clinker* におけるメタモルフォーゼ

に描いている。

> 「妹よ、(と叔父は言った)…. 以前のハンフリー・クリンカーはマシュー・ロイドに変身し（"metamorphosed into Matthew Loyd"）、お前の血縁という（"your carnal kinsman"）名誉を受けることになった…」…. [タビサは言った]「兄さん、あなたはとても悪い人間だったわね。…. 私は今日認知したこの若者が、くだらない学問のあるあなたより神の恩寵と信仰心をもっていることが残念だわ。」(318-19)

　今回の変化では、タビサは庶子のクリンカーへ共感をもち、良い服を与えるよう促す。ブランブルは、若い頃の放縦だった頃の記憶を取り戻し、束の間の解放感を味わったようだ。だが同時に、彼を慈善家としてみてきた周囲にとって、主人公は偽善的な人物に見える。

　旅の成果として、自分の子供を得たのはブランブルの予想外のことであった。この旅はクリンカーというぼろを着た社会の余り者を従者にするだけでなく、ブランブルが、彼を自分の息子として発見し直すことで、自己の若い頃の分身マシュー・ロイドとして昇華させたのだ。北への旅行は、まさに旅行者の人生を変える旅になるのである。では、次の節ではブランブルが旅の中で得た物・失った物を考えてみたい。

IV　地主の屋敷の相続と実子の判明──"metamorphose" という単語の形の変化

　『変身物語』は、ジェリーだけでなく、スコットランド人のリスマヘイゴーによっても引用されている。彼は「血統とか、先祖とか、自分で成していないものは私には自分自身の物と言えない（"genus et proavos, et quæ non fecimus ipsi, vix ea nostra voco"）」(192) と謙遜する。テクスト注によると、これは『変身物語』第 13 巻 140-41 行目の部分で[7]、オデュッセウスが自分の偉業を理由に、トロイア戦争で死んだ勇者アキレウス（Achilles）の武具を要求する時の演説であり、他の候補者大アイアス（Ajax）がアキレウスと血縁

であることを主張するのに対抗している。この血統と偉業の話は、『ハンフリー・クリンカー』でも最後のブランブルの屋敷の相続権を巡る庶子クリンカーと甥のジェリーの関係にもあてはまる。

　小説の後半では、地主としての血筋の認識か、その地位に値する立派な行為か、どちらがより重きをおかれるかが問われる。クリンカー＝ロイドは父親が地主だと知らず育ったが、ブランブルに忠実であり、彼は「自分で成したこと」において優れている。対して、ジェリーは地主の甥として常に自己の「血筋」を意識し、地主の跡取りとして紹介されてきた。だが、実の息子と判明すれば、クリンカーが親の屋敷を相続する可能性が強くなる。

　帰りの道における最大の事件は、イングランドに戻った後、鉄砲水で馬車が転覆し、ブランブルが溺れる場面であろう。クリンカーによるブランブルの救出は、ジェリーの日付のない手紙（10月6日推定）に次のように書かれる。なお、この時点では、まだクリンカーが彼の子どもであると判明してはいない。

　　私は、妹［リディア］の頭の髪の毛をつかんで、川岸まで引きずり上げた後で、叔父がまだ姿をみせてないことに気づいた。流れに逆らって進んでいる時に、…ウィンを岸まで運んでいる途中のクリンカーに会った。だが、私が叔父は無事か尋ねると、彼はすぐに彼女を振り放し‥‥電光石火のごとく、この時までには水に浸かっていた馬車に飛んで行き、潜って、どう見ても生気（"deprived of life"）のない、哀れな叔父を引き上げた。(313)

クリンカーは自分の恋人、侍女のウィンを運んでいたが、途中で放り出して、ブランブルの救助に駆け付けるのだ。ジェリーは目の前でクリンカーの義理堅さを見たわけである。また、彼が叔父の死んだような様子に衝撃を受けている間に、クリンカーは蘇生措置をとり、見事成功する。甥のジェリーは頑張るが、クリンカーの救出と応急処置の手腕には及ばない。

　ブランブルが地元の宿屋で意識を取り戻した頃、当地の地主のチャールズ・デニソン（Charles Dennison）が事故を聞いて見舞いにくるのだが、実

はデニソンはブランブルの学生時代の友人であった。ブランブルは臨死体験を得て若い頃を取り戻したかのように友人と話す。話の中で、デニソンの息子が、家出してウィルソンという偽名で旅回りの一座に身をやつして入ったことが明らかになる。リディアの恋人は、ブランブルの親友の息子の紳士であった。その息子も帰ってきて、ジェリーも含め両家の祝福のもと、リディアとウィルソン＝デニソンの結婚が決まる。こうして、旅の発端であるリディアの恋の問題は解決する。

これに関しては、侍女ウィンの 10 月 14 日の手紙に描かれている。ウィンは手紙で造語ともいえる綴り間違いをする。「リディアお嬢様を追いかけてきた…旅役者はデニソンと言う地主の跡取り息子に変身した」という趣旨の文を書くが、その中で「変身 ("metamorphose")」を "matthewmurphy" と綴る。この誤りは、前の節で述べた主人公の名前変化を暗示する。主人公は学生時には「グラモーガンのマシュー・ロイド (Matthew Loyd of Glamorgan)」と名乗っていたが、成人後「モンマスシャーのマシュー・ブランブル (Matthew Bramble of Monmouthshire)」に正式な姓名を変えている。つまり、「マシュー」しか共通しておらず、"matthewmurphy" は「マシュー・某」のように、姓の変化を皮肉る表現だといえる。批評家マイケル・マッキオン (Michael McKeon) も 2003 年の論で次のように考察している。

> ウィンのこの間違った綴りは、オウィディウスの「変身」概念 ("Ovidian metamorphosis") 自体を、特徴的に滑稽に変化 ("ludicrous transformation") させたものである。ウィンのマラプロピズム ("Win's malapropism") は…. 異様な言葉の混合物であり、2 つの発見によって生じる関係［ブランブル＝ロイド（父）とウィルソン＝デニソン］を示している。(McKeon 63)

批評家は続けて「それは同時に近代社会では、固定名が経済的な土地と取り換え可能であるという真実を示している。」(McKeon 63) と鋭く指摘している。古典文学では、故郷を離れ放浪中でも「イタケ (Ithaca) のオデュッセウス」などと正式には先祖代々の土地名がつく。対して、18 世紀は土地の売買

で、放埒な学生「ロイド」は、姓を「ブランブル」と変え、国会議員まで勤めた慈善家地主になる。"metamorphose" と言う言葉はブランブルに使われないが、"matthewmurphy" という造語の使用は主人公への皮肉ととれる。

だが、マッキオンは、作家スモレットがラテン語の間違いを、『変身物語』のモチーフに繋げた重要性を指摘していない。1751年のスモレットの小説『ペリグリン・ピクルの冒険』(*The Adventures of Peregrine Pickle*) でラテン語を音が似た英語の単語に置き換える試みがある。そこではホラティウスの『風刺詩』の "Mutato nomine, de te fabula narratur" というラテン語の格言文が "Mute aye toe numbing he, ... Deity, fable honour hate her" という英語に聞き違えられる (*Peregrine Pickle* 204)。[8] この聞き間違いは文レベルであるが、『ハンフリー・クリンカー』ではこれを発展させ "matthewmurphy" という含蓄のある単語を作ったのだ。

さらに、"matthewmurphy" という言葉は、2人の「マシュー」、出生をめぐる父子のねじれた関係をも表現するのではないか。判明後も、クリンカーは、ブランブルを父親ではなく、主人として奉公している。親のブランブルも、息子を外出時の御者にしたり、手紙では正式名ロイドより、クリンカーという呼称を使ったりする。"matthewmurphy" という単語の変形のように、2人は普通の父子関係ではなく、主人・従者という変わった形をとっている。

リディアの失恋という旅の発端の原因が解決したため、ブランブルは、学生時代の友人と過去について話すのに熱中し、旅の停滞を招く。10月11日の手紙に、「別れの日 ("the day of separation") が来たときは、どの方面にも大きな悲しみがあるはずだ。同時に、天が与えてくれた祝福を最大限に使わなければならない」(331) と自分の死すら達観して、結婚を祝福する。だが、この時点では自分の跡継ぎの問題については一言も言っていない。

一方、「クリンカー＝ロイド」(345) は、自分の原点を忘れないようにしている。それは、ジェリーの手紙 (10月6日推定) に書かれている。ウィンは身分が高くなった彼に捨てられると思い、地主の息子として「誇らしい ("proud") と思うあまり、同じ哀れな召使を見向きもしないでしょうね。」(319) と言うが、クリンカーは次のように言う。

「どうして僕が誇らしい ("proud") のか。... 罪深くも身ごもられ ("conceived in sin")、不当にも生まれて ("brought forth in iniquity")、教区の救貧院で養育され、鍛冶場で育った哀れな人間だよ。ぼくが高慢 ("proud") に見える時にはいつでも、チッペナムとマールバラの間で初めて君［ウィン］に会った時に、僕のいた状況 ("condition I was in") を思い出させてくれ。」(319)

と召使ウィンへの愛情の不変性と共に、出生に関わる劣等感を告白する。だから、ブランブルを父親として捉えられないのだ。ブランブルも、彼に息子として接していない。

そして、自分の子と向き合えない叔父に代わり、ジェリーがクリンカー＝ロイドに跡継ぎとしての自覚を探る。10月14日の手紙で、クリンカーが、侍女ウィンと一緒に上流階級の真似をしてふざける様子に、ジェリーは「叔父が息子のためにどのような意図をもっているか分からないので、早まって叔父を失望させる危険は冒すべきではない」(333) と注意する。だが、逆にクリンカーに、自分とウィンとの「婚約 ("engagement")」が決定したものとして、ブランブルとジェリー2人に同意してほしい」と頼まれる。ジェリーは、クリンカーに地主の息子なら結婚相手は、ふさわしい地位の女性を選ぶべきと言う一方、ウィンへの愛情も理解し、「私たち ("we") は時間を見つけて彼の問題を考慮するべきだ。」(334) と述べる。

ジェリーは、この件は、跡取りの重大事として叔父に伝えたようだ。10月26日のブランブルの手紙で、「クリンカー＝ロイドは、私の甥を通じて ("canal of my nephew")、彼とウィンの間に存在する相互の真摯な情熱と愛を説明し、彼らが生涯を共にすることに対して、私の同意を願う慎ましやかな陳情をしました。」(345) と述べて、ブランブルはルイス医師についに次のように書いている。ここで言及される傷とは彼の出生への劣等感のことだろう。

私は、クリンカーがこの傷 ("this scrape") から距離をおいてほしいと願いたかったのですが、新婦の幸せが危うくなり、彼女は落胆しすでにヒステリーの発作を起こしていたので、私は悲劇的破局 ("tragical catastrophe") を防ぐため、彼に上流の階級の真似 ("imitation of his betters") をする許可を与えまし

た。そうすれば、すぐにブランブル屋敷は彼の子ども（"progeny"）であふれるでしょう。(345)

「ブランブル屋敷は彼らの子どもであふれる」と言う言葉は、クリンカー＝ロイドに侍女のウィンと結婚を許し、最終的に彼らに屋敷の相続権を贈与することを述べたものに他ならない。ブランブルは、息子への負い目もあり、ようやく決断したのだ。

ジェリーは、叔父の子の出現で屋敷の相続権を取られる。だが、彼はさほど落胆はみせない。「グラモーガン州のベルフィールド（"Belfield in the county of Glamorgan"）のジェリー」(318) と紹介される場面があり、自分自身の土地は持っているからだろう。彼は、妹のリディアの結婚で知人も増え、バースの社交界に向かうことになる。最後の書簡11月20日の時点では一行からまだ別れていないが、叔父から独立して生活するつもりなのは明らかだ。

次の節では、ブランブルがバースへ向かうジェリーたちと別れる場面を考察する。これに関し、ジェリーが劇の上演を取りしきる場面を検証する。それから、クリンカーの妻ウィンと家事をしきってきたタビサ、この2人の手紙から、屋敷の主導権争いの気配を読み取る。最後に、この書簡体小説独特の、様々な含みを持った旅の終わりの手紙について考察する。

V ブランブルとジェリーとの別れ——パントマイムの意義とブランブルの屋敷の行く末

ここまで協力してきたジェリーとブランブルの2人が、別々の道を行くことに関して、ブランブルの11月20日の最後の手紙に注目する。11月19日に、リディアとジョージ・デニソン、クリンカー＝ロイドとウィン、タビサとリスマヘイゴーの結婚式が行われるが、その余興については、ジェリーは、もう関係の薄くなったブランブルの屋敷でなく、旅で知り合った著名人もいるバースの社交界で行うことを計画している。

第 3 章 *Humphry Clinker* におけるメタモルフォーゼ

ジェリーは彼の義弟［ジョージ・デニソン］を説得してその妻［リディア］をバースに連れていかせることにしました。デニソンの両親も息子についていくでしょう。私に関しては、その道順を取る気は全くありません（"no intention"）。.... 残りの一団もバースから戻ったら私たちを訪問すると約束しました。(351)

一方、ブランブルと同行するのは、タビサとリスマヘイゴーの夫婦、クリンカー＝ロイドとウィンの夫婦たちである。ブランブルがジェリーの別行動をすぐに認めるのは、もともと旅の前はジェリーとリディアはそれぞれ学校の寮、寄宿舎という離れた場所で暮らしていたからである。旅でせっかく親密になったジェリーとの絆も、疎遠になることが推測される。

ジェリーの提案で、リディアたち新婚夫婦はバースに行くことになる。彼の発言の影響力は増しているようだ。そこで、初めてジェリーが一行の主導権を取った場面を取り上げる。結婚前の期間にジェリーは、田舎の人々を観客にして演劇を行う。演目の１つ『伊達男の計略』(*The Beaux' Stratagem*)では、リディアの結婚相手ジョージ・デニソンに配慮がみられる。リディアが、エディンバラで、劇中の人物「エイムウェル（"Aimwell"）に扮した恋人の幻影」(258) をみることから、それはデニソンが旅役者として演じていた得意な役柄だと分かる。

疑問に思われるのは、多産豊穣を願う結婚祝いに『ハーレクィン・スケルトン』(*Harlequin Skeleton*)[9] をなぜ選んだのかである。これは、1770 年代にコヴェント・ガーデン劇場で流行したパントマイムであるが、ハーレクィンが解剖学者の娘と逢引するため骸骨の標本に変装し、召使のピエロ (Pierrot) を脅かすという内容である。11 月 8 日の手紙でジェリーは上演模様を書いている。病気かと思うほど痩身のリスマヘイゴーが、骸骨に追われるピエロとして「全ての観客を困惑させるほど尋常でない鋭敏さ（"præternatural agility"）」を見せ、その場面が「肺病（"Consumption"）を追いかける死（"Death"）の生き生きした表象」(345) になったそうだ。結婚の豊饒性には死が共にあると、母親を亡くしたジェリーは結婚せずに考えている。

多産豊穣と言えば、「ブランブル屋敷はクリンカーの子があふれる」とブランブルが述べている。第Ⅰ節で論じた、『変身物語』において、洪水を生き延びたデウカリオンのイメージは、鉄砲水（"flood"）の危機を切り抜けたクリンカーに重なるところがある。そして彼は、パルナッソス山で神の助けで新しい人類を創造したデウカリオンと同じく、ウェールズの山岳地帯で、ブランブルの見守る中、子孫を繁栄させる予定なのだ。

　もっとも、批評家のジョアン・ルイス（Joanne Lewis）は最後の劇には死の影があり「ブランブルが健康で家に帰りつくという結末は、虚構（"a fiction"）にすぎない」(Lewis 414) と述べている。実際、この小説の執筆時、作者スモレットは病身で、1771年の6月に書き終わり、9月に亡くなった。[10] 批評家ルイスはこの伝記的事実から、この劇はブランブルにも死が迫る予兆だとしている。

　だが、主人公は作者の分身として描かれていないし、ブランブルとジェリーの帰る先が別れるという重要なプロットの展開の意味を、ルイスは見逃していると考えられる。まず、10月26日では、手紙にブランブルは体力が回復したので、学生時代の他の友人のところへ、馬車で外出したりしている。劇の上演は全てジェリーに任せ、見ていないようだ。ブランブルは、デニソン家に滞在中、親友の医師から冬には地元に帰らないと体に響くと忠告の手紙を受け取ったようだが、調子が良いと言い切る。

> 私は、今いる場所に完全に落ち着いて（"at my ease"）いるのです。健康はとても改善したので（"so much improved"）、痛風やリューマチを無視しています。．．．まさに良い健康の核心と基準である精神の元気な循環を促進するためには、転地と同じく、付き合う仲間の変化（"change of company"）さえも必要だと発見しました。(339)

文面をみるとブランブルは心身ともに健全なようだ。この旅行の最初の頃、体調の悪さを訴え、「毎日ますます人間嫌い（"misanthropy"）」になると嘆いていたのと同じ人間ではない。この旅行を通して、様々なことに遭遇し、社

会を厭う気持ちがなくなったからだろう。

　つまり作品を読む限り、作家スモレットは、主人公を帰りの道筋で死なせるという含みは入れていないと考える。なぜなら、この小説は、ブランブルが屋敷に帰った後、新たな家庭的な悩みの発生することを予期させながら結末を迎えるからだ。農業を好む彼は、11月20日に荒野を開墾することは今後の「人生の目的（"scheme of life"）」(351) と打ち明ける。

　だが、『変身物語』において、デウカリオンの創った新しい人類にも争いが起こったように、屋敷の中にも争いの種がある。それは、元侍女のウィンが跡取りの妻として使用人たちともめ、家事を仕切ってきたタビサと屋敷の主導権争いが起こることだ。11月20日、監督不行き届きを示すように、ブランブルの手紙の後に、タビサとウィンの手紙がある。タビサは「落ち着くまで私は、家事の運営（"stewardship"）は手放さない。」(353) と召使頭に保証する。だが、ウィンは、「低い階級の召使（"the lower servants"）と馴染みだった」が、今後は「丁寧に行動して、適切な距離をおいてください。」(352) と元の仲間に命じ、手紙の署名を「ウィン」でなく「W. ロイド (W. Loyd)」として身分上昇を示す。この手紙は、使用人を巻き込む2人の争いの勃発を暗示し、屋敷の秩序が今後保たれるか疑念をもたせる。

　この結末は、冒頭の状況の反復を予期させる。ブランブルは生きて屋敷に帰り、また家の中の揉め事に巻き込まれ、旅を恋い焦がれるだろう。ジェリーは、「単純な皆は最初彼らの状況の新鮮さを楽しむだろうが、誘惑物（"decoy"）の性質をよくわかれば、おそらく彼らの気持ちは変化するだろう」(349) と距離を置いて予測している。旅の結末部11月20日はまさに嵐の前の静けさで、主人公は屋敷に帰る途中で、束の間の幸せの中にあるのだ。

VI　まとめ

　以上のように、古典『変身物語』はこの作品に大きな影響を与えている。オウィディウスの『変身物語』における大洪水の逸話で、イングランドのホットウェルズとスコットランドのインヴァラリーが、繋げられている。こうし

て、皆がブリテン島の南北を移動する様子を印象づけ、旅の継続の概念を生じさせている。この意味で本作品は 18 世紀の旅行小説の傑作である。

またこの作品では、焦点が土地と人間関係の間で移り変わる。最初はジェリーの "Ponto" という心象風景に留まっていたが、クリンカーがブランブル

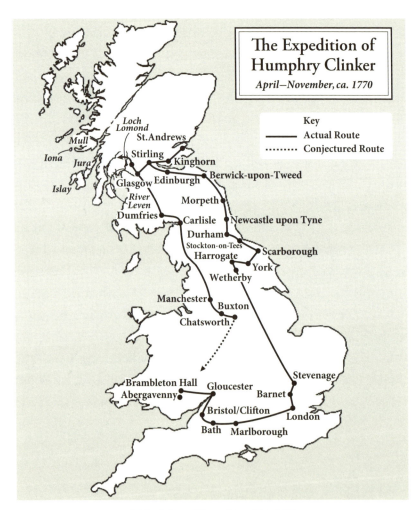

図 1　Map ブランブル一行の旅程
Norton 版 *The Expedition of Humphry Clinker* pp. 4–5 から抜粋

の実子と判明し、『変身物語』のもう1つの引用アキレウスの武具の相続部分と同じように、叔父ブランブルと甥ジェリーの関係も変化する。ブランブル屋敷の相続者が、彼の甥から息子クリンカーへと変わり、ジェリーは旅の最終目的地をブランブルの屋敷からバースへと変える。このように『ハンフリー・クリンカー』は、オウィディウスの古典から精髄を抽出し、18世紀英国の社会を古典文学のコンテクストで捉え直すことに成功しているのである。

注

* 本論は、日本ジョンソン協会第48回大会 (2015年7月4日於:同志社大学) における口頭発表を元に加筆・修正を行ったものである。
1 バーボールドは『英国小説家選集』(*The British Novelists*, 1810)、スコットは『バランタイン版小説家選集』(*Ballantyne's Novelist's Library*, 1821-24) を出版した。古典文学の教養は、バーボールドは牧師の父親ジョン・エイキン (John Aikin, 1713-80) から学び、スコットはグラマー・スクール校長アレクサンダー・アダム (Alexander Adam, 1741-1809) から学んだ。
2 引用したテクストは *The Expedition of Humphry Clinker* (Oxford: Oxford UP, 1984) で、テクストからの引用は、ページ数のみとする。
3 『ハンフリー・クリンカー』の批評で、古代ローマと国家の関連は Denys Van Renen の "Biogeography, Climate, and National Identity in Smollett's *Humphry Clinker*" に詳しい。また William Park の "Fathers and Sons: *Humphry Clinker*" と Sheridan Baker の "*Humphry Clinker* as Comic Romance" はギリシア『オイディプス王』のパロディとしている。
4 Oxford 版テクストの編者 Knapp and Boucé の p. 355 の注を参照。
5 医者のグレゴリーを始めとして、この作品には、実在した人物も多数登場する。虚構の人物たちと区別するために、生年と没年を記した。それに関する批評については、Byron Gassman, "*Humphry Clinker* and the Two Kingdoms of George III" を参照。
6 "clinker" の意味は、Boucé が *The Novels of Tobias Smollett* (London: Longman, 1976) で考察した後、Damian Grant により、*Tobias Smollett: A Study in Style* (Manchester: Manchester UP, 1977) pp. 88-90 で再定義された。現在 Norton 版 Evan Gottileb による解釈が主流である。
7 Oxford 版テクストの編者 Knapp and Boucé の p. 366 の注を参照。
8 引用テクストは *The Adventures of Peregrine Pickle* (Georgia: U of Georgia P, 2014)

による。ラテン語文の意味は「名前を変えれば、この話はお前のことを語っている」。1758年の改訂版では、"Mutato nomine, de te fabula narratur" は、"Potato domine date" という英語に聞き間違えられている。*Peregrine Pickle*, p. 866 を参照。

9 『ハーレクィン・スケルトン』はエドワード・フィリップス（Edward Phillips）の作品とされ、ジョン・リッチ（John Rich, 1692-1761）により主な劇の後のパントマイムとして上演された。1747年頃から人気を集め、リッチの死まで9シーズン191回も上演された。Marc Martinez, "The Tricks of Lun: Mimesis and Mimicry in John Rich's Performance and Conception of Pantomimes" p. 168 参照。上演は Jacqueline Reid-Walsh, "Pantomime, Harlequinades and Children in Late Eighteenth-Century Britain: Playing in the Text" pp. 418-20 を参照。

10 作者トバイアス・スモレットは、1763-65年ニースに住んでいたが、1765年英国に帰国し、1766年に故郷スコットランドを訪問した後、バースやロンドンに滞在した。作品中で、登場人物としてスモレットは現れ、ロンドンでジェリーと出会う（テクストpp. 124-33 参照）。1768年秋にイタリアへ行き、リヴォルノ（Leghorn）近郊に住んだ。1771年6月にこの作品は出版されたが、売れ行きを知らずに異国で9月に亡くなった。Lewis Jeremy, *Tobias Smollett* を参照。

引用・参考文献

Baker, Sheridan. "*Humphry Clinker* as Comic Romance." *Papers of the Michigan Academy of Science, Arts and Letters* 46 (1961): 645-54.

Boucé, Paul Gabriel. *The Novels of Tobias Smollett*. Trans. Antonia White. NY: Longman, 1976.

Garside, Peter, and Karen O'Brien, ed. *English and British Fiction, 1750-1820*. NY: Oxford UP, 2015. Vol. 2 of *The Oxford History of the Novel in English*. 12 vols. 2010-17.

Gassman, Byron. "*Humphry Clinker* and the Two Kingdoms of George III." *Criticism* 16 (1974): 95-108.

Gottileb, Evan, ed. "Notes." and "Map." in *Humphry Clinker*. by Tobias Smollett. 2nd ed. NY: Norton, 2015.

Grant, Damian. *Tobias Smollett: A Study in Style*. Manchester: Manchester UP, 1977.

Horace. *Satires*. Ed. and Trans. Frances Muecke. Warminster: Aris and Phillips, 1993.

Keymer, Thomas. "Fictions of Union." *The Oxford History of the Novel in English*. Vol 2. Ed. Garside and O'Brien, 424-41.

Lewis, Jeremy. *Tobias Smollett*. London: Pimlico, 2003.

Lewis, Joanne. "Death and the Comic Marriage: Lismahago in *Harlequin Skeleton.*" *Studies in Eighteenth-Century Culture* 18 (1988): 405–17.
Martinez, Marc. "The Tricks of Lun: Mimesis and Mimicry in John Rich's Performance and Conception of Pantomimes." *Theatre History Studies.* Ed. Rhona Justice-Malloy. Alabama: U of Alabama P, 2009. 148–70.
McKeon, Michael. "Aestheticising the Critique of Luxury: Smollett's *Humphry Clinker.* " *Luxury in the Eighteenth Century: Debates, Desires and Delectable Goods*. Ed. Maxine Berg and Elizabeth Eger. 57–67. NY: Palgrave Macmillan, 2003.
Ovid. *Metamorphoses*. Ed. and Trans. D. E. Hill. Warminster: Aris and Phillips, 1992.
Park, William. "Fathers and Sons: *Humphry Clinker.*" *Literature and Psychology* 16 (1966): 166–74.
Reid-Walsh, Jacqueline. "Pantomime, Harlequinades and Children in Late Eighteenth-Century Britain: Playing in the Text." *British Journal for Eighteenth-Century Studies* 29 (2006): 413–25.
Smollett, Tobias. *The Adventures of Peregrine Pickle: In Which Are Included, Memoirs of a Lady of Quality.* 1751. Introd. John P. Zomchick and George S. Rousseau. Ed. O. M. Black. Georgia: U of Georgia P, 2014.
——. *The Expedition of Humphry Clinker.* 1771. Ed. Lewis M. Knapp. Rev. Paul-Gabriel Boucé. Oxford: Oxford UP, 1984.
——. *Travels through France and Italy.* 1766. Ed. Frank Felsenstein. NY: Oxford UP, 1979.
Van Renen, Denys. "Biogeography, Climate, and National Identity in Smollett's *Humphry Clinker.*" *Philological Quarterly* 90.4 (2011): 395–425.

第二部

18世紀的心性と女性

Chapter 4

Female Gaze and Male Sensibility in *A Sentimental Journey*

Naoki Yoshida

I

Soon into the second volume of Laurence Sterne's *A Sentimental Journey through France and Italy* (1768), Yorick realizes he has not brought a passport, which might lead to his incarceration in the Bastille prison. Indeed, he comes to France with only the most basic necessities —he is also unsure about the purpose of his journey in the first place.[1] Yorick tries to maintain "an air of indifference" (92) about his possible confinement, but upon imagining his state of slavery in the prison, he finally decides to ask Monsieur Le Count de B**** to issue a passport to preclude the danger of arrest. During his interview with the Count, he reveals the intention behind his journey to France:

> Excuse me, Monsieur Le Count, said I—as for the nakedness of your land, if I saw it, I should cast my eyes over it with tears in them—and for that of your women (blushing at the idea he had excited in me) I am so evangelical in this, and have such a fellow-feeling for what ever is *weak* about them, that I would cover it with a garment, if I knew how to throw it on—But I could wish, continued I, to spy the *nakedness* of their hearts,

Chapter 4 Female Gaze and Male Sensibility in *A Sentimental Journey*   71

and through the different disguises of customs, climates, and religion, find out what is good in them, to fashion my own by—and therefore am I come. (111)

Yorick states that he would make use of French nationality for his own character formation: the spying of the hearts of French people in the service of his self-improvement. It should be noted here that he tacitly suggests the need to take into consideration the gender difference for his observation. For whom is Yorick moved to tears? When he mentions "the nakedness of your land," he seems to assert his nature of sympathizing with all French people, whose national openness is sometimes susceptible to foreign attack or injury. In the face of the miserable situations of the French people, Yorick will always shed tears over them. Despite no clear sexual indication, we might assume that those who are referred to as "them" are chiefly French men.[2] Indeed, Yorick takes pity on male others when they are extremely helpless: his charity toward the poor monk and the male street beggars is one of the significant acts that refine his sensible heart. Yorick's observation of male French, therefore, is mainly made in terms of their economic conditions and his sentimental goodness is shown through the financial assistance. On the other hand, Yorick goes into detail on the observation of women: by referring to "your women," he emphasizes his strong interest in feminine aspect of French nationality. Although he shows the "evangelical" attitude toward female French, he also has sexual associations in mind. As for female "nakedness," Yorick offers to "cover it with a garment," while he eagerly wishes to "spy the *nakedness* of their hearts." Not only materially, but also mentally, he tries to scrutinize females in order to attain his own self-fashioning. Thus, from the above excuse made to the Count, Yorick's quest for stark-naked sentiment clearly represents the complexity of eighteenth-century sensibilities related to gender issues. In the following, I will focus on how Yorick makes use of the femininity to develop his sensibility. Since the sensibility is originally an ability to respond to sensory stimuli from the outside, it should be grasped not only in emotional sense but also physical one. Indeed, Yorick, through his physical touching to women, tries to make female sensitivity visible to us, the readers of *A Sentimental Journey*. In the episode, "The Pulse. Paris.", Yorick touches the grisset's wrist and feels the throbbing of her arteries to assure her generous feeling. Interestingly, Yorick's masculine power to control the grisset's visibility is collapsed through the process of expositing her sensibility: while the female gaze enables the male sensibility to become full-fledged, it brings about the inversion of gender hierarchy in the end. I argue that *A Sentimental Journey* insists the significance of gender difference to recognize the realistic meaning of sensibility and, at the same time, paradoxically reveals the annihilation of the difference.

This paper starts by examining the religious aspects of sensibility in *A Sentimental Journey*. In the second section, we see Sterne's insistence on the significance of Christian benevolence, whose effective use in society is the main topic of discussion among eighteenth-century moral philosophers. Sterne participates in this philosophical debate from his own religious and literary point of view. In Yorick's invocation of sensibility, we see two sides of pleasure and pain in his sentiment—the sensorium, a medium for connecting the secular with the religious, is quite significant for understanding the eighteenth-century debate on sensibility. The third section goes on to examine Yorick's failure to exert generous feelings toward the beggars and his need to divide himself into two, which gives him the chance to appreciate his former immature identity. Although he is mostly ashamed of his past self, he changes his negative profile into a positive one, from which he can gain sympathetic pleasure. Finally, the fourth section argues that Yorick's close observation of female sensibility makes his benevolence subject to moral criticism. It is quite difficult for him to maintain the balance between mental generosity and physical pleasure; however, by transposing himself into two characters—a female shopkeeper and Eugenius—he manages to become a spectator of his own behavior. Paradoxically, this creates a singular moment in which we realize the disappearance of Yorick's adherence to the gender difference in *A Sentimental Journey*.

II

In the letter addressed to his friend, Sterne insists on the importance of religious aspects of sensibility, which are closely concerned with his own and his fictional selves.[3] Here he asserts that we, human beings, are not the material existence, and that we can feel religious pleasure through our sensible heart. As we shall see, this pleasure is quite important not only for the religious belief but also the eighteenth-century moral philosophy in which the demand for Christian benevolence is discussed from an ethical point of view. Yorick's invocation of sensibility makes us realize that there is a medium for connecting the secular with the religious that is called a sensorium.

From the following, we understand that Sterne regards his emotional feelings as a medium for reaching God:

> [M]y Sentimental Journey will, I dare say, convince you that my feelings are from the heart, and that that heart is not of the worst of molds—praised be God for my sensibility! Though it has often made me wretched, yet I would not exchange it for all the pleasures the grossest

sensualist ever felt. (*Letters*, 621–22)

Sterne praises God by calling upon his personal sensibility. How does he make use of sensibility in order to reach God? What sort of sensibility is necessary for this purpose? This is the main theme of eighteenth-century moral philosophy, which Adam Smith uses to argue for the necessity of benevolence:

> In the divine nature, according to these authors, benevolence or love was the sole principle of action. . . . The whole perfection and virtue of the human mind consisted in some resemblance or participation of the divine perfections, and, consequently, in being filled with the same principle of benevolence and love which influenced all the actions of the Deity. (300)

Referring to the group of seventeenth-century moral philosophers known as the Cambridge Platonists, Smith points out that human beings should imitate benevolence, the supreme quality of the Deity. Although we cannot attain this ideal perfection, some resemblance or participation of affectionate divinity is always possible. Through the imitation of the ideal existence of God, we can communicate with and reach holy perfection. Thus, one of the main purposes of the philosophy of the time was to show us how to imitate such Christian benevolence, which Sterne tries to do in his own novelistic way. As it is significant for Sterne to imitate the supreme benevolence, it should be the purpose of Yorick's journey to find out an ideal example of generosity and exert his own benevolence to others in imitation of the model.

Nevertheless, as shown above, Sterne's attitude toward sensibility is ambivalent: he can feel himself being blessed by God when he exerts his emotions appropriately; but he also feels miserable when his emotions

Chapter 4 Female Gaze and Male Sensibility in *A Sentimental Journey*   75

are painful. Significantly, when in frustration he resists the temptation of sensual pleasure, he reveals that his sexual and physical feelings are fully attractive—for him, what is natural involves something sexual. Since Sterne's sensibility is fraught with the possible danger of carnal desire, it must be formulated within the delicate balance of mind and body. As for the aim of the journey, Yorick himself declares "'tis a quiet journey of the heart in pursuit of Nature, and those affections which rise out of her, which make us love each other—and the world, better than we do" (111). Yorick, here invoking Nature in place of God, tries to achieve the integration of his heart with Nature's love, which would enable him to love all creatures in the world. Furthermore, like Sterne, Yorick appreciates sensibility by alluding to the biblical metaphor of the fountain of life:

> —Dear Sensibility! source inexhausted of all that's precious in our joys, or costly in our sorrows! thou chainest thy martyr down upon his bed of straw—and 'tis thou who lifts him up to Heaven— eternal fountain of our feelings!—'tis here I trace thee—and this is thy divinity which stirs within me—not that, in some sad and sickening moments, *"my soul shrinks back upon herself, and startles at destruction"*—mere pomp of words!—but that I feel some generous joys and generous cares beyond myself—all comes from thee, great—great Sensorium of the world! which vibrates, if a hair of our heads but falls upon the ground, in the remotest desert of thy creation. (155)[4]

First, he reflects the two sides of pleasure and pain in human sensibility. Even though he is often conscious of his total helplessness in this secular world, he has never failed to feel intimacy with the divine in his heart through its generous feelings. Then, mentioning a passage in Addison's *Cato*, he demands the necessity of cultivating our generosity rather than of fearing our mortality.[5] When Yorick refers to the "great Sensorium" inherent in God, he reminds us of the contemporary debates about divine nature, especially about Newton's definition of the term. According to Joseph Addison's *The Spectator*, Newton indeed distinguishes two types of sensorium: God has the great sensorium, and human beings have the little one, called the sensoriola.[6] Because of the distinction, people attempt to imitate God's benevolence and love, as shown in the biblical episode of "a hair of our heads," in order to reach divine nature. James Chandler examines that Henry More, one of the Cambridge Platonists of the seventeenth century, was the first to coin the word "sensorium" (165). Like More, by using this term, Sterne suggests that a sensorium has the dual nature of materiality and immateriality. Thus, a sensorium is quite significant, as Sterne uses it to connect the philosophical debates to his theological and literary works.

A sensorium is a kind of organ that can respond to the slightest movement, such as a falling hair in a remote area (i.e. a sensory region that instantly perceives subtle changes in the external world). When Yorick tries to develop his generous sensibility, he must also grow in his ability to feel the sentiment of others through this internal mechanism. Therefore, in order to determine whether and how Yorick attains the initial aim of his journey, we need to examine the relations between his physical reactions to others and the corresponding affections in his sensibility.

III

In order to examine Yorick's ability to feel the sentiment of others, we see the scene in which Yorick tries to exert generous feelings toward the beggars. When he finally feels his failure to develop his sensibility in the end, he needs to divide himself into two, which gives him the chance to appreciate his immature identity and gain some sympathetic pleasure.

When Yorick encounters some beggars and gives them money as charity, he cannot fully exert the capacity to sympathize with these miserable people. The reason why his sensibility is quite limited might be seen in terms of a lack of taking natural pleasure in his charity. Concerning the benevolent activity that he is expected to exhibit in this journey, he gives readers the following advice:

> Let no man say, "let them go to the devil!"—'tis a cruel journey to send a few miserables, and they have had sufferings enow without it: I always think it better to take a few sous out in my hand; and I would counsel every gentle traveller to do so likewise: he need not be so exact in setting down his motives for giving them—they will be register'd elsewhere.
>
> For my own part, there is no man gives so little as I do; for few that I know have so little to give: but as this was the first publick act of my charity in France, I took the more notice of it. (47)

Melvyn New, the editor of *A Sentimental Journey* of The Florida Edition, comments that this scene reflects "a commonplace experience for travelers in France" (283); thus, Yorick's advice to prepare a small amount of money to be given as charity seems to be quite reasonable to the contemporary travelers. When he suggests not contemplating the just motivation for alms-giving, he reveals that charity is routine and something every traveler is obliged to do. It is money, not inner compassion, that matters for his charity. Therefore, Yorick's benevolence is essentially concerned with practical and reasonable ideas rather than more natural emotion. We cannot say that his sensorium works in an ideal manner because it lacks the ability to exert sensations over his body. As Robert

Markley argues, the ambivalent natures of eighteenth-century sentimentalism are present here: despite the seemingly natural tendency of benevolence, Yorick unwillingly reveals his "equation of money and virtue" in this episode (211).

Since Yorick only has eight sous, he has to choose who deserves his charity from the sixteen beggars he encounters. When he finds a humble man bowing out of the others' bids for charity, he gives him a sous, exclaiming, "Just heaven! for what wise reasons hast thou order'd it, that beggary and urbanity, which are at such variance in other countries, should find a way to be at unity in this?" (47). Although Yorick, as mentioned above, suggests not thinking about one's motivations for acts of charity, he now tries to find a seemingly fair reason to choose one for his alms-giving: the incongruous combination of misery and politeness in this beggar. Rather than being moved by natural emotions, he justifies his behavior in terms of rationality and the artificiality of the concerned parties. Here, "urbanity" means politeness or a sense of decorum, making us suspicious of this beggar's reserved behavior. His reservation looks artificial and self-dramatized so that his urbanity, which is usually admirable, has ironic implications and prevents readers from sharing in Yorick's generosity.

Although Yorick cannot derive any natural pleasure in his sensorium through giving money to beggars, he shows signs of true sympathy at the end of the episode. After giving the initially intended amount of money away, Yorick finds another man who is too ashamed to beg:

> I had overlook'd a *pauvre honteux*, who had no one to ask a sous for him, and who, I believed, would have perish'd, ere he could have ask'd one for himself: he stood by the chaise a little without the circle, and wiped a tear from a face which I thought had seen better days—Good

God! said I—and I have not one single sous left to give him—But you have a thousand! cried all the powers of nature, stirring within me—so I gave him—no matter what—I am ashamed to say *how much*, now—and was ashamed to think, how little, then: so if the reader can form any conjecture of my disposition, as these two fixed points are given him, he may judge within a livre or two what was the precise sum. (48–49)

Why does the *pauvre honteux* deserve Yorick's excessive charity? His seemingly reserved attitude is quite similar to that of the urbane beggar, but one noticeable difference is that his behavior of wiping "a tear from a face" works on Yorick's imagination. Why does the beggar weep? The reason is not that he is almost starving to death. Yorick imagines that on seeing his prosperous charity, the beggar is remembering "better days" in which he, like Yorick, might also have given alms to beggars. Therefore, because of his old-days prosperity this beggar cannot bring himself to ask for charity from Yorick. Yorick creates this story about the *pauvre honteux*, causing us to see Yorick's possible identification with the beggar: the generous Yorick could become another *pauvre honteux* in the future.

Because of the contagious effect of the man's tears, Yorick reveals the truth beyond his artificial posture to the beggars: in fact, he is wealthy enough to give much more to the poor. Interestingly, Yorick as a storyteller makes us guess how much he has actually given to this *pauvre honteux*. Clearly, he gives him less than two livres, which suggests that he thinks little of himself as well as of the beggar acting as his shadow. Thus, this episode does not only reveal that Yorick is ashamed of his stingy attitude toward the beggar, but also that he is ashamed of his past self who, at that time, felt no shame for his stinginess. The authoritative Yorick, through revealing his own past immature sensibility, tries to make positive sense of his failure. Behind the gesture of asking us to guess the amount of his charity, Yorick sympathizes with what he was. When the *pauvre honteux* "pull'd out a little handkerchief, and wiped his face as he turned away," (49) he can be regarded as the future Yorick, his tears springing from self-pity or compassion for his miserable self. This is the turning point in which Yorick changes his negative profile into a positive one. The tears emotionally influence his sensorium in a complex way—even though he feels wretched, he turns his feelings into a moment of pleasure from the different perspective that he takes.

IV

If we are to sympathize with others, we must closely observe their words and actions. Based on such observations, we then exert our imagination in order to identify with them. Yorick's charity toward the beggars, especially the last one, in which Yorick observes the tears naturally running out of his eyes, powerfully affects Yorick's sensorium. Although Yorick cannot feel fully sympathetic toward other males, his failure can be turned into the preface to another pleasure—benevolent feelings toward women. In the following, we shall see how Yorick's close observation of female sensibility makes him more benevolent than ever, and that his benevolence becomes subject to moral criticism. Although it is almost impossible for him to maintain the balance between mental generosity and physical pleasure, he manages to evade moral criticism against his sexuality by transforming himself into a spectator of his own behavior.

How, then, does Yorick's sensorium respond to females? During his journey, he encounters many women and quite often comes into physical contact with them through holding their hands, kissing their cheeks, or touching their skin.[7]   At these moments, we see that Yorick is almost caught up in the temptation of sensual pleasure. How does he manage to maintain the balance between mental generosity and physical pleasure, which is the main aim of his journey of pursuing the ideal sensibility?

The following episode, in which Yorick feels the beautiful grisset's pulse while standing out in the street, illustrates the complex relations between mind and body in Yorick's sensibility.

> HAIL ye small sweet courtesies of life, for smooth do ye make the road of it! like grace and beauty which beget inclinations to love at first sight; 'tis ye who open this door and let the stranger in.
> —Pray, Madame, said I, have the goodness to tell me which way I must turn to go to the Opera comique:—Most willingly, Monsieur, said she, laying aside her work—
> I had given a cast with my eye into half a dozen shops as I came along in search of a face not likely to be disordered by such an interruption; till at last, this hitting my fancy, I had walked in. (69)

Calling upon the "small sweet courtesies of life," Yorick compares life to a journey, during the course of which he needs assistance to find his way to the Opera comique. Here, Sterne makes it possible to combine the conversations and actions of the two so that the female's courtesies unknowingly influence Yorick's sensibility. Before entering this grisset's store to ask for directions, Yorick deliberately examines other faces on the street, deciding that she has some "grateful" traits on her face even though they remain hidden. Pointing someone in the right direction, as Yorick suggests here, seems to be an act without importance, but this little courteous action can be equal to the "grace and beauty" that cause us to feel affection. Thus, through the grisset's courtesies toward

Yorick, Sterne makes us aware of the gracious divinity that is open to any stranger at any time.[8]

At the doorway of shop, the grisset, indicating the direction he should take, tells Yorick to turn left at the first corner and then to make some additional turns to reach his destination. After listening to her detailed explanation, Yorick comments on her generosity:

> She repeated her instructions three times over to me with the same good natur'd patience the third time as the first;—and if *tones and manners* have a meaning, which certainly they have, unless to hearts which shut them out—she seem'd really interested, that I should not lose myself. (70)

What makes her courtesy gracious lies in the repeated instructions that she gives in tolerant and pleasant "tones and manners" to ensure that Yorick does not get lost. As Sterne argues, both the manner of the speech and the bodily gestures are significant to opening up insensible hearts.[9] We can also recognize the interconnection between body and soul, which enables the speaker to attract the audience to the utmost extent. Like a fascinated congregant, Yorick is totally overwhelmed by her "sweet courtesies" so that he ironically loses himself in spite of her generous instructions. Thus, the grisset, like a successful preacher, makes the stranger unconsciously enter her territory.

Soon after setting off, Yorick gets lost because he cannot turn right and has to return to the grisset. It is quite natural for him to take the wrong (not right) direction since he has already lost himself due to the grisset's small but powerful courtesies. Thus, Yorick's confusion of right and left (not right) is concerned with not only his taking directions but also his mental state (stable/unstable) or moral judgment (right/

wrong). The grisset, "laying her hand upon" (70) his arm, tells him to wait for her messenger to depart, whom Yorick can follow and therefore find the right direction to his destination. Inside her store, Yorick shows his gratitude with the following compliment:

> Any one may do a casual act of good nature, but a continuation of them shews it is a part of the temperature; and certainly, added I, if it is the same blood which comes from the heart, which descends to the extremes (touching her wrist) I am sure you must have one of the best pulses of any woman in the world— (71)

For Yorick, the most significant characteristic of generosity lies in its persistency. As mentioned here, however kind someone is to others, he or she is not worth praise if the kindness is just temporary. Yorick asserts that checking her pulse is an effective way to determine whether her generous "temperature" of the mind is authentic. However, since he has already been sure of her authenticity before checking her pulse, his examination of her blood circulation can be seen as a reaffirmation of her "small" courtesies. Feeling the pulse, then, is a chance to come into contact with her good nature on a physical level and to exert his newly acquired ability to show gratitude.

We might sense that Yorick tacitly gets the chance to satisfy his sexual desire. While assuming the attitude of returning her courtesy, he shrewdly secures the alluring opportunity to satisfy his sexual excitement. However, for his proposal to feel her pulse, the grisset willingly holds out her arm and says, "Feel it" (71). With this acceptance, she can maintain control over Yorick's sentiment throughout the episode. Even though he seems to take initiative in the investigation of female sensibility, he is always in the passive position.

Yorick as a narrator suddenly begins to talk about Eugenius, calling him "a Man of an Universal Good-nature"; he justifies his own behavior to Eugenius as follows:

> —Would to heaven! my dear Eugenius, thou hadst passed by, and beheld me sitting in my black coat, and in my lack-a-day-sical manner, counting the throbs of it, one by one, with as much true devotion as if I had been watching the critical ebb or flow of her fever—How wouldst thou have laugh'd and moralized upon my new profession?—and thou shouldst have laugh'd and moralized on—Trust me, my dear Eugenius, I should have said, "there are worse occupations in this world *than feeling a woman's pulse.*"—But a Grisset's! thou wouldst have said—and in an open shop! Yorick—
> —So much the better: for when my views are direct, Eugenius, I care not if all the world saw me feel it. (71)

Why does Yorick introduce the imaginary character of Eugenius, who plays the role of making moral judgment on Yorick's attitude? As David Hume argues, we must have an objective point of view to discern the true nature of others' feelings.[10] Since Yorick becomes full of sentiment by measuring the beating of the grisset's heart, Eugenius laughs at Yorick scornfully from a moral point of view and makes him the subject of criticism. Even if Yorick were to change his occupation to that of a physician, there still remains some immoral disgrace in his behavior. How does Yorick manage to avoid moral criticism? Yorick responds by slyly using Eugenius' imaginary attack. He purposefully emphasizes what is going on in full openness: anyone can see him touching and feeling the "ebb or flow" (71) of her passion, proving that he does not have a guilty conscience. How effective is it to provide such an open space in creating the objectivity of his sentiment? It is by taking the position of an imaginary observer, Eugenius, that the new Yorick can objectify his former identity as a subject of investigation. At this point, we become involved in his sentiment and have sympathy for him once we take the same objective point of view.

The episode with the pulse reveals the importance of gender differences in understanding Yorick's sensibility. When Yorick tries to discern the characteristics of feminine sentiment, he realizes that French businesswomen take a peculiar approach to acquiring their customers. In London, a shopkeeper and his wife keep complementary relations with each other because they are thought to be "one bone and one flesh" (72). It is necessary for the pair to cooperate while running a shop; therefore, if either a husband or a wife leaves the shop, they would come to an impasse. In contrast, in Paris, the husband is totally commerce-less—he is quite rough in manner and helpless for trading; thus, only the wife can manage the shop. Therefore, only from the grisset can Yorick learn courteous behavior.

How do female shopkeepers acquire the "small courtesies of life" in the business world? Are they naturally endowed with such capability? In fact, these women have had years of experience that enable them to deal with customers:

> [B]y a continual higgling with customers of all ranks and sizes from morning to night, like so many rough pebbles shook long together in a bag, by amicable collisions, they have worn down their asperities and sharp angles, and not only become round and smooth, but will receive, some of them, a polish like a brilliant— (73)

They do not just sit still while customers enter their shops. First, they argue about the price and possible deals through the practical negotiations with many traders and customers; further, through "amicable collisions" with all ranks of people, they learn the skills and habits of good commerce. Yorick uses the image of a stone that becomes "round and smooth" via friction to illustrate this process. As a result of continual polishing, female shopkeepers become courteous enough to attract all types of customers.

Yorick makes this imaginary inference about female sensibility while feeling the grisset's pulse. As we have already seen, the grisset's most fascinating character lies in her "small sweet courtesies of life," whose smoothness makes her customers' lives easy and pleasurable. In fact, from her small act of generosity, Yorick's sensorium enlarges his imaginary pleasure to the maximum. Here, the image of stone (i.e. the morphological change of femininity) is significant because it works on our sexual imagination as well. Readers who are familiar with Third Earl of Shaftesbury's *Characteristics* (1711) understand that the metaphor of a stone is originally used to insist on the necessity of female civility for men. In order to acquire a certain level of femininity, men need to polish one another "by amicable collisions." Here, however, the same metaphor is applied to women, causing readers to naturally rein in their impolite imaginations. When Yorick experiences delight in physical touch and emotional feeling, he is fascinated by the grisset's fictional history of sensual sensibility and is induced to buy a pair of gloves at her shop.

The immediate communication via touch enables Yorick to invigorate his hidden sensibility: Yorick's sensorium must work effectively so that he can take the standpoint of the female character. Compared with the grisset's full-fledged generosity, he would feel remorse at his own immaturity. Furthermore, as we have seen, his sensibility is at risk of criticism by Eugenius regarding his hidden sexual desire. However, at this moment, Yorick can transport himself to his safe zone, from which he can feel sympathy for another miserable Yorick. This kind of transference reminds us of Smith's description of an objective spectator:

> We begin, upon this account, to examine our own passions and conduct, and to consider how these must appear to them, by considering how they would appear to us if in their situation. We suppose ourselves the spectators of our own behaviour, and endeavour to imagine what effect it would, in this light, produce upon us. This is the only looking-glass by which we can, in some measure, with the eyes of other people, scrutinize the propriety of our own conduct. (112)

By referring to the use of a "looking-glass," Smith discusses the significance of looking into ourselves in order to have sympathetic feelings. The division of ourselves into two is significant in that it offers a chance to "scrutinize the propriety of our own conduct." However immature Yorick used to be, in this moment, he can sympathize with his past self and take some pleasure in his own benevolence toward his former identity.

When Yorick stops feeling the grisset's pulse, he decides to buy a pair of gloves. Indeed, he does not require any gloves, so this purchase can be seen as a sort of charity in return for her courtesy. The grisset begins the transaction by determining Yorick's hand size:

> The beautiful Grisset measured them one by one across my hand—It would not alter the dimensions—She begg'd I would try a single pair, which seemed to be the least—She held it open—my hand slipp'd into it at once—It will not do, said I, shaking my head a little—No, said she, doing the same thing. (74)

All of the gloves are too large for Yorick, and his hand slips loosely into even the smallest one. The bad fitting of the glove may imply that he needs direct touch without any outer cover of skin. Yet, this is not the case: the mutual exchange of a gaze, like a looking-glass in Smith's argument, enables Yorick to experience more indirect communication and makes him a spectator of his own behavior. The grisset's strange attitude toward Yorick is shown as follows:

> The beautiful Grisset look'd sometimes at the gloves, then sideways to the window, then at the gloves—and then at me. I was not disposed to break silence—I follow'd her example: so I look'd at the gloves, then to the window, then at the gloves, and then at her—and so on alternately.
> I found I lost considerably in every attack—she had a quick black eye, and shot through two such long and silken eye-lashes with such penetration, that she look'd into my very heart and reins—It may seem strange, but I could actually feel she did— (74-75)

Without any verbal conversation, they simply move their gazes so as not to "break silence" between them. Then, Yorick imitates the grisset's gesture, but he has strangely "lost" himself. Her gaze is totally free from Yorick's observation and imitation of the gaze. Even though she is just moving her "black eye" and "silken eye-lashes," she can gaze into the depth of his "heart and reins." In fact, her gaze penetrates his heart as if she has an all-seeing eye: she feels that Yorick feels sexual feelings toward herself. Thus, when he confesses that he can "actually feel she did," he not only reveals his identification with the grisset but also his passiveness during this scene. Yorick's initial position as a spectator, which is originally proclaimed in the interview with the Count, is totally reversed here, and he assumes the grisset's small courtesies. Paradoxically, when he becomes totally passive in the mutual exchange of gazes, he actively embodies the female awareness of his sexual desire inside himself. Therefore, we see him duplicate his own standpoint to make it possible to sympathize with the former identity with the help of the grisset's eyes—another viewpoint of a spectator.

Yorick points out that we should derive two opposite meanings from one thing even though it looks quite simple:

> There are certain combined looks of simple subtlety—where whim, and sense, and seriousness, and nonsense, are so blended, that all the languages of Babel set loose together could not express them—they are communicated and caught so instantaneously, that you can scarce say which party is the infecter. (74)

Once we recognize the complex mixture of sentiments, we understand that the seeming caprice or absurdity is actually prudence or thoughtfulness and vice versa. From this point of view, we may say that there is always something ambivalent about the mere exchange of a gaze with another. We cannot determine who initiates the agency of the looks. In this nonverbal communication of looks, the distinction between the seeing and the seen is ineffectual, so we can realize the possibility that a certain type of binary opposition will be temporarily annihilated. Interestingly, by using the medical term "infecter," Yorick upends the seemingly fixed status of male spectator in sexual negotiations. In fact, the glove, a product sold at her shop, could be seen as a condom whose main purpose is to prevent sexually transmitted diseases. Though the ill-fitting glove could be a dangerous moment for Yorick, it actually allows him to safely avoid the danger of a direct confrontation of sensibilities.

To sum up, although Yorick realizes his own failure to sympathize with others, he succeeds in taking the viewpoint of the female shopkeeper. Therefore, as in the case of Eugenius, the imagined viewpoint of the spectator, he sympathizes with his past immature self from a female viewpoint: he not only feels humiliation and shame, but he also has compassion for himself. He seems to be passive at first, but then he becomes quite active, as if he is an "infector." We cannot safely decide whether Yorick is truly male or female from the viewpoint of the control for gaze in *A Sentimental Journey*. He is totally ambiguous in terms of gender. This is quite a dangerous thought, but it comes from the fact that the eighteenth-century sensorium not only reacts to both mind and body, but it also works through unconsciously creating mixtures of oppositions. Thus, Sterne anticipates the later demand for the capacity to feel subtle excitement to the utmost, in which gender difference is ineffective in bodily feelings.

Notes

1 Regarding the purpose of Yorick's journey, Battestin argues that he suddenly travels from Dover to Calais in order to investigate French materialism (36). In this sense, as we shall see, *A Sentimental Journey* is closely related to the contemporary debate on the materialistic way of seeing the mind.
2 See Barker-Benfield (296) for a discussion of the popularization of *A Sentimental Journey* in the later eighteenth century and the effacement of the eroticism of this novel. As Paul Goring argues, Sterne's episode concerned with somatic pleasure is "aposiopetic," which is typical of most eighteenth-century polite fictions (201).
3 For the biographical information of Sterne's stay in France, see Ross (274–309). Sedgwick writes about the complex relations between the fictional self and the authoritative self in *Touching Feeling* (35–65).
4 For Yorick's religious enthusiasm in this passage, see Jeffrey Smith (27).
5 For Sterne's borrowing from Addison's *Cato* (1713) in this quotation, see Sterne, *A Sentimental Journey* 372.
6 For Newton's distinction between the sensorium and the sensoriola, see Addi-

son (54).
7 For more about Yorick's physical contact with female characters and its eroticism, see Ogée (104–14). Ogée also emphasizes the suspension of bawdy scenes by Sterne's literary techniques of silence.
8 For more on the cultural transformation of sentiment and politeness in the eighteenth century, see Brewer (113–22).
9 For the correspondence of body and mind in speech, see *The Sermon* (402).
10 In order to prevent "continual contradictions" that derive from each "peculiar point of view," Hume proposes establishing some general viewpoints about true sympathy (581–82).

Works Cited

Addison, Joseph. *Spectator*, no. 565, July 9, 1714.
Barker-Benfield, G. J. *The Culture of Sensibility: Sex and Society in Eighteenth-Century Britain*. U of Chicago P, 1992.
Battestin, Martin C. "Sterne Among the Philosophes: Body and Soul in *A Sentimental Journey*." *Eighteenth-Century Fiction*, vol. 7, no. 1, 1994, pp. 17–36.
Brewer, John. *The Pleasures of the Imagination: English Culture in the Eighteenth Century*. HarperCollins, 1997.
Chandler, James. "Sensibility, Sympathy and Sentiment." *William Wordsworth in Context*. Edited by Andrew Bennett. Cambridge UP, 2015, pp. 161–70.
Goring, Paul. *The Rhetoric of Sensibility in Eighteenth-Century Culture*. Cambridge UP, 2005.
Hume, David. *A Treatise of Human Nature*. 2nd ed. Edited by P. H. Nidditch. Oxford UP, 1978.
Markley, Robert. "Sentimentality as Performance: Shaftesbury, Sterne, and the Theatrics of Virtue." *The New Eighteenth Century: Theory, Politics, English Literature*. Edited by Felicity A. Nussbaum and Laura Brown. Methuen, 1987, pp. 210–30.
Ogée, Frédéric. "The Erratic and the Erotic: The Aesthetics of A Sentimental Journey." *Shandean: An Annual Devoted to Laurence Sterne and His Works*, vol. 24, 2013, pp. 104–16.
Ross, Ian C. *Laurence Sterne: A Life*. Oxford UP, 2001.
Sedgwick, Eve Kosofsky. *Touching Feeling: Affect, Pedagogy, Performativity*. Duke UP, 2003.

Shaftesbury, Anthony Ashley Cooper. *Characteristics of Men, Manners, Opinions, Times*. Edited by Lawrence E. Klein. Cambridge UP, 1999.

Smith, Adam. *The Theory of Moral Sentiments*. Edited by D. D. Raphael and A. L. Macfie. Library Fund, 1984.

Smith, Jeffrey. "Natural Desire and Natural Morality in *A Sentimental Journey* (I)." *Shandean: An Annual Devoted to Laurence Sterne and His Works*, vol. 22, 2011, pp. 64–106.

Sterne, Laurence. *The Letters, Part 2:1765-1768*. Edited by Melvyn New and Peter de Voogd. The Florida Edition of the Works of Laurence Sterne, vol. 8. UP of Florida, 2009.

———. *A Sentimental Journey through France and Italy and Continuation of the Bramine's Journal: The Text and Notes*. Edited by Melvyn New and W. G. Day. The Florida Edition of the Works of Laurence Sterne, vol. 6. UP of Florida, 2002.

———. *The Sermons of Laurence Sterne: The Text*. Edited by Melvyn New and W. G. Day. The Florida Edition of the Works of Laurence Sterne, vol. 4. UP of Florida, 1996.

第 5 章

バーボールドの擬人化されたネズミと動物福祉

川　津　雅　江

I　はじめに

　イギリス・ロマン主義時代の女性の作品における監禁された小動物の描写はこれまで抑圧状態にある奴隷、貧民、女性など被支配者のメタファーとして読まれてきた (Ferguson 4; Kenyon-Jones 43; Myer 264)。しかし、18世紀中葉までにデカルト的動物観（動物は痛みを感じない非理性的な機械であるとする考え）が破綻し、世紀後期には動物虐待に対する批判や動物の苦痛への共感の声が高まっていたことを鑑みると、比喩的読みよりもむしろ文字通り動物の苦境を訴えるものとして捉えた方がよいだろう。アンナ・レティシア・バーボールド（Anna Letitia Barbauld, 1743-1825)[1] が結婚の一年前に出版した『詩集』(*Poems*, 1773) 中の「ネズミの請願」("The Mouse's Petition") は、そうした動物福祉の言説の最初期の例である。

　本論では、「ネズミの請願」についての出版当時の書評とバーボールドの当初の意図との間の乖離に注目し、バーボールドがいかに擬人化されたネズミの語りを採用することによって、同時代の児童書や教育書中の動物福祉の言説に見られる人間中心主義的慈悲の感情を脱しつつ、動物の種としての権利と人間との平等意識を喚起しようとしたか、そしていかに擬人化の手法そのものがこの詩の受容の流れの中で彼女の意図を変容させていったかを考察したい。

II 「ネズミの請願」

「ネズミの請願」は、主タイトルの脚注に「プリーストリー博士へ」と記され、「一晩中彼［ネズミ］が監禁されていた罠の中で見つけられた」というサブタイトルがつけられている（【図1】）。[2] つまり、この詩は、捕われのネズミが非国教会牧師・自然哲学者のジョゼフ・プリーストリー（Joseph Priestley）に宛てた請願書である。

バーボールドがプリーストリーに初めて会ったのは、彼がチェシア（Cheshire）州北部ウォリントン（Warrington）の非国教徒のアカデミー（1757年設立、1782年閉校）で1761年から1767年まで教師をしているときである。バーボールドの父親ジョン・エイキン（John Aikin）は設立当初からの教師だった。プリーストリーはその後リーズ（Leeds）へ転居した。同じくウォリントン・アカデミーの教師だったウィリアム・ターナー（William Turner）のバーボールドへの追悼文によれば、「ネズミの請願」は、彼女がリーズのプリーストリー宅にしばらく滞在したときに書かれたらしい（Turner 184）。[3] そのとき、プリーストリーは様々な気体の実験をしていて、「家政の犠牲」（the victim of domestic economy）（これは後述のバーボールド自身の表現と同じ）、すなわちネズミを必要としていた。あるとき、「たまたま罠にかかったネズミが夕食後に持ち込まれたが、その夜それで実験するには遅すぎたので、召使いに翌朝までそれをおいて置くように頼んだ。翌朝、朝食後にそれが持ち込まれると、その請願がわなの金網に巻き付いていた。請願が成功したと付言する必要はほとんどない」（Turner 184）。

バーボールドの詩が1773年に出版されると、政治的信条に関係なくどの書評雑誌も動物実験を批判する詩として読んだ。リベラル

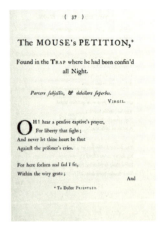

【図1】 *Poems*, 1st ed., 1773.

な『マンスリー・レヴュー』(Monthly Review) のウィリアム・ウッドフォール (William Woodfall) は、同詩が「詩趣に富むばかりでなく道徳的」であり、「可哀想な無害な動物」に対し「慈悲」(humanity) のないプリーストリーや「その他の実験哲学者たち」に役立つだろうと賞讃した (Woodfall 58)。保守的な『クリティカル・レヴュー』(Critical Review) は、「ネズミの請願」の詩を、「慈悲深いP博士によって、彼 [ネズミ] が電気実験で苦しめられるために終夜閉じ込められていた罠の中で見つかった」と紹介した。そしてネズミを救い出そうとする女性詩人の「慈悲」を賞讃する一方で、「実験哲学者たち」の「残酷さ」(cruelty) に対し嫌悪感をあらわにし、「彼らは動物には感情がないか、あるいは彼らのために苦しむために創られたと思っているようだ」と批判した (Critical Review 35 [1773] : 193)。

1773年の初版の詩には、どこにもプリーストリーの実験が気体実験であるとは記されていないので、『クリティカル・レヴュー』がすでに電気の実験で名を馳せていた自然哲学者の動物実験を電気実験と見なしたのも無理もない。プリーストリーは、『電気学の歴史と現状』(The History and Present State of Electricity, 1767) の序で、観念連合理論の提唱者デイヴィッド・ハートリー (David Hartley) の『人間論』(Observations on Man, 1749) から引用しながら、「この世界は仁愛(ベネヴォランス)の世界であり、それ故にその創造者は無限の愛と崇敬の対象なので、仁愛と敬神の念はわれわれがその世界を探求する際の唯一の真の指針、自然の神秘を開ける唯一の鍵、そして自然の迷宮を通り抜ける手がかりである」(Priestley, History xix) と述べつつ、別の箇所では、「真実の探求」は「人間のため」にされるべきであると主張した (xxi)。また、「動物実験」のセクションでは、プリーストリーは、6月4日に「ラットを殺した」、6月19日に「子猫を殺した」(618) 云々と克明に動物実験記録をしたためながら、それらの動物は「突然殺されたので、息を引き取る前にどのような感情をいだいていたのかわからない」(619) と記している。『クリティカル・レヴュー』の書評はおそらくそれらの記述を想起して、プリーストリーを「慈悲深い」と皮肉りながら、彼の実験の残酷さを批判したのだろう。[4]

III バーボールドの意図

同時代の書評の読みに従うと、バーボールドはあたかも19世紀末期に女性たちによって展開された反生体解剖運動の先駆者のように見える。[5] あるいは、シルヴィア・バウアーバンク（Sylvia Bowerbank）のように、「気体の性質に関する科学実験でネズミを殺すことに対しジョゼフ・プリーストリーを厳しく非難するため」(Bowerbank 136) の詩と読みたくなるかもしれない。しかしながら、実際には、バーボールド自身は動物実験に反対してはいなかったし、ましてや友人のプリーストリーを個人攻撃するつもりもなかった。『クリティカル・レヴュー』の書評を受けてすぐに、同年に発行された『詩集』第3版（【図2】）で、タイトルの脚注に以下の文章を追加した。この脚注は、第4版 (1774)、第5版 (1776–77) でも再録された。

> 作者は、正義に対する情けの請願として意図したものが残酷さに対する慈悲の懇願として解釈されていることを知って、心配している。この詩の宛先の紳士の残酷さが懸念されることなど決してありえないのは確かなのだ。それに、その可哀想な動物は哲学的好奇心の犠牲としてよりも家政の犠牲としてもっと苦しんできたことだろう。(Barbauld, *Poems*, 3rd ed., 37)

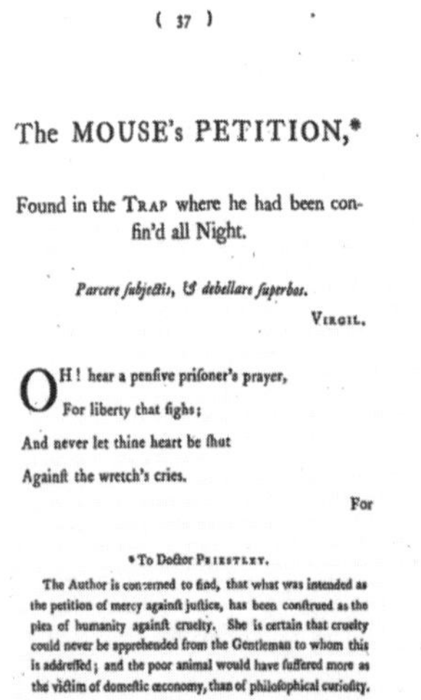
(37)

The MOUSE's PETITION,*

Found in the TRAP where he had been confin'd all Night.

Parcere subjectis, & debellare superbos.

VIRGIL.

OH! hear a pensive prisoner's prayer,
For liberty that sighs;
And never let thine heart be shut
Against the wretch's cries.

For

* To Doctor PRIESTLEY.

The Author is concerned to find, that what was intended as the petition of mercy against justice, has been construed as the plea of humanity against cruelty. She is certain that cruelty could never be apprehended from the Gentleman to whom this is addressed; and the poor animal would have suffered more as the victim of domestic economy, than of philosophical curiosity.

【図2】*Poems*, 3rd ed., 1773.

つまり、バーボールドによれば、この詩は動物実験を「残酷」(cruelty) と見なし、動物に対する「慈悲」(humanity) を懇願するものではなく、動物実験は「正義」(justice) であるが、動物に対して「情け」(mercy) をかけるように請願するものなのである。

ここで彼女が humanity と mercy の語を分けて用いていることは注目すべきであろう。18世紀には、humanity と mercy はしばしば

justice に対する用語として同義的に用いられた。たとえば、王政復古期のイングランド国教会内部の穏健派ラティチューディナリアンの流れを引く聖職者の一人ジョージ・スティーブンス (George Stephens) は、『公正と比較して善良の優しい性質に関する考察』(*The Amiable Quality of Goodness as Compared with Righteousness, Considered*, 1731) で、justice をなすためには humanity や mercy も必要であると記している (13-14; qtd. in Crane 213)。また 18 世紀後期の動物福祉に関するテクストにおいても、humanity と mercy は互換的に使用された。[6]『オックスフォード英語辞典』の定義でも、これらの語は人間の性格、傾向、心を示す意味において似ている。しかし、サミュエル・ジョンソン (Samuel Johnson) の辞典の定義によると、両者には重要な違いがある。すなわち、humanity は「人間性」(human nature) やキリスト教徒としての美徳を示す「仁愛」(benevolence) と同義であるに対し、mercy は「進んで容赦したり助けたりすること」(willingness of spare and save) を意味するのである (Johnson 361, 461)。

　では、バーボールドの脚注に戻れば、動物実験は「正義」であるけれども、動物に対して「情け」をかけるべきであるとはどういうことを意味するのであろうか。彼女は、ネズミは家の中では有害小動物（「家政の犠牲」）として動物実験よりも遥かに多くの数が駆除されていると指摘する。このような言い方は、動物実験擁護者が動物実験批判者の偽善を指摘するときにしばしば見られた。たとえば、ベンジャミン・マーチン (Benjamin Martin) の『若き紳士・淑女の哲学』(*The Young Gentleman and Lady's Philosophy*, 1759) では、実験で可愛いウサギを殺すのはかわいそうだと言う妹に対し、実験に携わる兄は次のように反論する。「お前はお前の性の人たちすべてと同じだね——大きな動物の命を奪うことを残酷だと思っているが、楽しい散歩をする度にお前の足下で息絶える動物の死にはまったく気にかけていない」(1: 395)。[7] バーボールドは家の中の台所や居間であれ、実験室であれ、[8] ネズミを殺すことについて何ら異議を唱えていない。彼女が問題にしているのは、プリーストリーがネズミを殺すことではなく、ネズミから家の中を自由に走り回る自由を奪い、一晩中ネズミを罠の中に閉じ込めておいたことに

対してである。家の中ではネズミは有害小動物として駆除されるが、その場合おそらく罠に捕まったネズミはすぐさま人間によって殺されるであろう。プリーストリーの動物実験でも、前述のターナーによれば、ネズミは「簡単に、素早く殺された」(Turner 184)。プリーストリー自身も『電気学の歴史と現況』で、実験動物は「突然殺された」(Priestley, History 619) と記している。一方、「ネズミの請願」のネズミの監禁が不当なのは、監禁がむやみに長時間行われているからである。それは、ネズミにとって死刑が先延ばしにされているだけで、死ぬまで苦しみが延々と続くことを意味する。動物実験では一瞬で殺すので、それほど苦しみを与えない。しかし一晩中も長々と苦しめることは残酷なので、ネズミに「情け」をかけて、罠から解放してほしいとバーボールドは（ネズミの声を借りて）頼んでいるのである。こうした考えは当時のほとんどの動物福祉の言説に通底する。動物を遊びなどで無用に殺すことは禁じられたが、人間の役に立つ（特に人間の食べ物になる）動物や、人間の食べ物を盗ってしまう害虫や有害動物などは殺しても構わなかった。だが、そうした場合でも死ぬまで長々と恐怖を与えながら苦しめたり、生きたまま調理することなどは残酷であると見なされた。[9] バーボールドの詩のネズミが一晩中閉じ込められたことは十分虐待に当たるのだ。

IV　主体性をもつ動物

さて、「情け」と「慈悲」は人間の性格や心を示す点ではほぼ同義なので、バーボールドのいう「情け」を「慈悲」に置き換えることも可能かもしれない。しかしながら、ここでは彼女がわざわざ「慈悲」の語を回避したことに注目したい。それは彼女がこの詩で問題にしたいのが、実験をする側の人間の側の美徳ではなく、動物の側の苦しみであるからだと思われる。

「ネズミの請願」は、擬人法の手法を用いて、捕らえられたネズミの考えを描く。「請願」という語は階級・地位等が劣った者から、上位の階級・地位の者へ懇願することを意味し、当時何度も議会に提出された非国教徒たちの請願のように、政治的含意がある。ネズミの請願も冒頭から政治的イメージ

を掻き立てる。ネズミは自らを「思案に暮れた捕われもの」("a pensive captive," 1)、「囚人」("the prisoner," 4) であり、それも翌朝「差し迫った死」("impending fate," 8) が待ち受ける死刑囚であるとする。死刑囚との連想は、当時は他人の所有物を盗んだだけで死刑に処せられたからであろう。ネズミも今や人間の「ごちそう」("a feast," 17) の落ちた残り物を食べたという罪を犯したため、監禁されているのだ。アン・ミルン (Anne Milne) によれば、プリーストリーは実験で生きたネズミが必要だったので、ネズミを「殺す」のではなく「捕まえて放免する」タイプのネズミ捕り器を使用したと推定されるが、そのようなネズミ捕り器は18世紀末には「木造で、かんぬきのある門と格子をはめた窓をそなえた牢獄棟」に似ていた (Milne 125-26)。[10]

また、「自由の身に生まれたネズミ」("A free-born mouse," 12) という言い方は、プリーストリーがその権利を擁護した非国教徒たちを想起させるし、「自然の庶民」("nature's commoners," 23) に「気持ちのよい光、生命に必要な空気」("The cheerful light, the vital air," 21) のような「天から等しく与えられた共通の贈り物」("The common gifts of heaven," 24) を享受させてくれという表現は、1760年代に労働条件の改善を求めて精力的に請願書を出した貧しい労働者や、オリヴァー・ゴールドスミス (Oliver Goldsmith) の『廃村』(*The Deserted Village*, 1770) で批判されたような囲い込み政策に対する抗議を喚起するだろう (Ready 102-03)。ネズミは、もしそういう人々を抑圧から解放すべきならば、動物に対してもそうすべきであると、自由主義思想を唱えたプリーストリーの「生あるすべて」("all that lives," 28) に対する「思いやり」("compassion," 26) に訴えるのである。

ところが、こうした請願の声は、29行目からは警告の声音に変わる。ネズミは「精神」("mind," 29) を「決して消えない炎」("A never dying flame," 30) といい、それが不変のまま「物質の様々な形態」("matter's varying forms," 31) を移動すると描写する。この箇所はアレグザンダー・ポープ (Alexander Pope) の魂の輪廻についての考えや、ジェイムズ・トムソン (James Thomson) の詩「自由」("Liberty," 1735) におけるピタゴラスの

魂の転生の教えを仄めかす (Donald 309n71; McCarthy and Kraft, *Barbauld* 246n21)。しかし、ネズミは、動物にも人間と同じように不滅の「精神」があるとは明言していない。つまり、29 行目は if から始まり、もし「決して消えない炎」が人間だけではなく動物にもあるならば、そうした場合は、「あなたが潰した虫の中に兄弟の魂を見つける」("in the worm you crush / A brother's soul you find," 33-34) かもしれないから、気をつけよと警告するのである。

　37 行目以下では、反対に、人間が不滅であることも if と仮定し、曖昧にしている。もし「このつかの間の日のきらめき」("this transient gleam of day," 37)、すなわち、地上の生が、「我々が共有する生のすべて」("*all* of life we share," 38)、すなわち、動物も人間もすべてが持つ唯一の生ならば、「哀れみ」("pity," 39) の心で小さいものの命を助けたまえという。そして最終連では、人間と動物が同族ならば、「人間はネズミのように」("men like mice," 46)、「目に見えない破滅」("unseen destruction," 45) に襲われたり、「隠れた罠」("the hidden snare," 48) につかまるかもしれないと警告する。

　このように、if を用いて、動物と人間の同族関係を曖昧にしたままであるけれども、ネズミの人間に対する警告は、人間中心主義的考えを脱していると言えるだろう。オンノ・オールマンズ (Onno Oerlemans) の定義によれば、人間中心主義とは「人間ではないものすべてを人間の必要に従うような他者へと変えてしまう」(Oerlemans 69) 世界観である。これに反し、「ネズミの請願」の擬人化されたネズミは人間にとっての他者ではなく、主体性をもち、家という同じ空間を人間と共有する存在である。このように動物を他者ではなく主体として見なす見方は、現在のエコクリティシズムで、「エコセントリシズム」[11]と呼ばれている。

V　擬人化の徳育力

　しかしながら、この詩の受容はバーボールドの意図に反したものだった。

1773年の『詩集』に収められた詩は、一般読者向けに出版される前にウォリントン・アカデミーの仲間内で私的に閲覧されていたものだった。従って、バーボールドが「ネズミの請願」の読者として子どもを想定していなかったことは明らかである。ところが、彼女の『詩集』が瞬く間に版を重ねる間に、この詩は教育書や児童書の中で、教材として使われるようになった。そうした動きを招いたのは、同詩が動物の擬人化の技法を用いているからであろう。

動物が人間の言葉を話す物語は、イソップ (Aesop) の寓話のように古代ローマの昔から馴染みの表現方法である。イギリスでは、ジョン・ロック (John Locke) がイソップやラ・フォンテーヌ (La Fontaine) の寓話こそ子どもを楽しませながら教育する最適の教材であると唱えたのに従って、18世紀になるとそれらの翻訳本が数多く出版された。18世紀中頃からは、大人の読者を対象に動物や事物が語る物語、いわゆるイット・ナラティヴの形式の物語が流行し、もっぱら人間社会を諷刺したが、1780年代に入ると、子どもの徳育を目的としたイット・ナラティヴ形式の児童書が流行るようになる。それらの児童書は読者対象を年齢別やときには性別に設定していた。そうした児童書の誕生のきっかけをつくったのは、バーボールド自身の児童書『子どもたちのレッスン』(*Lessons for Children*, 1778-79) である。二歳用、三歳用、三歳から四歳用別に出版された『子どもたちのレッスン』にも言葉を話す動物がたくさん登場する。『マンスリー・レヴュー』はそれに対して、「どんなに無垢でためになる寓話的、寓意的、詩的言語が自然の描写を生き生きとさせるために使われようとも」、子どもには「真実」でないことを教えるべきではないと苦言を呈した (Rev. of *Lessons for Children*, 488)。それゆえ、1780年代以降に興隆した子ども向けのイット・ナラティヴのほとんどが、序などで、動物が話しているのは物語を面白くするための工夫であって、「話す振りをしている」だけだとわざわざ付け加えている。[12] しかし、年齢別の児童書の最初が『子どもたちのレッスン』としても、ウッドフォールが「ネズミの請願」への書評で、それは「詩趣に富むばかりでなく道徳的」だと賞賛していたように (Woodfall 58)、動物の擬人化の手法がもつ徳育的な力に目覚

めさせたのは「ネズミの請願」であったと言うことができる。[13]

最初に教材として利用したのは、ウォリントン・アカデミーの第一期生だった医師のトマス・パーシヴァル (Thomas Percival) である。彼は匿名で出版した『子どもたちへの父親の教え』(*Father's Instruction to His Children*, 1776) で、子どもに「道徳」(14)、「神の手になる大自然の知識」(15)、そして「言葉や熟語の使用法」(16) の三つを教えるためには、「威厳があって教訓的で、整然とした」テクストよりも、「道徳的格言つきの物語や寓話の作品」が適しているとした (19)。そして様々な作家の作品や自作の物語を所収しているが、「ネズミの請願」もその一つで、この詩の末尾に「バーボールド夫人」と、作者名を明記している。

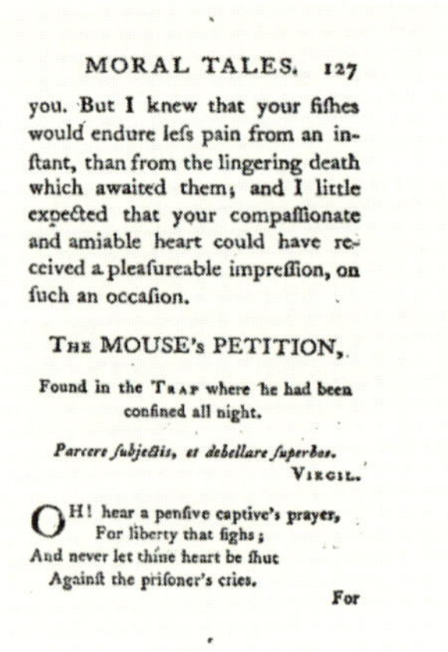
MORAL TALES. 127

you. But I knew that your fiſhes would endure leſs pain from an inſtant, than from the lingering death which awaited them; and I little expected that your compaſſionate and amiable heart could have received a pleaſureable impreſſion, on ſuch an occaſion.

The MOUSE's PETITION,

Found in the Trap where he had been confined all night.

Parcere ſubjectis, et debellare ſuperbos.
Virgil.

OH! hear a penſive captive's prayer,
For liberty that ſighs;
And never let thine heart be ſhut
Againſt the priſoner's cries.

For

【図 3】Thomas Percival, *Father's Instruction to His Children*, 1776.

注目すべきは、主タイトルへの脚注部分（「プリーストリー博士へ」）が削除されていることと（【図 3】参照)、この詩の前に「実験における残酷さ」(“Cruelty in Experiments,” 123–27) の話が置かれていることである。その話中の父親ユーフロニウス (Euhronius) は、「博学な友人のプリーストリー博士と共同で、様々な種類の気体の性質と効力について非常に興味深い一連の研究を長い間遂行してきた」(123) という設定である。彼が息子のアレックス (Alexs) の好奇心を満たすために、有毒水の中に魚を入れる実験をしたら、魚は驚くほど素早く動いて下に沈み、死んでしまった。そこで父親は次のように息子に言う。動物実験が「真の科学の発展」と「人類の利益と幸福」(125) のためになるならば、動物を殺しても「正当化されるかもしれない」が、その際に実験者は「慈悲（ヒューマニティ）の感情」(126) をなくすべきではない。戯れに実験したり、単に好奇心から実験する者は「獣」(126) に堕ちるのだ。そして今行った実験に関して、「魚は死がぐずぐず引き延ばされたときよりも

瞬時の死の方が苦痛に耐えることができると知っていた」(127) と述べ、自分は慈悲を失っていなかったことを仄めかした。

パーシヴァルの動物実験に対する見解は、バーボールドがプリーストリーの動物実験について考えていることとほとんど同じである。しかし、バーボールドの主タイトルへの注を全部削除したことにより、彼女が「慈悲」ではなく「情け」をわざわざ用いた意図を無視して、「慈悲」を訴える詩として読むように促すとともに、請願の宛先を子どもの読者にすることに成功している。つまり、ネズミを苦境から救うためというよりも子どもの徳育のための詩に変容させたのである。

同様の操作は、メアリ・ウルストンクラフト（Mary Wollstonecraft）が女子教育用のために出版した『女性読本』(*The Female Reader*, 1789) でも行われている。「ネズミの請願」は第 3 巻の「寓意物語と哀愁的作品」(Allegories and Pathetic Pieces) の中に収められ、バーボールドが第 3 版でつけた注は全部削除されているだけではなく、ウェルギリウス（Virgil）からの題辞も省略された。ウェルギリウスの題辞は「被征服者の命を救い、そして尊大な者をおとなしくさせよ」(Myers 271) の意味で、まさにネズミの救済を促す内容なのに、それを削除して、動物の擬人化の徳育的寓意の面だけに視点を当てたのである。

また、子ども向けのイット・ナラティヴの一つ、匿名作家の『白小ネズミの滑稽な冒険──悪い少年が幸いにも良い少年に変わった話』(*The Comical Adventures of a Little White Mouse; or, a Bad Boy Happily Changed into a Good Boy*, 1786) は、悪い少年が妖精によってネズミに変えられてしまい、ネズミとしてさまざまな困難に遭ったあと、最後に人間に戻してもらう話である。これが、「ネズミの請願」中の転生の話を翻案していることは、タイトル頁を見ればわかる。そこには、「ネズミの請願」の有名な "men like mice" (46) の表現をそのまま使い、まさに人間もネズミのようにあちこちで罠がしかけられているので、それを避けるようにと記されている。「ネズミの請願」中の転生の話がここでは、完全に寓意として比喩的に読まれている。

1786年の上記児童書と同じ内容でタイトルのみが違う作品もある。『白小ネズミの奇妙な冒険—悪い少年が非常に滑稽なやり方で良い少年に変わった話』(*The Curious Adventures of a Little White Mouse; or, a Bad Boy Changed, in a Very Comical Manner, into a Good Boy,* [c.1790]) は、「ネズミの請願」からの直接の影響を明示するかのように、物語の最後にその詩を掲載している。だが、やはり脚注はなく、子どもの徳育向けに操作されている。

VI　終わりに

教育書や児童書におけるこうした脚注の削除や子どもの徳育用の教材としての「ネズミの請願」の使われ方を、バーボールドはどのように見ていたのだろうか。一つのヒントが1792年の『詩集』に掲載した詩（【図4】）の脚注にあるように思える。それは、請願の宛名を削除しているだけではなく、第3版の脚注の内容も削除している。その代わりに、以前の版で副題となっていた文章を記し、それに「さまざまな気体の実験をするためにプリーストリー博士によって」の文言を追加している。ちなみに、マッカーシーとクラフト編集の『アンナ・レティシア・バーボールド詩集』(*The Poems of Anna Letitia Barbauld*, 1994) や『精選された詩と散文』(*Selected Poetry and Prose*, 2002) 中の「ネズミの請願」はこの1792年版に基づく。

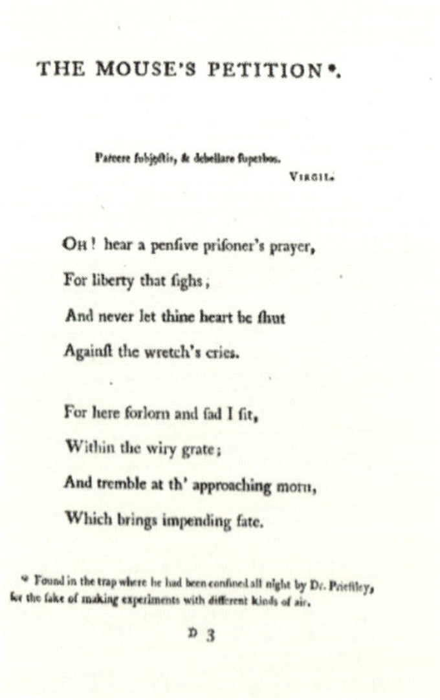
THE MOUSE'S PETITION*.

Parcere fubjectis, & debellare fuperbos.
VIRGIL.

OH! hear a penfive prifoner's prayer,
For liberty that fighs;
And never let thine heart be fhut
Againft the wretch's cries.

For here forlorn and fad I fit,
Within the wiry grate;
And tremble at th' approaching morn,
Which brings impending fate.

* Found in the trap where he had been confined all night by Dr. Prieftley, for the fake of making experiments with different kinds of air.

D 3

【図4】*Poems*, new ed., 1792.

キャスリン・J・レディ (Kathryn J. Ready) が指摘するように、こうした脚注の変更は、請願が暗示する政治性を薄めたり、プリーストリーへの支持をやめ

たりするためではないであろう。この頃のバーボールドは、彼の家が襲撃されたバーミンガム暴動（1791）に対する応答の詩「プリーストリー博士へ。1792年12月29日」("To Dr. Priestley. Dec. 29, 1792") を書くなど、かなり急進的な政治的姿勢を打ち出していた。レディは、そうした政治的出来事に比べれば、「ネズミの請願」における論議はかなり「些細なこと」（Ready 110）、すなわち動物より人間の問題の方が重要だったようだと推定している。しかし、それよりもむしろ、「ネズミの請願」を子ども向けの詩として比喩的読みをする時代の要求にあらがえなくなったからではないだろうか。請願の宛名としてプリーストリーの名前が消去されることにより、この詩は読者に向けて発信され、比喩的読みを可能にしてきた。そして、看過できないことに、バーボールド自身も弟ジョン・エイキン（John Aikin）と共著の児童書『家庭の夕べ』(*Evenings at Home*, 1792-95) では、擬人化された動物の話を寓話（すなわち比喩的読みを促すもの）として使った。たとえば、「若いネズミ」("The Young Mouse," 1792) の話は文字通り副題に「寓話」("A Fable") と銘打っている。子ネズミが「新しい家」を見つけて、それは金網つきで猫から守ってくれるから、一緒に入ろうと母ネズミを誘う。そこで母ネズミは、それは「罠」で、中に入ったら二度と外に出ることはできないと言い、「人間は猫ほど獰猛な様子をしていないけれども、同じように私たちの敵であり、猫よりもっとずる賢いのだ」(Barbauld, *Selected* 291) と、一番悪い敵がいつも最も明白であるとは限らないと諭す。これはネズミのためではなく、子どもの読者のための教訓である。

サミュエル・テイラー・コウルリッジ (Samuel Taylor Coleridge) は1796年5月5日の『ウオッチマン』(*The Watchman*) の中で、「バーボールド夫人のおかげで（中略）、動物への思いやり(コンパッション)のレッスンを教えることが至る所で流行してきた」(Coleridge 268) と

【図5】James Ward, "The Mouse's Petition," Mezzotint (proof impression by William Ward, c.1800. Yale Center for British Art, New Haven. Donald plate 9.

記している。この流行のきっかけをつくったのは、これまで考察してきたように、「ネズミの請願」であったのは間違いないだろう。最後に、ジェイムズ・ウォード (James Ward) の 1800 年頃作の絵画「ネズミの請願」(【図5】) を見てみたい。これとは別のバージョンは、1811 年ロイヤル・アカデミーに出展され、そのカタログにはバーボールドの詩が掲載されていた (Donald 309n71)。酪農場の屋内で、一人の少年と二人の少女が、罠に捕らえられたネズミを思いやりの表情を浮かべて眺めている様を描いているが、子どもたちのくつろいだ座り方を見れば、彼らがこのあとネズミを罠から救い出すという行動に出るとは到底思えないであろう。これはまさにバーボールドが望んだ「情け」ではなく「慈悲」を絵画化しているのである。

注

* 本論は、イギリス・ロマン派学会第 42 回全国大会 (於神戸市外国語大学、2016 年 10 月 30 日) における口頭発表に加筆修正したものである。なお、本論は JSPS 科研費 15H03189、16H03396 の助成を受けている。
1 旧姓はエイキン (Aikin) だが、本論では人口に膾炙している結婚後の姓で言及する。
2 本論における「ネズミの請願」からの引用は、別の版からの引用を除き、すべて 1773 年出版の『詩集』初版に基づく。行数は筆者による。
3 ターナーは 1769 年の夏と記しているが (Turner 184)、ウィリアム・マッカーシー (William McCarthy) とエリザベス・クラフト (Elizabeth Kraft) によれば、プリーストリーの気体の実験はそれよりも二年後になってからであるので、記憶違いである (McCarthy and Kraft 244)。
4 『電気学の歴史と現状』と「ネズミの請願」への書評との関連は、マッカーシーとクラフトの指摘による。ただし、彼らは、『電気学の歴史と現状』の「動物実験」の最後の箇所「哲学的発見のために慈悲を犠牲にしてそれら［実験動物］を購入することは、高くつく」(Priestley, *History* 622) に注目している (McCarthy and Kraft, Notes 244)。
5 19 世紀末期の女性の反生体解剖運動については、Elston を参照。
6 それは Primatt, Pratt, Oswald, Young などのテクストのタイトルを見るだけでも明白である。
7 こうした男性科学者と実験動物に思いやりをかける女性というジェンダー区分は 18 世紀後半の支配的な考えだった。たとえば、ロバート・ボイル (Robert Boyle) の実験の一つを描いたジョゼフ・ライト (Joseph Wright) の絵画「空気ポンプ中の鳥の実

験」("An Experiment on a Bird in the Air Pump," 1768, National Gallery, London) を参照。
8 プリーストリー家のように、当時の動物実験は隔離された研究所ではなく一般の家で行われ、女性を含め家族中がドアの向こうでの実験について承知していた (Saunders 511)。
9 たとえば、サラ・トリマー (Sarah Trimmer) の『寓話的物語』(*Fabulous Histories*, 1786) におけるベンソン夫人の子どもたちに対する動物福祉教育のうちの一つは、いかに生きたロブスターなどを苦しめずに素早く料理するかの指南である (Trimmer 164-65)。
10 当時のネズミ捕り器の設計図 (Smith, Fig.1, Fig.2) を参照。
11 この用語について詳しくは、Moore 5-10 を参照。
12 イット・ナラティヴのこのような工夫に関して詳しくは、川津を参照。
13 さらにまた、ジャン＝ジャック・ルソー (Jean-Jacques Rousseau) が唱えた動物の自然権の言説がイギリスで散見するようになったのも、「ネズミの請願」以降である。Percival 65, 33; Primatt; Young 4-8 などを参照。

引用文献

Barbauld, Anna Letitia. *Anna Letitia Barbauld: Selected Poetry and Prose*. Ed. William McCarthy and Elizabeth Kraft. Ontario: Broadview, 2002.
[――,] Aikin. *Poems*. London, 1773.
[――,] Aikin. *Poems*. 3rd ed. London, 1773.
――. *Poems by Anna Laetitia Barbauld*. New ed, Corrected. London, 1792.
――. *The Poems of Anna Letitia Barbauld*. Ed. William McCarthy and Elizabeth Kraft. Athens and London: U of Georgia P, 1994.
Bowerbank, Sylvia. *Speaking for Nature: Women and Ecologies of Early Modern England*. Baltimore and London: Johns Hopkins UP, 2004.
Coleridge, Samuel Taylor. *The Watchman*. 1796. Poole: Woodstock, 1998.
The Comical Adventures of a Little White Mouse; or, a Bad Boy Happily Changed into a Good Boy. A Useful Lesson to All Young People. London, 1786.
Crane, R. S. "Suggestions Toward a Genealogy of the 'Man of Feeling.'" *English Literary History* 1 (1934): 205-30.
The Curious Adventures of a Little White Mouse; or, a Bad Boy Changed, in a Very Comical Manner, into a Good Boy. London, [c.1790].
Donald, Diana. *Picturing Animals in Britain: c. 1750-1850*. New Haven and London: Yale UP, 2008.

Elston, Mary Ann. "Women and Anti-vivisection in Victorian England, 1870–1900." *Vivisection in Historical Perspective*. Ed. Nicolaas A. Rupke. London: Croom Helm, 1987. 259–94.

Ferguson, Moira. *Animal Advocacy and Englishwomen, 1780–1900: Patriots, Nation, and Empire*. Ann Arbor: U of Michigan P, 1998.

"Humanity." Def. 3. *Oxford English Dictionary*. 2nd ed. CD-ROM Version 4.0. 2009.

Johnson, Samuel. *Samuel Johnson's Dictionary of the English Language*. Ed. Alexander Chalmers. 1843. London: Studio Editions, 1994.

Kenyon-Jones, Christine. *Kindred Brutes: Animals in Romantic-Period Writing*. Aldershot: Ashgate, 2001.

Kilner, Dorothy. *The Life and Perambulation of a Mouse*. 2 vols. 1783–84. London, [1790].

Rev. of *Lessons for Children of Three Years Old*. Part II (1778), and *Lessons for Children from Three to Four Years Old* (1779), by [Letitia Elizabeth Barbauld]. *Monthly Review* 60 (1779): 487–88.

Martin, Benjamin. *The Young Gentleman and Lady's Philosophy: in a Continued Survey of the Works of Nature and Art by Way of Dialogue*. 1759. 2nd ed. 2 vols. London, 1772.

McCarthy, William, and Elizabeth Kraft. Notes and Variants. *The Poems of Anna Letitia Barbauld*. Ed. McCarthy and Kraft. Athens and London: U of Georgia P, 1994. 215–337.

"Mercy." Def. 1 and 2. *Oxford English Dictionary*. 2nd ed. CD-ROM Version 4.0. 2009.

Milne, Anne. "The Pollen of Metaphor: Box, Cage, and Trap as Containment in the Eighteenth Century." *Studies in History and Philosophy of Biological and Biomedical Sciences* 57 (2016): 121–28.

Moore, Bryan L. *Ecology and Literature: Ecocentric Personification from Antiquity to the Twenty-first Century*. Hampshire: Palgrave Macmillan, 2008.

Myers, Mitzi. "Of Mice and Mothers: Mrs. Barbauld's 'New Walk' and Gendered Codes in Children's Literature." *Feminine Principles and Women's Experience in American Composition and Rhetoric*. Ed. Louise Wetherbee Phelps and Janet Emig. Pittsburgh and London: U of Pittsburgh P, 1995. 255–88.

Oerlemans, Onno. *Romanticism and the Materiality of Nature*. Toronto, Buffalo and London: U of Toronto P, 2002.

Oswald, John. *The Cry of Nature; or, an Appeal to Mercy and to Justice, on Behalf of the Persecuted Animals*. London, 1791.
[Percival, Thomas.] *A Father's Instructions to His Children*. London, 1776.
Rev. of *Poems* (1773), by Miss Aikin. *Critical Review* 35 (Mar. 1773): 192–95.
[Pratt, Samuel Jackson.] *Humanity, or the Rights of Nature, A Poem*. London, 1788.
Priestley, Joseph. *The History and Present State of Electricity, With Original Experiments*. 1767. 2nd ed, Corrected and Enlarged. London, 1769.
Primatt, Humphrey. *A Dissertation on the Duty of Mercy and Sin of Cruelty to Brute Animals*. London, 1776.
Ready, Kathryn J. "'What then, poor Beastie!': Gender, Politics, and Animal Experimentation in Anna Barbauld's 'The Mouse's Petition.'" *Eighteenth-Century Life* 28. 1 (2004): 92–114.
Saunders, Julia. "'The Mouse's Petition': Anna Laetitia Barbauld and the Scientific Revolution." *The Review of English Studies* 53 (2002): 500–16.
Smith, Robert. *The Universal Directory for Taking Alive and Destroying Rats and All Other Kinds of Four-Footed and Winged Vermin*. London, 1768.
Trimmer, Mrs. (Sarah). *Fabulous Histories. Designed for the Instruction of Children, Respecting Their Treatment of Animals*. London, 1786.
[Turner, William, of Newcastle.] "Mrs. Barbauld." *The Newcastle Magazine* 4 (1825): 183–86, 229–32.
W[oodfall], [William]. Rev. of *Poems* (1773), by Miss Aikin. *Monthly Review* 48 (Jan. 1773): 54–59, 133–37.
Young, Thomas. *An Essay on Humanity to Animals*. London, 1798.
川津雅江, 「動物の自伝と動物愛護教育——ドロシー・キルナー『ネズミの生涯と漫遊』とスティーヴン・ジョーンズ『ハエの生涯と冒険』を中心に」, 『人文科学論集』94(2015): 15–31.

第 6 章

セアラ・フィールディングの『デルウィン伯爵夫人』と 18 世紀の友・敵・洗練

鈴 木 実 佳

I　はじめに

　18 世紀のイギリス社会の文化的価値観は、現在にとって重要な視点を提供しうる。18 世紀に発達し、その後の日々の生活に重要な役割を果たしてきたマスメディアや印刷文化の役割を再考する段階にきているかもしれないからである。意見交換の場としてのコーヒーハウスが隆盛し、共通の政治的信条や話題や目的をもって人々が集うクラブがそこかしこに設立され、そして印刷文化が勢いを増そうとして、情報や価値観の流通が新しい段階を迎える動的な環境を想定しよう (Porter esp.xxi, 24–47; Ellis *The Coffee-House*; 'Coffee-women')。本稿で注目するのは、そのような文化的ネットワークが張り巡らされようとしていた時代に、手紙を交わしていた人々や、著作物を発表した文筆家たちが、人と人との間の関係を考察するにあたってしばしば持ち出している仲間をつくる概念である。宗教的信条、政治的信念、社会的地位とは別に、共有することができるものがあるか、立場の差異を超えて、相通ずるものを見いだすことができるか、人はどのようにして真の友をみつけ、そして特別な絆で結ばれた関係を維持することができるのか、このような課題を教育書や指南書、そしてフィクションが設定し、それに対しての回答を提示している。[1]
　そんな中、18 世紀には、人間関係の本質が変化していて、フィクションで

「真の」交友関係を描くことが難しくなっているという認識があったこと、そしてその課題に取り組む媒介として過去の概念や文学が使われ、新たな認識と文学の形成が試みられていたことを指摘するのが本稿の目的である。実際に変化していたのかどうかについてはここでは問題にしない。18世紀の人々が、自分たちは大事なものを既に失ってしまっているという感覚をもっているという点にまず注目しよう。たとえば、スペンサー伯爵夫人 (Margaret Georgiana, Countess Spencer, 1737–1814) は、毎日のように親しく手紙を交わしていたキャロライン・ハウ (Caroline Howe, 1721–1814) に、次のような称賛を書き送った。

> 私は本気で信じているのですが、あなたは真の古き騎士道精神をもっているのです。敵を殺すことに喜びを見いだすということではありません。そうではなくて、これまで発揮されたなかでも最も非現実的な勇気、寛大さ、感謝、忠誠心に恵まれているからです (1792年5月4日付)。

誰かのために、「勇気、寛大さ、感謝、忠誠心」をもち、それを示すこと、すなわち特別な存在である友として、それに相応しい考え方をして、親友として振舞うことは、「非現実的な」あるいは「ロマンチックな」ことであり、現実に生きている人間らしいことではなくなっている。褒め称えるべきハウの価値観は、まるで「騎士道精神」を伴う昔の人のようだと言うのだ。真のフレンドシップは、この時代らしくない事態なのである。

II 友、友をよそおう敵

さて、カタカナの「フレンドシップ」を使ったのは、この語に関する困難を感じているためであることをここでことわっておこう。[2] 日本語に直すときにふつうは、心の中でもつ感情の「友情」や、状態や行為を表すときに使う「親交」といった語を使っているが、friendship の意味が広く、それは、感情、情愛、状態、行為、それらをすべて表現することができるのに対して、

「友情」や「親交」は意味が限定されるからである。「友であること」は適切であるかもしれないが、日本語の文脈に合わないこともある。そこで、場合に応じて「フレンドシップ」という表記を使うことにする。

　フレンドシップは、理想と現実、みせかけと真実、誠実と虚偽、信頼と操作の場を提供し、人がそれにどのように気づき、あるいは暴き出して対処するか、社会がそれにどう対応するか想定する視点が文学に主題を与えている。他人を信じやすいお人好しと、それにつけこむ策士の暗躍と活動の場が想定され、齟齬や虚偽がいかにして認識されるか、暴露されるか、そして人の運命をどう左右するか、あるいは個人と社会がどうやって対応するかということが描かれる。そこで、明白な敵よりも、友の皮をかぶった隠れた敵、イアゴーのような忠実な友のみかけをもった悪が文学の展開に格別な厚みと面白みをもたらす。『オセロー』では、勿論、嫉妬が焦点となるが、松岡和子が言うように、「信ずるべき人を信じられなかった人の悲劇」とすると、人を思うこころ、あるいは善意をよそおい、信用を操作して事態を動かしたイアゴーの行為が重要性を増す。[3] そして『オセロー』を、思いやりを装う敵、虚偽の友がもたらす悲劇とみることができる。それに類した事態が、18世紀にはどう描かれているか。それは、偉大な悲劇を生み出したシェイクスピアの時代と異なる。また、たとえば19世紀のディケンズの小説にみられるような偽善の暴露と正義の達成とも異なる要素をもっている (Keymer 118-40)。

　サミュエル・ジョンソン (Samuel Johnson, 1709-84) は辞書で "friendship" を以下のように定義した。

1. 互いに慈愛をもった気持で結ばれている人々の状態 (The state of minds united by mutual benevolence)。
2. 最も度合の高い親密さ (Highest degree of intimacy)。
3. 愛顧；とりたてて優しさを示すこと (Favour; personal kindness)。
4. 援助；助け (Assistance; help)。
5. 組みすること；親近感；相通ずること；結束する傾向 (Conformity; affinity; correspondence; aptness to unite)。

ジョンソンの第1の意味の定義は、フレンドシップの大きな問題を端的にとらえている。そこに明らかになっているのは、「相互の」善意が重要な根幹をなすということである。ひとりの人間個人の感情や行動が成立していれば成り立つのではなく、相手からの同等の感情と行動を前提としているために、齟齬、虚偽、背信、翻弄が生ずる余地を内蔵していることになる。そのため、社会を前提にするとはいっても、個人の特質や性向に注目する社交性（sociability）とは違った問題関心をフレンドシップは提供していると考えられる（Mullan 2-56, Berndt 1-5, 26-33）。また、相互に交わされることを想定しない意味（愛顧・援助）にも使われるために、一層の誤解や問題を生ずることがあり得る語である。

III 秘密と仲間

18世紀の教育書においてさかんに論じられる事項のひとつが、友人関係である。友を選ぶときには分別を発揮すること、友を得たならば、友人どうしの間の秘密を大事にして、友を裏切らないこと、などが熱心に説かれる。若い人々は、友人の候補となり得る人に接するときに、「秘密と約束に関して、忠誠と信義」を重んじる人物であるかどうかを見極める必要がある（*Thoughts on Friendship* 39）。その他大勢の人々と、友という特別な存在は、情報を介して区別される。個人的に大切な事態を知らせるか、知らせないか、それが問題なのだ。

> なぜなら、交友の最大の目的のひとつは、双方の悲しみを分かち、喜びを倍加することだからだ。であるから、双方が関わることについて、自由で、包み隠しのない情報のやりとりがなければならない。そこには、世間の皆様には必然的に隠しておくことが数多くあるはずである（*Thoughts on Friendship* 39）。

排他的に秘密を分かち合うことが、友人の重要な特権であると考えられている。別のコンダクト・ブックでは、友人を定義するにあたって、守秘が重要

な要素になっている。

> 友とは何か？それは、心置きなく胸襟を開くことができる相手であり、裏切られる心配など微塵もなく、晒しものになることなどまったく心配せず、他の人には打ち明けない考え、望み、企図を話すことができる人だ (Allen [*alias* Portia] 46)。

　友情の喜びと偽りの友の裏切りは、若者のための教育関連の書物や人生訓に、しばしば話題を提供した。なかでも、若さゆえの不心得が招く不運な事態は大きくとりあげられ、裏切るような人を不用意に信用しないよう警戒心を植え付けることにも余念がない。たとえば、18世紀に版を重ねた指南書には、「情に任せた極度の親しみは、常に終わりがくるものであるが、終わりがきてしまうと、大騒動になる。秘密の袋の口が開けられ、秘密は鳥かごから放たれた鳥のように世間を舞い、街の笑い種だ」(Savile 117-18) とある。ある時点までは非の打ち所のない友だと思っていた人物に裏切られ、それを悲嘆するという設定がエリザベス・ロウ (Elizabeth Rowe, 1674-1737) の作品にみられる。「あのように教わるところが多く、好もしい友をみつけて、私は自分が世界一幸せな人間だと思っていました。」それで、「私の心の秘密をすべてはきだして彼女に知ってもらわないことには落ち着かないと思い、余すところなく彼女に打ち明けました。」ところが、「そのようにすべてを打ち明けた相手、まさにその人が、私の魂の奥の秘密をばらしたとわかったのです。」(Rowe 73-5)。

　このような議論において重要視されているのは、秘密保持である。他の人には決して言わない秘め事を伝えることで、その人を特別扱いして、その特別扱いが友として認める証となる。ここでは、秘密の取り扱いが人間関係の核心になっているのである。不注意あるいは意図的に、情報を流布させると、人間関係はたちまち崩壊する。情報管理に、あまりにも人の注目と関心が向いていると言えないか。手紙が多く交わされるようになり、定期刊行物を貪るように読む人々がコーヒーハウスに集い、出版物が増加して、情報が新た

な形で伝達されやすくなったと認識している社会において、情報をどう取り扱うかという問題に人々の関心が集まるのは当然のことであるかもしれない。一方で、人間関係構築の重要な要素が、情報管理に極度に集中して、異様な事態と感じられるほどである。その危機感は、時代の洗練への懐疑に重なり、社会の状況が、真心の表出たるべきフレンドシップの根本を脅かしているという指摘につながる。

> たいていの論者がこの絆を狭く考えてふたりに絞っている。せいぜい3人である。私の意見としては、このように人数を絞る必要が生じているのは、フレンドシップの本質の落ち度によるというよりも、人間性の堕落と頽廃が蔓延しているせいである (*Thoughts on Friendship* 53)。

ここでも、友人関係のあるべき姿は、現実を生きる人間から乖離してしまっている。

　エリザベス・グリフィス (Elizabeth Griffith, 1727–93) は、『シェイクスピア劇の道徳性について』*The Morality of Shakespeare's Drama Illustrated* (1775) において、シェイクスピアの偉大さを称揚するにあたり、18世紀を生きる人々の精神構造と、この時代の著述家が必然的にはまる落とし穴について考えている。近代社会において人間は、洗練を身につけたが、大切なものを失って空虚な存在になっている。それを忠実に描写すると、描かれたものは、社会の制度と形式がつくりあげた空虚な機械ということになる。18世紀の作家は、人間の姿を忠実に描こうとすると、その結果は必然的に、浅薄なものになってしまうのに対し、シェイクスピアは、人間が本来そうであった姿、そうであるべき姿を描くことができたという主張である。それで、シェイクスピアの登場人物は、繰り人形でもオートマタでもないので、「私たちの知っている人であり、同国人であるように思われる」。

> 現在の世界は、以前にくらべて、枷にはまってしまっている。私たちの教育、方針、行儀作法の方法により、私たちの行動と振舞は洗練を増し、私たちの心

は素直でなくなり、私たちの行動は偽装を伴っている。私たちの時代の文学者たちは、私たちの表層をそのまま描き出す。しかし、純粋な汚れなき心を持つ人は、そのような虚偽の人物像、そのような制度の操り人形、この時代の洗練のオートマタを見て、愛情を感じて心を動かされたり、同情心を感じて同類だと思ったりすることはない。それで、愛、友情、愛国心は、騎士道とロマンスの時代の、今となっては時代遅れの廃れた感覚となって久しい。しかしながら、シェイクスピアが書き表したものすべてにおいては、私たちはつながりを感じる。彼の登場人物は皆、私たちの知り合いであり、同国人である (x-xi)。

シェイクスピア称賛の煽りを受けて、グリフィスの18世紀の作家たちに対する評価は低迷している。それも、作家としての技量が劣るからというよりも、描かれるべき対象そのものが変化して、人間が人形のようになっているからである。人間らしい「愛、友情、愛国心」の心は、過去のものになってしまっている。形骸化して空洞になることなく、汚染されていない心をもっている人々は、そのような感情を自分たちの時代の文学作品に求めることはできなくなっている。彼女の評決に従うとすれば、それを求めようとする人は、同時代の作品ではなく、シェイクスピアを読むのである。率直な内面生活、真の心、誠実な振舞の描写を求めようとするなら、シェイクスピアを借りてこなくてはならない。

『オセロー』を利用した18世紀の小説をみてみよう。たとえば、セアラ・フィールディングの『デルウィン伯爵夫人』(1759) において、友の皮の奥に隠蔽された悪意は、荘重な悲劇をもたらさない。また、イアゴーのような友を装う敵が罰されて、正義が貫徹されるということもない。[4]

IV 『デルウィン伯爵夫人』

クリストファー・ジョンソンが示したように、フィールディングは『デルウィン伯爵夫人』において、文学作品からの引用・言及を多用している。ジョンソンの指摘では、フィールディングは、文学を自分の作品の中で利用し、過去の作品と自分の作品との間の相互関係をつくってみせることで、読

者の世界での文学の機能に関するコメントを述べている (Johnson 233-54)。フィールディングが示す文学の役割に関する意識は、読者の日常世界にあり、彼女が作品で表している教訓を読者が日々の生活で実践するように導くことが、彼女が自分の作品に課した役割になっている (鈴木 38-62)。

『デルウィン伯爵夫人』で、『オセロー』への直接の言及があるのは、ヒロインの破滅が迫ってくる場面であり、小説の非常に重要な部分である。そのヒロインは、17歳という若さ、美貌、そして学識を兼ね備えた魅力的な女性である。才色兼備のミス・ルーカムが、デルウィン伯爵に見初められて、年の差婚成立、というところから小説は始まる。若い妻と年の離れた夫、奸計に長けた男とその計略に利用される優男の設定は、直接の言及がなくても『オセロー』を思わせる。若く美しく、徳を備えているようにみえるデルウィン伯爵夫人と、若い婦人たちに人気のあるクレルモント卿が、何やら怪しい関係にあると、ドルモンド大尉がデルウィン伯爵に告げ始める。大尉は、機をとらえては伯爵に耳打ちし、やがて二人の仲を確信させていく。そして結局、デルウィン伯爵は彼女を罰し、「正義」をもたらす。

ただし、似ているのはそこまでで、登場人物の性格、設定、動機、結末、どれをとっても『オセロー』と重ね合わせることはできない。デズデモーナの父ブラバンショーと違って、ミス・ルーカムの父は、娘の結婚を後押しした。彼は、自分の政治的野心を満たすために、娘を伯爵に嫁がせるのは都合がよいと判断し、その実現に最大限の尽力をした。ドルモンドの悪意は、直接の原因をもつ。彼は伯爵夫人に言い寄るのであるが、拒絶されたので、その仕返しをしようとしている。また、伯爵にとりいって、金銭的な利得を得ようとしている。さらに、武勇の誉れ高く雄々しいオセローと違って、伯爵は登場当初から文明病を病んで、その病的な姿が困惑を誘う。彼は痛風病みである。贅沢生活に身を任せて上流階級の特権を謳歌してきた伯爵は、不節制がたたって健康を害し、自力での移動もままならない。彼は、結婚式のために教会に出向くことさえせず、自邸で儀式を行う特別な許可をとるほど、介助を必要とする。彼の移動手段は、召使いの手助けによる車椅子のような装置に乗ることである。妻を深く愛するあまり、嫉妬に駆られて悲劇的な事

態を招く夫もいない。伯爵は、妻に裏切られたと知るや、さっさと離婚手続きをとる。彼にとって、それが正義である。さらには女中頭と再婚する。

　また、決定的な差異は、デズデモーナと伯爵夫人との間にある。『オセロー』を徹底的に悲劇にしているのは、デズデモーナの潔白である。それに対して、デルウィン伯爵夫人は潔白ではない。彼女は、はじめのうちは道徳観念を堅持することを明確に意識している。というよりも、正しい妻として振る舞う自分に酔い痴れて、言い寄ってくる男性をはねつけるのである。しかし、この態度を支えているのは、道徳心や夫への愛情ではなく、虚栄心である。美と富の顕示におけるライバルを意識すると、正しい妻の虚栄心は、社交界の花の虚栄心に圧倒されてしまう。自分を崇拝しようとしていた男性たちがライバルの美しい女性になびいていきそうになると、彼女の節操は、虚栄心に脆くも敗れ、彼女はクレルモント卿の手におちる。

　このように、設定の基本事項を共有しながら、『オセロー』と『デルウィン伯爵夫人』のそれぞれの展開には、大きな差異がある。栄華の頂点にあって、信ずるべき人を信じられなかったことから生ずるオセローの悲劇は、『デルウィン伯爵夫人』においては各所で仕掛けとして散りばめられるものの、肩すかしを食わすばかりで、それが結集して緊迫した悲劇を形成していくということにはならない。それでも敢えてセアラ・フィールディングは、『オセロー』を導入し、読者に『オセロー』を想起させて、両作品を並べ合わせようとする。ドルモンドの計略がうまく運んでいないとき、その理由は、オセローの名を引き合いに出し、次のように述べられる。「デルウィン伯爵はオセローのような人物ではないのである。なぜなら彼はこの件に関して冷静に話しをすることができ、感情的になることなく、そのような事態は憶測に過ぎず、事実としてあり得ないと論じた」(2:114)。また、デルウィン伯爵とオセロー、ドルモンド大尉とイアゴーの類似の程度が比較される。「それでも、伯爵とムーア人の類似に比べて格段にイアゴーに似ている大尉は、あり得ない状況を、信ずべき事態へと転ずることができた」(2:114) という具合である。さらに、ドルモンドの言動をイアゴーの台詞によって説明し、オセローとデルウィンを並列させる。

伯爵が態度を決めかね、妻の行動に関する告発が本当であるとは信じられずにいるとき、大尉はイアーゴーの台詞と同じ意味の言葉を発した。

　——白状しますと、これが持って生まれた悪い癖で
　人のあら探しをしては、猜疑心から
　ありもしない落ち度をでっち上げる。

このことを言いたかったのであるが、オセローから引用するのは彼の性分に合っていなかった。彼が願ったのは、深淵な邪悪さについてシェイクスピアがそのような強烈な描写をしなければよかったのに、ということだった。なぜなら、彼の役回りについて、詩人の気まぐれな頭の中以外でそんな怪物が存在したことがあるとは信じられなかったからである。しかし、彼はこの件に関して懸念を抱くには及ばなかった。その高貴なる貴族は、シェイクスピアの芝居などというくだらないものを読んでやろうとはお考えにならなかったからである。それに、もしお読みになっていたとしても、登場人物を現実の生活の中に見いだすような危険はさらさらなかったからである (2:116-17, 119)。[5]

ドルモンドは、芝居からの引用を自由自在にあやつって現実生活を行うような人物ではないが、芝居のことは知っている。イアーゴーの役割を自分がなぞろうとしていることも意識している。しかし、イアーゴー的な人物は、シェイクスピアのような天才的作家の空想上にしかありえないものであり、現実には存在しないし、そのような人物を出現させることに成功した人はいないとドルモンドは考えている。ドルモンドは、優れた詩人の想像力がつくりだした人物は、顕著な邪悪さをもっているが、自分は悪意においてイアーゴーにかなわないと考えている。悪にかけてイアーゴーに劣ると考えるひとつの理由は、イアーゴーが嫉み心から、ありもしない他人の落ち度を捏造した、つまり無から有をつくりだしたのにたいして、彼の場合は、そこに生じたものを利用するだけで、無垢の人に罪を負わせるわけではないからである。究極の悪は、現実にあるのではなく、詩人の頭の中だけにあると彼は考える。

　一方で、自分の計略が見透かされないよう、シェイクスピアがそんな人物を書かなければ、なお良かったのにと考えもするドルモンドに関して、そんな心配は無用であると言い添えられ、その理由は、デルウィン伯爵のような

貴族にとって、シェイクスピアの芝居は低俗なので、読むに値しないものであるからだと説明される。ここで、フィールディングはナレーターにデルウィンの物語を描写させるだけでなく、文学作品受容と解釈の方法を段階分けして読者に例示する役を負わせている。無知でもなく、耽溺するでもなく、自らの利益のために文学作品の登場人物に自分と周囲の人物たちを準えるドルモンド大尉が、文学作品との距離の取り方で両極端にいる夫妻を繰っている。文学作品に精通し、そのヒロインを演ずるように振る舞うデルウィン伯爵夫人とは対照的に、デルウィン伯爵のような貴族は、シェイクスピアの芝居と現実を結びつけるような文学作品の読み方をすることはない、というのがナレーターが示す見解である。

　そんな設定でありながら、ドルモンド大尉がデルウィン伯爵を相手に、妻への疑念をふきこむ場面では、準備が入念に行われ、ドルモンドは友情を強調する。彼は、「友人として、味方としての発見 (this friendly Discovery)」を訴えるために、そして、伯爵のためを思ってのことであることを印象づけるために、雄弁の限りを尽くす (2:116)。彼の見解では、伯爵夫人の裏切りを暴き立てることは、伯爵への堅固な友情、忠誠心 (his mighty Attachment to his Lordship) の表れである (2:116)。イアゴーが、オセローの忠実な部下であり友人であると自らを位置づけたのと同じように、ドルモンドは、伯爵の友人という立場をとって、夫婦の間の問題に介入してくる。ところが、夫婦それぞれ、別々の理由で、簡単にはドルモンドの罠に嵌まってこない。伯爵は、妻の貞節を信じていると「冷静に語ることができる」(2:114)。伯爵夫人は、大尉の意図を見透かし、ドルモンドの伯爵の友として振舞いを、伯爵にとりいろうとする卑しさと見て取って、彼を軽蔑している (2:123)。それで、しばらくの間は、ドルモンドの計略は挫折する。

　『オセロー』において、エミリアは、正義心とデズデモーナにたいする愛情と忠誠心、まさに切なる友情に動かされ、自分の夫であるイアゴーの奸計を暴くことになる。エミリアは、結婚の絆よりも、真実と友情を採るという大きな選択をするのである。デズデモーナが危機に陥ったとき、彼女は、よき相談相手となり、心強い慰め手としての働きをし、心の支えとなり、そし

てさらに、目撃者・証言者として、デズデモーナを守る。普段から親密な話し相手でもあるが、まさに「まさかの時の友こそ真の友」であることを示す存在である。

　対照的に、デルウィン伯爵夫人は、男性であろうと女性であろうと、心の通う友を残念ながら一人ももっていない。結婚によって社会的上昇をなしとげるとき、彼女は田舎で親しくしていた女性をためらいなく捨てる。ミス・クミンズは、第一巻と第二巻ではスペリングが違う（Cummins と Cummyns）という若干、力の抜けた扱いを受けている人物であるが、伯爵夫人の友となり得る人物として登場する。彼女は、伯爵夫人にたいして「ミス・ルーカムに話しかけていたときと同じような愛情のこもった言葉で所感を述べるほどに」世間知らずで「田舎くさい」人物だった（1:88）。伯爵夫人は、クミンズの態度を「育ちの悪い人の馴れ馴れしさ」であると受け止めて毛嫌いする。伯爵夫人にとって、経済的にも社会的地位の上でも、大きな格差ができたことを認識できないような人物との交際は間違った行動である（1:89）。その一方で、かつての友人が、相手の社会的地位に変化があったとしても揺るがない「堅固な態度」を持ち続ける姿をみて内心傷ついている（1:88, 89）。クミンズは、以前の態度を保持する「野暮ったさ」をもつと共に、伯爵夫人の胸の内を理解する賢明さももっているので、それ以上の馴れ馴れしさを発揮することなく、華やかな世界を選んだデルウィン伯爵夫人の前から静かに立ち去って行く。田舎の庶民クミンズとの間にあった関係は、デルウィン伯爵夫人となったルーカムの意識の上では、現実のものではなく、「昔の空想上のフレンドシップ（"her former fancied Friendship"）に過ぎない（1:89）。それでも、伯爵夫人が窮地に陥ったとき、クミンズはやってきて、救いの手を差し延べることを試みる。ところが、クミンズが提供するのは、真の友とはなんぞや、という雄弁なお説教である。クミンズは、友情について大演説を行うが、デルウィンがその有難いお説教を受け入れることができないと見定めるにとどまる。理論は提供するが、「まさかの時の友」としての実践は伴わないのである（2:178-83）。

　同世代で友としての役割を果たす可能性のあった人が去り、彼女が最後に

助けを求めるのは肉親である。かつて結婚を大いに祝ってくれた父親に彼女はすがろうとする。しかし、彼は、娘の婚姻による恩恵に浴して、デルウィン伯爵による政治的庇護を仰ぐことを求めていたのだった。それが失われそうになっている状況で、自分への庇護を促進するどころか、妨げる結果を招く行動をとる娘に対しては、親として、あるいは特別な友として期待される行動をとることはない。楯になろうとか、親身になって教え諭そうとか、慰めようとか、そのような善意と愛情を示すことからは程遠く、父親は、娘を叱りつけ、拒絶する。そこで、ヒロインは、自らの過ちの結果と、夫の無慈悲な対応に、一人で直面しなければならない。

　グリフィスの見解では、作家達が描写している社交界において、真の友情は失われている。フィールディングは田舎に救いのわずかな可能性を残した。父親との田舎の隠遁生活では、ミス・ルーカムは書物を友として静穏な生活を送っていた。クミンズのような、都会の洗練から自由な田舎の人物が、友情の可能性をもっていた。華やかな世界にとっては、部外者であるクミンズが、物語の最初と最後で、ヒロインに話しかける機会をもっている。ところが、ヒロインは、社会的階段を駆け上ったときにも、そこを転落するときにも、田舎者の言葉を受け止めることができない。また、クミンズはヒロインの心に届く言葉をもっていない。

V　結び

　18世紀に書かれた教育指南書においても、小説においても、日常世界があまりにも洗練されて、真実の友人関係を育むことができなくなっているという認識が顕著にみられる。教育書においては、友情とはなにか、友人をもつことがいかに大事であるか、といったことがさかんに話題となり、そして現実の人々の間では、親しみをこめた手紙がさかんにやりとりされていた。その事実にも拘わらず、真の友を得ることは希求する理想であって、なかなか現実とならないと考えるのだ。友人関係にあるからこそ発揮される、勇気、寛大さ、恩義、感謝、忠誠心をみつけようと考えたら、目をむけ、観察すべ

きは、同時代の都会の社会ではなく、過ぎ去った過去、取り残された田舎、あるいは空想上の場面となると考えられている。近代の文学はディレンマに悩まされているという認識を共有してみよう。同時代の社会状況を描写しようとするとき、その描写は表層の洗練にひきつけられる。より深いものを求めようとすると、現実の世界から剥離してしまうことになり、古い文学に頼らざるを得なくなるのである。セアラ・フィールディングがとった解決法のうちの一つは、過去の文学、たとえばシェイクスピアを適宜使って、それが借り物であることを明示して利用することである。それにより、人間の本性に関する鋭い観察眼を示し、設定された状況で、冷酷なまでに諷刺を利かせる作者の技量を提示する。そしてこれは作者の技を勝ち誇って自慢するためだけのものではない。彼女が行っているのは、理想と現実の齟齬を受け入れて、その相互を包含し、諷刺として成り立たせることだった。彼女は、並置によって差異を際立たせ、人間社会の変化を痛感させる。悲劇的要素は不発に終わるにせよ、過去の文学との関連性を求めることにより、繁栄しながら苦悶する自分たちの時代の価値観を位置づけて、それを描く文学の可能性を切り拓き、人間関係の新たな解釈を試みたのだった。

注

* 本論文は、2017年1月4日〜6日にオックスフォードにて開催された第46回イギリス18世紀学会（テーマ：「友、味方、敵」(BSECS 46th Annual Conference 2017: Friends, Allies and Enemies)）における口頭発表をもとに加筆修正したものである。また、本研究はJSPS科研費 JP15K02296の助成を受けている。

1 たとえば、Todd, Sharp, Tadmor, Berndtなど参照。Berndtは、フィクションがこの問いに対応するのは18世紀末から19世紀初めにかけてであると論じている。

2 Tadmorは、英語における"friend"の17世紀、18世紀における意味が、現在使用されているのとは異なり、パトロン、後見人、雇い主、その他の味方；好意をもつ人、盟友、仲間、親戚などを含む広い意味あいをもつ語であったことを指摘している。彼女の研究では、人の友としての位置づけと、家族や配偶者、親戚関係、庇護の関係が論じられている（167-69）。

3 2016年7月7日静岡大学での講演「翻訳家・松岡和子が語るシェイクスピアの翻訳と舞台」舞台芸術・翻訳・言語表現　シリーズ4にての松岡氏の解説。

4 『デルウィン伯爵夫人』は、18世紀小説のなかでは珍しく離婚を描き、女性の立場の弱

さを助長する社会制度への批判でありながら、世紀半ばの自己抑制の利いた女性作家の作品としての穏便な特長をもつものとして読まれている。Spencer, Bree, 鈴木など参照。
5 『オセロー』からの引用は松岡和子訳による。『オセロー』松岡和子訳 シェイクスピア全集13 ちくま文庫（筑摩書房、2014）、p. 120. ただし、一般的には（18世紀に刊行されていた諸版においても）2行目は To spy into Abuse となっているのにたいして、フィールディングは pry を使用している (2:117)。

引用・参考文献

Lady Spencer to Mrs Howe, Althorp Papers, the British Library Add MS 75641.

Allen, Charles [alias Portia]. *The Polite Lady: Or, a Course of Female Education. In a Series of Letters, from a Mother to Her Daughter*. Third edition. London: T. Carnan and F. Newbery, Jr., 1775.

Berndt, Katrin. *Narrating Friendship and the British Novel 1760-1830*. London: Routledge, 2017.

Bree, Linda. *Sarah Fielding*. New York: Twayne Publishers; London: Prentice Hall International, 1996.

Ellis, Markman. *The Coffee-House: A Cultural History*. London: Weidenfeld & Nicolson, 2004.

———. "Coffee-Women, 'the Spectator' and the Public Sphere in the Early Eighteenth Century." Chap 1 in *Women, Writing and the Public Sphere 1700-1830*, edited by Charlotte Grant Elizabeth Eger, Clíona Ó Gallchoir, Penny Warburton. Cambridge: Cambridge University Press, 2001. 27-52.

Fielding, Sarah. *The History of the Countess of Dellwyn*. London: A Millar, 1759.

Griffith, Elizabeth. *The Morality of Shakespeare's Drama Illustrated*. London: T. Cadell, 1775.

Johnson, Christopher. "Epic Made Novel: Appropriation and Allusion in Sarah Fielding's History of the Countess of Dellwyn." *The Age of Johnson: A Scholarly Annual*, edited by Jack Lynch. New York: AMS Press, 2012. 233-54.

Johnson, Samuel. *A Dictionary of the English Language*, Facsimile Reprint. Tokyo: Yushodo, 1983 [1755].

Keymer, Thomas. "Shakespeare in the Novel." *Shakespeare in the Eighteenth*

Century, edited by Fiona Ritchie and Peter Sabor. Cambridge; New York: Cambridge UP, 2012.
Mullan, John. *Sentiment and Sociability: The Language of Feeling in the Eighteenth Century*. Oxford: Clarendon, 1988.
Porter, Roy. *Enlightenment: Britain and the Making of the Modern World*. London: Allen Lane, 2000.
Rowe, Elizabeth. *Letters Moral and Entertaining, in Prose and Verse.* London: T. Worrall, 1734.
Savile, George, Marquis of Halifax. *The Lady's New Years Gift: Or, Advice to a Daughter*. London: Randal Taylor, 1688.
Sharp, Ronald A. *Friendship and Literature: Spirit and Form*. Durham, NC: Duke UP, 1986.
Spencer, Jane. *The Rise of the Woman Novelist: From Aphra Behn to Jane Austen*. Oxford: Blackwell, 1986.
Tadmor, Naomi. *Family and Friends in Eighteenth-Century England: Household, Kinship, and Patronage*. Cambridge: Cambridge UP, 2001.
Thoughts on Friendship. By Way of Essay; for the Use and Improvement of the Ladies. By a Well-Wisher to Her Sex. London: J. Roberts, 1725.
Todd, Janet M. *Women's Friendship in Literature*. N.Y: Columbia UP, 1980.
鈴木実佳『セアラ・フィールディングと18世紀流読書術』東京：知泉書館，2008.

第7章

『マンスフィールド・パーク』の副読本
――『恋人たちの誓い』と『私生児』――[1]

中 村 裕 子

　ジェイン・オースティン (Jane Austen) の『マンスフィールド・パーク』(*Mansfield Park*) 第1巻では、[2] 若者たちがエリザベス・インチボールド (Elizabeth Inchbald) 作『恋人たちの誓い』(*Lovers' Vows*) の上演を計画し、リハーサルに興じる。『恋人たちの誓い』は、その登場人物の性格、能力、モラル、行動、関係などが『マンスフィールド・パーク』の登場人物のものと重なっていたり、演じる若者たちの隠された欲望を引き出して見せたりすることから、内容・小説技法の両面から批評的関心を集めてきた。[3]
　にもかかわらず、『マンスフィールド・パーク』では、『恋人たちの誓い』の詳細は説明されない。素人芝居の演目候補としてこの作品の名が挙がると、若者たちの多くは最初から芝居の内容をよく知っていると見え、すぐさま賛成や反対の意見を述べ始める。ところが読者には、若者たちの議論やその後の言動から登場人物のごく大まかな特徴を知ったり、この芝居には道徳上の問題があるらしいと推測したりすることこそできるものの、芝居のあらすじや登場人物同士の関係はよく分からない。仄めかしや皮肉も含めて『恋人たちの誓い』への言及を理解できるかどうかは、かなりの程度、読者側の事前知識に委ねられているのである。
　『マンスフィールド・パーク』はこれまで多くの出版社から複数の版が出版されているが、上記の事情に対する配慮はさまざまである。R.W. チャップマン (R.W. Chapman) は、「読者が…『恋人たちの誓い』を熟知していな

ければ、第 1 巻の大部分は充分には理解できない」と述べ (Note)、自らが編集したオースティン全集第 3 巻に『マンスフィールド・パーク』と併せて『恋人たちの誓い』を収録した。また、21 世紀に入ってから出版されたケンブリッジ版オースティン全集のジョン・ウィルトシャー (John Wiltshire) 編『マンスフィールド・パーク』でも『恋人たちの誓い』が併せて収録されている。一方、オックスフォード・ワールズ・クラシックス (Oxford World's Classics) のジェイムズ・キンズリー (James Kinsley) 編『マンスフィールド・パーク』には、芝居そのものは収録されていないが、付録として、上演や出版についての事実説明のほか、あらすじや、登場人物の相似関係についての解説が収められており、特に 2003 年の新版以降は当初は 1 ページ半ほどだった解説が、ヴィヴィアン・ジョーンズ (Vivien Jones) による 3 ページあまりのさらに詳細な解説へと拡充されている。また、ペンギン・クラシックス (Penguin Classics) 版も『恋人たちの誓い』について約 1 ページの注を付し、事実説明と簡単なあらすじ説明を行なっている (Sutherland 493-94)。これら以外にもさまざまな版が出版されているが、上に挙げた版とは違って注や解説のないものも多数あり、言うまでもなく、オースティン自身も作品を世に出すにあたって注釈などは付けていない。

　『恋人たちの誓い』についてもう 1 つ興味深いのは、『マンスフィールド・パーク』の登場人物のなかにもこの芝居についての知識がなかったり、曖昧だったりする者がいるということである。たとえば、主人公のファニー (Fanny) は、いとこたちが素人芝居の演目候補として名前を挙げた時点ではまだこの芝居を見たことも読んだこともない (161; vol. 1, ch. 14)。[4] ファニーの従姉の婚約者となるラッシュワース氏 (Mr. Rushworth) も、この芝居を見たことがあるのにそれを忘れていたり、内容をはっきりと思い出せなかったりする (162; vol. 1, ch. 15)。後で述べるように『恋人たちの誓い』はオースティンの時代に大きな話題となった芝居であるが、いつの時代であれ誰もがすべての話題作を熟知しているわけではなく、『マンスフィールド・パーク』にもそうした様子が反映されているのである。チャップマンは読者が『恋人たちの誓い』を熟知していることを「オースティン嬢は想定し

ている」(Note) と述べ、ウィルトシャーも「オースティンは読者がその芝居を熟知していることを当然のことと考えていたかもしれない」(Introduction liv) と述べている。しかしながら、ファニーやラッシュワース氏のような人物が登場することを考えると、作者オースティンは、この芝居をよく知らない読者がいることも十分に承知した上で詳しい説明を省いたのだと推察できる。

　こうしたことから、本稿ではまず、『恋人たちの誓い』についての事前知識が『マンスフィールド・パーク』の理解に与える影響を具体例を挙げて考察するとともに、そうするにあたっては、『恋人たちの誓い』の原案となったドイツ人作家アウグスト・フォン・コツェブーの『私生児』(August von Kotzebue, *Das Kind der Liebe*) にも注目する。さらに、『マンスフィールド・パーク』には事前知識を持たない読者が『恋人たちの誓い』に興味を持ちそれに触れたくなるような仕掛けが含まれていること、その一方で、十分な知識がある読者でさえ初読では気づき得ない点があることを示し、この作品が再読を要し、再読に値する作品となっていることに論及する。

　オースティン作品についてはこれまでも、『マンスフィールド・パーク』に限らず、内容や技法などさまざまな面で芝居とのつながりが指摘されてきた (Byrne, Gay)。[5] 本稿は、読者側の知識による理解の違いという視点を取り入れることによってこれらの議論をさらに深めることを第一の目的としたうえで、今回の議論が、再読の必要性というまた別の、オースティン作品に関してはこれまでもっぱら『エマ』について指摘されてきた観点にもつながるものであることを示そうとする試みである。

I 『恋人たちの誓い』から見えてくること (1) ――マライアとアガサ

　まずは、『恋人たちの誓い』を熟知していなくても十分に理解可能ではあるが、知っていれば面白さが増す箇所の1つとして、第2巻第1章の第2パラグラフを挙げてみたいと思う。この直前には、素人芝居のリハーサルをしていた若者たちが、屋敷の主人サー・トマス・バートラム (Sir Thomas Ber-

第 7 章 『マンスフィールド・パーク』の副読本　　　129

tram) の突然の帰還をこの家の次女ジュリア (Julia) から告げられ、恐怖の
あまり言葉を失い身動きもできなくなっている様子が語られている。なお、
アガサ (Agatha) を演じるのは長女マライア (Maria)、フレデリック (Fred-
erick) を演じるのはヘンリー・クロフォード (Henry Crawford) である。

　　　ジュリアがまず最初に動き、話し始めた。嫉妬や恨みはひとまず保留にさ
　　れ、わがままも共通の利益のために忘れ去られていた。しかし、彼女が現れた
　　ちょうどその時、フレデリックはアガサの話に熱心な面持ちで耳を傾け、アガ
　　サの手を自分の胸に押しつけていた。ジュリアはこれに気づき、さらには、彼
　　が知らせに驚愕しながらも姿勢を変えずに姉の手を握り続けているのを見る
　　やいなや、心の傷が再び疼き始め、青ざめていた顔を真っ赤にして、「お父
　　さまに会うのを怖がる必要など私にはないわ」と言いながら、部屋から出て行っ
　　た。(205-06; vol. 2, ch. 1, 下線は筆者)

ヘンリーとバートラム姉妹の 3 者の関係や思いが凝縮されて描かれているこ
の箇所は、特に注釈を加えなくても十分面白く読める箇所ではある。しかし、
ケンブリッジ版『マンスフィールド・パーク』の注 (690) やオックスフォー
ド版の付録が指摘しているように (Jones 374)、上記引用の下線部分は『恋
人たちの誓い』の 1 幕 1 場のアガサの告白の場面であり、その場面をよく
知ったうえで読むと、作者がこめた辛辣な皮肉が新たに見えてくる箇所でも
ある。
　では、新たに見えてくる皮肉とはどのようなものであろうか。次に挙げる
のは、アガサが息子フレデリックに彼が私生児であることを告白するその場
面である。

　　　では、聞いてちょうだい。あの村と、［指さしながら］あのお城、そしてあの
　　教会を見てください。あの村で私は生まれ、あの教会で洗礼を受けました。両
　　親は貧乏でしたが、立派な農民でした。あの城屋敷の奥方様が私をご自分のも
　　とで住まわせたい、そうすれば、生涯にわたって私の面倒を見ると両親におっ
　　しゃいました。両親は私を手放すことにし、14 歳で私は奥方様の元へ参った

のです。奥方様は喜んで私にあらゆる類の女性の教養やたしなみを教えてくださり、奥方様の庇護のもと、幸せに3年が過ぎました。その頃、奥方様のひとり息子で、ザクセン地方で士官をしておられた方が、休暇の許可を得て帰宅されました。私はその方にはそれまでお会いしたことがありませんでした。眉目秀麗な若者で、私の目には並外れて立派な方に映りました。というのも、その方は私に愛を語り、結婚の約束をしてくださったからです。そのようなことを私に話してくださったのはその方が初めてでした。その方のおだてに乗って私は自惚れ、そして、繰り返される誓いに――フレデリック！私を見ないでください――これ以上は言えません。[フレデリック、視線を落としてアガサの手をとり、それを胸に当てる] ああ、ああ、息子よ！私は、若い、未熟な、気まぐれな男性の熱烈な愛撫に酔い、その陶酔から目覚めたときにはすでに手遅れでした。(Inchbald 571-72; 1.1, 下線は実線、波線ともすべて筆者)[6]

　この引用の下線（実線）部と前の引用の下線部とを比較すればよく分かるように、ジュリアが部屋に入ったときにヘンリーとマライアが演じていたのは、ちょうどこの部分である。ここで興味深いのは、のちに姦通事件を引き起こすことになるマライアがその相手となるヘンリーに向かってこのせりふを語っているということである。『恋人たちの誓い』では、アガサが「若い、未熟な、気まぐれな」男性の誘いに乗ってフレデリックを私生児として出産するに至ったことを告白するのであるが、若さ、未熟、気まぐれという点では『マンスフィールド・パーク』のヘンリーもまさしくそのような男性であり、マライア自身も将来、私生児を生むことこそないものの、ヘンリーとの姦通事件によって名誉も裕福で華やかな生活もすべて失ってしまう。アガサの人生における転落をのちに転落を経験することになるマライアが語る、しかも、転落の原因となる当の相手に向かって語るというこの皮肉な状況は、『恋人たちの誓い』を熟知していなければ読者には分からない。『マンスフィールド・パーク』第2巻第1章の第2パラグラフは、フレデリックがアガサの手をとって胸に押し当てるのはどの場面で、その場面でアガサは何を語るのかということまで知っていて初めて内包された皮肉を十分に味わえる

場面なのである。

　では、オースティンの時代、『恋人たちの誓い』は人びとのあいだでどれほど知られていたのだろうか。この芝居は1798年10月11日にコヴェント・ガーデン（Covent Garden）で初めて上演されたあと、シーズン中に公演が42回も続くという大ヒットをおさめ（Pedley 299）、[7] その後各地で上演されるスタンダードな芝居となっていった。オースティンがバース（Bath）に滞在した1801-06年のあいだにも、少なくとも6回はバースのシアター・ロイヤル（Theatre Royal）で上演されたことがわかっている（Jones 373）。また、初演と同年に脚本も出版され、翌年の1799年には第12版にまで達した（Jenkins 419）。さらに、1808年にはエリザベス・インチボールドが自ら編集した『イギリス演劇集』（*The British Theatre*）の第23巻にこの作品を収録したため、[8] 芝居を見た人も多ければ、読んだ人も多かったと考えられる。したがって、『マンスフィールド・パーク』の読者のなかにも、サー・トマスが突然帰宅したときにヘンリーとマライアが演じていた場面について具体的に思い浮かべられる人が少なくなかったはずで、作者もおそらくそれを期待していただろうと推察されるのである。

II 『恋人たちの誓い』から見えてくること（2）――ファニーとアガサ

　『恋人たちの誓い』の内容を知っているからこそ見えてくるまた別の点は、芝居の主人公であるアガサと『マンスフィールド・パーク』の主人公ファニーとの類似である。これまで、アガサとバートラム家の長女であるマライアとの類似が繰り返し指摘される一方で看過されてはきたが、このアガサとファニーとの類似点は意外にも多い。

　まず、先ほどの告白でアガサが語っているのは、貧しい家の子どもだった自分が、ある時大きな城屋敷に引き取られ、その家の息子に会って恋に落ちたという話である。実のところ、これは、貧しい家庭からマンスフィールド・パークに引き取られてその家の次男エドマンド（Edmund）に恋をする主人公ファニーの姿と重なる。2人の類似はそれだけはない。長い苦難の生

活を経験したあとに最終的に恋が実り幸せになるという点でも 2 人は同じである。引用部分に続くアガサのさらなる告白によれば、結婚せずに身ごもった彼女は城から追い出され、親からも拒絶され、教区牧師の保護のもと近隣の子どもを教えるなどしながらフレデリックを育て、フレデリックが従軍のために家を出たあとは健康を害して一層の困窮生活に甘んじてきたという (572-73; 1.1)。一方、ファニーも従姉たちからの軽蔑や伯母のノリス夫人 (Mrs. Norris) からの繰り返される冷酷な仕打ちを何年にもわたって耐え忍んできた。そして、ファニーもアガサと同様、親からの十分な助けを得られない。気の進まぬ相手との結婚を断ったことでサー・トマスの不興を買い実家に帰された時も、両親はファニーに対して申し訳程度の愛情しか見せず、ファニーは実家にもすでに自分の居場所はないことを思い知らされるのである (435-48; vol. 3, ch. 7)。ところが、これら数々の苦難にもかかわらず、両者とも最終的には幸せを得る。アガサは自分を捨てた恋人と再会し結婚して男爵夫人となり、ファニーもマンスフィールド・パークに呼び戻されてエドマンドと結婚するのである。

　次に挙げる、ファニーをマンスフィールド・パークに引き取るか否かについてのサー・トマスとノリス夫人との議論もまた、間接的にではあるが、ファニーとアガサの相似関係をうかがわせる部分である。

　　サー・トマスはすぐさま無条件で承諾を与えることはできなかった。思案し、躊躇した。――大変な責任だ。――女の子をそのように育てるなら十分なことをしてやらなければ、家族から引き取るのは親切というよりも酷いことになるだろう。彼は自分の 4 人の子供のこと――息子 2 人のこと――いとこ同士の恋のことなどを考えた。――しかし、慎重に反対意見を述べようとするやいなや、ノリス夫人が言葉をさえぎり、言い終えたことにもまだのことにも、すべてに反論し始めた。

　　「…息子さんたちのことをお考えなのでしょう――けれど、よりにもよってそういったことは到底起こるものではないとは思われませんか。いつも兄妹のように一緒に育てられるのですから、まずありえないことです。そのような例は聞いたことがありません。実際のところ、それこそがそういった結びつき

を防ぐ唯一確かな手立てです。その子が可愛らしい子だとして、7年後に初めてトムやエドマンドがその子に会ってごらんなさいな。それこそ、間違いのもとですわ。…」(6-7; vol. 1, ch. 1)

　ここでは、サー・トマスからファニーと息子たちとの恋の可能性について懸念が示されているが、引き取られた先の息子との恋というと『恋人たちの誓い』のアガサのことが思い出される。また、ノリス夫人は、ファニーが7年後[9]に初めてバートラム家の息子たちと会うことのほうが危険だとしてこの懸念を一蹴するが、一方で、『恋人たちの誓い』のアガサこそ年頃になって初めて城の息子と出会って恋に落ちた女性の例であり、[10] ファニー自身のありえたかもしれない姿である。

　これまでのところ、このサー・トマスとノリス夫人の会話を『恋人たちの誓い』と関連づけて述べた論者は、筆者の知る限りない。たしかに、この会話は小説の第1章、つまり、素人芝居のエピソード以前の場面でなされる会話であるため、それも不思議なことではない。しかしながら、作者オースティン自身がこの時点で素人芝居のエピソードやその演目となる『恋人たちの誓い』を念頭に置いていた可能性は、十二分にある。また、オースティンの時代のように、多くの人が『恋人たちの誓い』を見たり読んだりしたことがあった時代であれば、ファニーをめぐるサー・トマスとノリス夫人の会話にふとアガサを思い浮かべることもありえないことではない。少なくとも、『マンスフィールド・パーク』を再読する際には、読者がこの相似に気づく可能性はかなり高いはずである。

　このようにアガサとファニーとの類似性を考えながら読むと、素人芝居のエピソードは皮肉の度合いを増す。なぜなら、ファニーがこのエピソードのなかで読んだり見たりするのは、ファニー自身と同じく貧しい家から立派な屋敷に引き取られ、屋敷の息子に恋をするアガサの話だからである。たしかに、アガサとファニーでは、屋敷の息子に恋愛対象として見られたかどうかという点で大きな違いがある。マンスフィールド・パークの息子たちはファニーのことを恋愛の対象としては意識の埒外に置いており、だからこそファ

ニーは叶わぬ思いに苦しむ半面、アガサとはちがって誘惑の危険にさらされることもない。しかしながら、屋敷の主人や息子が身分や財産の面で劣る住み込みの女性を誘惑したり、誘惑して捨てるというのは、『恋人たちの誓い』だけでなく、『モル・フランダース』(Moll Flanders) や『パメラ』(Pamela) を初めとして多くの小説や芝居で見られる筋立てであった。こういったよくある筋立てに従えば、ファニーにはアガサのような転落の人生こそ大いに予想されるものだったはずである。素人芝居のエピソードにおいて、ファニーは、ともすれば自らが歩む可能性のあった人生を見せられているわけである。

ところが、ここで興味深いのは、『マンスフィールド・パーク』の登場人物たちが、『恋人たちの誓い』を見たり演じたりしながら、このアガサとファニーの類似にまったく気づかずにいることである。これは、ファニー以外の登場人物たちが皆、彼女の立場や心情に対していかに無関心で無頓着かということを示すと同時に、ファニー自身もかなりの程度それに無自覚(さらに言えば抑圧的)であることを示している。先ほどの引用においては、ノリス夫人が、兄妹のように早くから一緒に育った者同士が恋に落ちることはまずないと述べていたが、登場人物たちも語り手も、この時点ではノリス夫人の理屈をどうやらすっかり受け入れてしまっている(またはそのようなふりをしている)。ファニーに対する無関心や思いやりのなさ、また、ファニー自身の抑圧的な心情は、『マンスフィールド・パーク』を通してさまざまな場面で描かれていくが、『恋人たちの誓い』を熟知し、ファニーとアガサの類似に気づく読者は、こういった点ををより敏感に感じ取りながら作品を読み進めることになるはずである。

III 『私生児』から見えてくること——マライアとアガサ(ウィルヘルミーナ)

次に挙げるのは、ドイツ人作家アウグスト・フォン・コツェブー(August von Kotzebue) の『私生児』(Das Kind der Liebe) のアン・プリュンプター(Anne Plumptre)[11] による翻訳『私生児』(The Natural Son) からの引用で

ある。『恋人たちの誓い』が同じ作品のエリザベス・インチボールドによる翻案であるのに対し、こちらは原文にほぼ忠実な翻訳である。登場人物の名前も原作での名前をそのまま用い、『恋人たちの誓い』でのアガサはここではウィルヘルミーナ (Wilhelmina) となっている。

> ウィルヘルミーナ　あの村、遠くの教会の尖塔が見える村が、私の生まれたところです。あの教会で私は洗礼を受け、そこで信仰の基本も教えられました。両親は敬虔なよき小百姓で、貧しくとも正直でした。14 歳の時、私はある日たまたま城の奥方様の目にとまりました。奥方様は私を気に入り、お屋敷に引き取って、喜んで私の粗野な人格を磨いてくださいました。奥方様は良書を与えてくださり、私はフランス語や音楽に興味を持ちました。考えや学びの能力は育っていきましたが、虚栄心もまた育っていきました。そうなのです、見かけの慎み深さに隠れて、私は自惚れの強い、愚かな娘になっていたのです！　ちょうど 17 歳になったとき、この恩あるお方の息子でザクセンで従軍していらした方が休暇の赦しを得て、私たちを訪ねていらっしゃいました。私がその方に会ったのはそれが最初で、眉目秀麗な魅力的な若者でした。──彼は私に愛を、結婚を語りました。──私の魅力を称えてくれた初めての男性でした。ああ、フレデリック、私を見ないで。続けられませんから。
> フレデリック　（視線を落として、彼女の手を自分の胸に押しつける──両者とも一時動きをとめる）
> ウィルヘルミーナ　私は、人を信用しすぎるところがあり、騙されて貞節を奪われることになったのです！
>
> 　　　　　　　　　（Kotzebue 9–10; 1.8, 下線は実線、波線ともすべて筆者）[12]

　これは本稿第Ⅰ節に挙げた『恋人たちの誓い』の引用に対応する部分であるが、これら 2 つの引用を比較すると、両者は下線（波線）部分において内容が若干異なっている。『恋人たちの誓い』と違って『私生児』では、教育内容が若干ではあるが具体的に挙げられ、さらには、こういったことを学んだせいでウィルヘルミーナが見かけは慎ましやかだが虚栄心の強い娘になってしまったことが述べられている。『恋人たちの誓い』でアガサが自惚れるのは男のおだてによるものであるが、『私生児』のウィルヘルミーナの自惚

れは教育によって育まれたものとなっているのである。

　ところで、教育のせいで虚栄心ばかりが強くなった女性といえば、『マンスフィールド・パーク』のバートラム姉妹もまたそうである。姉妹は、子どもの頃から2人の監督係ともいえるノリス夫人によって虚栄心を植えつけられる。2人は、フランス語や音楽だけでなく、地理、歴史、異教の神話、金属、惑星、哲学者など多方面の知識や教育を与えられる一方で (15, 20–21; vol. 1, ch. 2)、ノリス夫人から、「…あなたたちは素晴らしい記憶力に恵まれているけれど、かわいそうな従妹はたぶんそれをまったく持ち合わせていないのですよ」といった優越感を煽るような言葉や、「自分たちがどれほど進んでいて利口だとしても、常に控えめにしているのですよ…」といった見かけの謙虚さを説く言葉をかけられながら育てられる (21)。このような忠告を受け続けたせいで、2人は、「たいして不思議なことではないが…自己認識や、寛大さ、謙虚さといったもっと普通のことがまったく習得できな」いまま育ち (21–22)、さらには、年頃になると、「彼女たちの虚栄心はその存在が目につかないほど良い具合に整い、自らも気取ったそぶりは見せな」いようになるのである (40; vol. 1, ch. 4)。

　こういったことを念頭におくと、『マンスフィールド・パーク』のマライアはインチボールド翻案のアガサよりも原作のウィルヘルミーナに近く、このウィルヘルミーナを念頭に人物造形されたのではないかという風に思えなくもない。プリュンターの『私生児』はインチボールドの『恋人たちの誓い』の初演および出版と同じ1798年に出版された。インチボールドの翻案とともによく売れて、1798年中にすでに改訂第4版が出版されるまでになり (Jenkins 418)、その後、コツェブー全集にも収録された。さらに、コツェブーの『私生児』の翻訳は、プリュンターによるものの他にも、同じ1798年にスティーブン・ポーター (Stephen Porter) の『恋人たちの誓い、すなわち私生児』(*Lovers' Vows: or, The Child of Love*) が、1800年にはベンジャミン・トムソン (Benjamin Thompson) の『恋人たちの誓い、すなわち私生児』(*Lovers' Vows: or, The Natural Son*) が出版されている。

　そもそも、ジェイン・オースティンの時代にはコツェブー・マニア[13]とい

う言葉も生まれるほどにコツェブーの作品が流行していた。コツェブーはきわめて多作でもあったが、作品はまず大陸で流行し、1790年代の後半にその流行がイギリスにもやってきた。F. W. ストウコウ（F. W. Stokoe）のリストをもとにすると、コツェブー作品の英語への翻訳や翻案やパロディーは、1789年から1805年にかけて50以上が出版されている（Stokoe 180-87）。また、コツェブー作品についてはその道徳性や政治性についてかなり激しい議論が起こったことが知られている一方（Ford para. 8; Jones 375; Pedley）、『私生児』およびその翻訳や翻案に限ってみても、それぞれの特徴や良し悪しを比較して紹介した書評があっただけでなく、[14] インチボールドとプリュンターにおいては、自身の翻案や翻訳の前書きとして互いにけん制し合うような文章を書いてもいることから（Inchbald, "Preface"; Plumptre）、こういった種々の議論に刺激されて、原文や翻案、そして、複数の翻訳に目をとおした人も少なからずいただろうと思われる。スーザン・アレン・フォード（Susan Allen Ford）は、「…オースティン自身がその議論に気づかなかったとすれば奇妙なことである」と述べるとともに、「決定的な証拠はないが…オースティンはプリュンターか、ポーターか、トムソンの翻訳の1つを読んだことさえあったかもしれない」と推測している（para. 9）。この推測通りだとすれば、マライアがウィルヘルミーナをもとに造形されたのではないかという推量もあながち根拠のないものではないだろう。さらには、翻案と原作または翻訳とを比較して読んだことのある読者なら、マライアをアガサだけでなくウィルヘルミーナとも関連づけて読むことは大いにあり得ることで、先ほどのバートラム姉妹の教育上の欠陥について語られた箇所などは、ウィルヘルミーナとの類似に気づかせる目くばせともなったはずである。

IV　ファニーとマライア──2人のアガサ

　アガサとファニーの類似、そして、アガサ（ウィルヘルミーナ）とマライアの類似について考察したところで見えてくるのが、アガサ（ウィルヘルミーナ）を挟んでのファニーとマライアの関係である。ファニーとマライア

との繋がりは、両者の性格や立場の違いゆえに見過ごしてしまいがちだが、2人はそれぞれ、アガサ（ウィルヘルミーナ）の正の部分と負の部分を引き継いだ表裏の関係にあるように見える。アガサ（ウィルヘルミーナ）の虚栄心や愚かさ、および、その結果としての転落の前半生を引き継いだのがマライア、一方で、純朴さと後半生の幸せな結末を引き継ぐのがファニーだと考えられるのである。

　実際、『マンスフィールド・パーク』の展開を見ると、マライアとファニーはよく似た状況に立たされることが多い。たとえば、マライアもファニーも、当の相手と結婚するかどうかに違いはあるものの、意に染まぬ相手との結婚をせまられる。マライアはノリス夫人の積極的なお膳立てのもと、自分の気持ちを弄んだヘンリーへの対抗心と堅苦しい父のもとから逃れたいという思いにかられて、金持ちではあるが愚鈍なラッシュワース氏との気の進まぬ結婚を決断する。一方、マライアが結婚すると、それまでバートラム姉妹の気持ちを弄んでいたヘンリーが今度は突如としてファニーに関心を寄せ始め、求婚する。周囲の者たちが良い結婚話だと歓迎するなか、マライアとは違って自らの本心に従って求婚を拒絶したファニーは、サー・トマスから恩知らずだと厳しい言葉を浴びせられるだけでなく、翻意を促すために実家に帰されることになる。そして、そのファニーの苦境を救うのが、皮肉なことに、マライアとヘンリーが引き起こす姦通事件である。サー・トマスの前で本心を隠して不幸な結婚につきすすむマライアと、本心を主張し続けて意に染まぬ相手との結婚から逃れ、最終的に幸せになるファニーとは、同様の状況をめぐって裏表の関係にあり、互いの幸、不幸がシーソーのように上下する関係なのである。

　素人芝居のエピソードにおいては、稽古を通して深まるエドマンドとメアリ・クロフォード（Mary Crawford）の親密さや、マライアとヘンリーの危険な戯れ、2人の様子に嫉妬するジュリアやラッシュワース氏の気持ち、それらすべてを複雑な思いで眺めるファニーの様子にスポットライトが当たる。こういった出来事の背後に隠れて見えにくくはなっているが、このエピソードに潜む大きな皮肉は、マライアがアガサを演じる様子を、マライアと

表裏一体の関係にあるファニーが見ることである。前にも述べたように、アガサのような転落の人生を歩む可能性があるのは、小説や芝居のよくある筋立てなら、ファニーである。しかしながら、『マンスフィールド・パーク』においては、皮肉にも、マライアがそういった転落の人生を引き受ける。マライアは将来自らが転落の人生を歩むことになるとは知りもせずアガサを演じ、本来その可能性が大いにあったはずのファニーも、自身とアガサの立場上の類似に気づきもせず、芝居の練習やリハーサルを見る。こうした皮肉な状況の重なりは、『恋人たちの誓い』や『私生児』に熟知することでこそ、より鮮明に見えてくる点であろう。

V　『恋人たちの誓い』への誘い、そして、『マンスフィールド・パーク』再読の必要性

　『恋人たちの誓い』を知って初めて見えてくる点の多い『マンスフィールド・パーク』であるが、では、この芝居についての事前知識を持たない読者に対して、この小説はどういった態度を示しているのだろうか。これについて考える手がかりとして、ここではまず、事前知識のない登場人物の1人であるファニーが若者たちによる『恋人たちの誓い』についての議論を聞いた直後の様子を見てみたい。

　　1人になったファニーはまず、テーブルの上に置き忘れられた本をとりあげた。そして、さんざん聞かされたその芝居の内容を実際に自分で確認し始めた。興味津々で、夢中になって読み通した。ところどころで、現在のこの状況でこの芝居が選ばれたことに——なんと家庭での芝居でこれが提案され受け入れられたことに——驚いて中断しはしたのだが。アガサもアメリア (Amelia)[15] もそれぞれ異なる点で家庭での上演には全く不向きだと思われた。——アガサの状況も、アメリアの言葉も、慎み深い女性が表現するには似つかわしくなく、ファニーにはいとこたちが自分たちのしようとしていることを理解しているとはとても思えず、そして、エドマンドならきっと諫めてくれるだろうから、その忠告によってできるだけ早く目を覚ましてほしいと願った。(161; vol. 1, ch. 14)

夢中になって『恋人たちの誓い』を読み通すファニーの姿からは、この芝居が家庭での上演には不向きであるものの、決してつまらない作品ではないらしいということが伝わってくる。

そもそも、知らない芝居について眼前で議論が繰り広げられるという状況こそがファニーの興味をかき立てたわけであるが、ファニーと同じく事前知識のない読者もまた『マンスフィールド・パーク』を読みながら彼女と同じ立場に置かれている。『恋人たちの誓い』について別段の説明がないまま、若者たちの議論、そして、ファニーの反応までもが知らされることになるからである。しばらく後の箇所ではさらに、エドマンドがマライアに向かって次のように諭す場面もある。

> …これは家庭での上演にははなはだ不向きだと思うから、僕はやめてほしいと思う。──注意深く読み直したら君もきっとそうしたいと思うはずだ。──お母様か伯母様を相手に第1幕だけでも声に出して読んでごらんよ。そうしたら賛成できるものではないことがきっと分かるから。(164; vol. 1, ch. 15)

ここでエドマンドによって言及されている第1幕こそまさしく本稿第Ⅰ節で引用したアガサの告白の場面が含まれる箇所なのだが、[16] ここでも、家庭での上演には不向きであることが繰り返され、さらには、声に出して読むのが憚られるような内容であるらしいことも示唆されている。

このように、『恋人たちの誓い』については、家庭からは遠ざけておくべき内容が含まれていることが強調されながら、それと同時に、若者たちが演じたがり、主人公ファニーさえもが夢中になって読む作品であるということが示される。にもかかわらず芝居の詳細は説明されないとなれば、実のところ、こういった語り方ほど読者の好奇心を誘う方法はないのではないだろうか。『マンスフィールド・パーク』には、『恋人たちの誓い』や『私生児』に接したことのある読者だけが読み取れる仄めかしや皮肉がある一方で、このように事前に十分な知識のない読者にもそれらの芝居に興味を持ち、見たり読んだりしたいと思わせるような働きかけが含まれている。読者は、これら

第 7 章 『マンスフィールド・パーク』の副読本　　　　　　　　141

の芝居に接したうえでの『マンスフィールド・パーク』再読を促されているのである。

　『マンスフィールド・パーク』を再読すべきなのは、事前知識のない読者だけではない。素人芝居のエピソードは『マンスフィールド・パーク』第 1 巻の後半に現われるエピソードであり、このエピソードが出てくるまで、読者は、ファニーとアガサの類似や、教育の影響という点でのマライアとアガサ（ウィルヘルミーナ）との類似には気づきにくい仕組みになっている。たとえば、本稿の第 II 節で考察したサー・トマスとノリス夫人との会話や第 III 節で言及したバートラム姉妹の教育についての叙述は、『恋人たちの誓い』のエピソードが現れる前の場面であるため、初読の時点ではそこにこめられた皮肉やからかいを十分に読み取ることはかなり難しい。また、本稿第 I 節で紹介したリハーサルの場面についても、作品を最後まで読み、マライアの姦通事件の顛末を知ったうえでなければ、そこにこめられた幾重もの皮肉を理解して味わうことは難しい。つまり、『マンスフィールド・パーク』は、どのような読者にとってもぜひとも再読すべき作品なのである。

　再読の問題は、オースティン作品においては、これまでもっぱら『エマ』について論じられることが多かった。[17]『エマ』は、他者の言動を誤解し続けるエマの視点を通して見ることで読者もまた初読においてはエマと同様に誤解を続けざるを得ないなど、視点や語りに関わるさまざまな仕掛けによって、再読時に印象が大きく変わる作品だからである。リー・エリクソン（Lee Erickson）の述べるように、オースティンの時代、小説は初版の多くが貸本屋によって買い取られ、借りて一度読まれるだけで忘れ去られるのが普通で、再読に値し、個人が購入する価値ありと考えるものは例外だった（132-35）。つまり、再読可能性こそが駄作と佳作を分ける目印でもあり、ケンブリッジ版『エマ』の編集にあたったリチャード・クローニン（Richard Cronin）とドロシー・マクミラン（Dorothy McMillan）は、その序文で、再読性ということに高い価値を置いて書かれた『エマ』は、自身の作品が歴とした文学作品として位置づけられることをオースティンが重視していたことの証拠だと言い（lvii）、『エマ』は「おそらく、英語で書かれた、単に読むので

はなく再読すべき初の小説である」とまで述べている (lv)。しかしながら、『エマ』こそが「再読すべき初の小説」という点についてはどうであろうか。『マンスフィールド・パーク』もまた、『恋人たちの誓い』についての説明を故意に省略することによって、また、ファニーやマライアの人生とアガサの人生を重ね合わせることによって、読者に再読時の読みの変化を味合わせようというオースティンの果敢かつ周到な試みだとは言えないだろうか。

　本稿では、『恋人たちの誓い』や『私生児』についての事前知識が『マンスフィールド・パーク』の読みに与える影響を考察した。そこから明らかなように、『マンスフィールド・パーク』にこめられた仄めかしや重層的な皮肉を味わうためには、『恋人たちの誓い』を、できるならば『私生児』をも副読本として傍らに置き、それらを読んだうえで再読することがぜひとも必要である。そして、それこそがおそらく、オースティンが企図し、願ったことなのである。

注

1　本稿は、2015年3月14日に同志社大学において開催された十八世紀英文学研究会例会での口頭発表「Jane Austenと芝居——*Mansfield Park*の素人芝居、*Lovers' Vows*、*The Natural Son*」を元に加筆修正を行ったものである。
2　『マンスフィールド・パーク』は最初3巻本として出版された。
3　両作品の登場人物の対応関係については、後にも述べるヴィヴィアン・ジョーンズ (Vivien Jones) の解説が包括的かつ簡潔である。また、両作品の関係から伺える、オースティンやその時代の演技観、そして、芝居や演技に関わる道徳的問題などについては、21世紀に入るまでの議論の流れをまとめた拙論（中村）や、それ以降の議論としては特にByrne 3-28及び149-209とGay 98-122を参照されたい。
4　本稿における『マンスフィールド・パーク』の引用・参照頁数はケンブリッジ版に基づくとともに、頁数のあとには巻号と巻ごとの章番号も記した。なお、日本語訳は筆者によるものである。
5　オースティン作品と芝居との関連を総合的に論じた書物としては、ByrneとGayの2書がどちらも2002年にまったく同じタイトルで出版された。
6　本稿における『恋人たちの誓い』の引用・参照頁数はケンブリッジ版『マンスフィールド・パーク』併録のものに基づくとともに、頁数のあとに幕と場も記した。なお、日本語訳は筆者によるものである。
7　ジェンキンス (Jenkins) は45回としている (419)。

第 7 章　『マンスフィールド・パーク』の副読本　　　　　　　　　143

 8　1808 年にこの巻が出版されていることは、『マンスフィールド・パーク』の執筆の
　　 きっかけを考えるうえでも重要だろう。『マンスフィールド・パーク』は 1811 年 2 月
　　 頃から書きはじめられたと推測されているが、このときオースティンは 1808 年から
　　 1809 年の実際の暦を使って物語を書いたと考えられている。(Chapman, "Chronol-
　　 ogy of *Mansfield Park*")
 9　サー・トマスとノリス夫人のこの会話が行われている時点でのファニーの年齢は 9 歳
　　 (6; vol. 1, ch. 1)、そしてマンスフィールド・パークに実際に引き取られるのは 10 歳
　　 である (13; vol. 1, ch. 2)。なお、素人芝居のエピソードをはじめ物語の大半は、ファ
　　 ニーが 18 歳のときの出来事である。
10　本稿第 I 節の 2 つ目の引用にあるように、アガサが城屋敷に引き取られたのは 14 歳、
　　 城主の息子に会ったのはその 3 年後の 17 歳である。
11　Anne Plumptre の姓の発音については、Mcleod の議論を参照 (xxii)。
12　プリュンターの英訳から本稿筆者が日本語に訳出。頁数は引用・参考文献リストに掲
　　 載の版に基づき、頁数のあとに幕と場も記した。
13　たとえば、『1802 年の雑誌の思潮』(*The Spirit of the Public Journals for 1802*) には、
　　 『オラクル』(*The Oracle*) に掲載された記事として、「18 世紀末のロンドンで蔓延した
　　 コツェブー・マニアと呼ばれる恐ろしい病気の説明」("Some Account of a Dread-
　　 ful Disease, Called the Kotzebue-Mania, Which Was Epidemical in London at the
　　 Close of the Eighteenth Century.") というエッセイが収録されており、コツェブー
　　 作品の広まりの速さや影響の強さがうかがえるものとなっている。
14　例として、原作と 3 つの翻訳・翻案をまとめて評した Rev. of *Das Kind der Liebe, The
　　 Natural Son, Lovers' Vows: or, the Child of Love, and Lovers' Vows* や、プリュン
　　 ターの翻訳とインチボールドの翻案を合わせて評した Rev. of *The Natural Son* and
　　 Lovers' Vows を参照されたい。
15　主要登場人物の 1 人。女性でありながら恋心を相手に自ら告白する点が、当時のイギ
　　 リス人には慎みがないと批判された。
16　この点も、『恋人たちの誓い』の内容を知らなければ、気づかない点である。
17　文学作品の再読一般については、オースティン作品についての議論も充実している
　　 Spacks が興味深い。また、『エマ』の再読に関しては、小野論文が、オースティンの
　　 試みの周到さと、再読時に読者が得る印象の変化の鮮やかさを余すところなく論じて
　　 いる。

引用・参考文献

Austen, Jane. *Mansfield Park*.　Ed. John Wiltshire. Cambridge: Cambridge UP,
　　 2005. *The Cambridge Edition of the Works of Jane Austen*.
Byrne, Paula. *Jane Austen and the Theatre*.　London: Hambledon and London,
　　 2002.

Chapman, R. W. "Chronology of *Mansfield Park*." Appendixes. Chapman, *Mansfield Park*. 554-57.

———. Note. *Lovers' Vows*. By Elizabeth Inchbald. Chapman, *Mansfield Park*. 474.

———, ed. *Mansfield Park*. By Jane Austen. 3rd ed. Oxford: Oxford UP, 1934. Vol. 3 of *The Novels of Jane Austen*.

Cronin, Richard, and Dorothy McMillan. Introduction. *Emma*. By Jane Austen. Cambridge: Cambridge UP, 2005. xxi-lxxvii.

Erickson, Lee. *The Economy of Literary Form.: English Literature and the Industrialization of Publishing, 1800-1850*. Baltimore: John Hopkins UP, 1996.

Ford, Susan Allen. "'It is about *Lovers' Vows*': Kotzebue, Inchbald, and the Players of *Mansfield Park*." *Persuasions On-Line* 27. 1 (2006). n. pag. Web. 10 March 2015.

Gay, Penny. *Jane Austen and the Theatre*. Cambridge: Cambridge UP, 2002.

Inchbald, Elizabeth. *Lovers' Vows*. *The British Theatre*. Ed. Elizabeth Inchbald. Vol. 23. London, 1808.

———. *Lovers' Vows*. Chapman, *Mansfield Park*. 474-539.

———. *Lovers' Vows*. *Mansfield Park*. By Jane Austen. Ed. John Wiltshire. 555-629.

———. "Preface on the First Publication of *Lovers' Vows*." *Lovers' Vows*. *Mansfield Park*. 557-60.

Jenkins, Annibel. *I'll Tell You What: The Life of Elizabeth Inchbald*. Kentucky: UP of Kentucky, 2003.

Jones Vivien. "*Lovers' Vows*." Appendix A. Kinsley, *Mansfield Park*. 373-76.

Kinsley, James, ed. *Mansfield Park*. New ed. Oxford: Oxford UP, 2003. Oxford World's Classics.

Kotzebue, August von. *Das Kind der Liebe*. 8th ed. Leipzig, 1791.

———. *The Natural Son*. Trans. Anne Plumptre. 4th ed. Rev. ed. London, 1798.

———. *Lovers' Vows: or, The Child of Love*. Trans. Stephen Porter. London, 1798.

———. *Lovers' Vows: or, The Natural Son*. *The German Theatre*. Trans. Benjamin Thompson. Vol. 2. London, 1806.

McLeod, Deborah. Introduction. *Something New: or, Adventures at Campbell-House*. By Ann Plumptre. Ontario: Broadview, 1996. vii-xxv.

Pedley, Colin. "'Terrific and Unprincipled Compositions': The Reception of

Lovers' Vows and *Mansfield Park*." *Philological Quarterly* 74.3 (1995): 297-316.
Plumptre, Anne. "Translator's Preface." *The Natural Son*. By August von Kotzebue. Trans. Anne Plumptre. i-vii.
Rev. of *Das Kind der Liebe,* by August von Kotzebue, *The Natural Son,* trans. Anne Plumptre, *Lovers' Vows: or, The Child of Love,* trans. Stephen Porter, and *Lovers' Vows* by Elizabeth Inchbald. *Analytical Review: or, History of Literature, Domestic and Foreign.* New ser. March 1799: 317-23.
Rev. of *The Natural Son*, trans. Anne Plumptre, and *Lovers'Vows,* by Elizabeth Inchbald. *Monthly Review: or, Literary Journal*. May 1799: 102-05.
"Some Account of a Dreadful Disease, Called the Kotzebue-Mania, Which Was Epidemical in London at the Close of the Eighteenth Century." *Spirit of the Public Journals for 1802.* Vol. 6. London, 1803. 93-96.
Spacks, Patricia Meyer. *On Rereading*. Cambridge: Belknap of Harvard UP, 2011.
Stabler, Jane. Introduction. Kinsley, *Mansfield Park*. vii-xxxvi.
Stokoe, F. W. *German Influence in the English Romantic Period 1788-1818*. New York: Russel, 1963.
Sutherland, Kathryn, ed. *Mansfield Park*. By Jane Austen. London: Penguin Books, 2003.
Wiltshire, John. Introduction. *Mansfield Park*. By Jane Austen. xxv-lxxxiv.
小野恭子「『エマ』を読む」『津田塾大学紀要』11 (1979): 141-68.
中村裕子「『マンスフィールド・パーク』の素人芝居——批評の流れをたどる——」『神戸英米論叢』15 (2001): 37-55.

第三部

18世紀文学の間テクスト性

第 8 章

感傷喜劇のなかの大英帝国
―― 『西インド諸島人』試論 ―― *

佐々木　和　貴

I　時代に差し出された鏡

　18 世紀後半の英国演劇に特徴的なことの一つに、多様な異邦人たち、つまりイングランドという範疇からはみ出した者たちが、たびたび舞台に登場することが挙げられるだろう。たとえば、本稿で取り上げるリチャード・カンバーランド（Richard Cumberland, 1732-1811）作『西インド諸島人』(*The West Indian*, 1771) の主人公ベルクール (Belcour) は、植民地ジャマイカで生まれ育ったいわゆるクレオールの青年である。また彼と並んで観客の笑いを取るオフラハーティ少佐 (Major O'Flaherty) は、18 世紀演劇ではおなじみの陽気なステージ・アイリッシュマンだ。つまり、どちらも辺境から首都にやってきた異邦人なのである。ちなみに 18 世紀ロンドンの網羅的な上演記録『ロンドン・ステージ』(*The London Stage*) の索引によれば、この芝居の上演回数は世紀後半の 30 年間で 151 回を数えており、当時屈指の人気演目だったことが確認できる (Schneider 210)。あるいは、同時代最大のヒット作であるリチャード・ブリンズリー・シェリダン (Richard Brinsley Sheridan, 1751-1816) の『悪口学校』(*The School for Scandal*, 1777) にも、中心人物として辺境の地インドから帰国した金持ち、つまりネイボッブのサー・オリヴァー・サーフェス (Sir Oliver Surface) が登場するが、この芝居の上演回数は、四半世紀で何と 268 回に達している (Schneider 781)。

さらにこうした大ヒット作以外にも、この頃、多様な異邦人たちが登場する芝居は枚挙に暇がないほどだ。[1] つまり18世紀後半のロンドンの舞台上には、マイケル・ラグシス (Michael Ragussis) も指摘するように、アイルランド人、スコットランド人、ユダヤ人、ウェールズ人、黒人、インド帰りのネイボッブ、そして西インド諸島出身のクレオールなど、実にさまざまなエスニシティを持つ者たちが闊歩していたのである (Ragussis 774)。

そしてそれはもちろん、1707年の合同法によるスコットランド合併に始まり、度重なる対外戦争に勝利して世界各地で植民地経営に乗り出し、1800年の合同法でついにアイルランドも併呑しながら、イングランドが文化的・人種的混成国家へと拡大・変貌していく姿、すなわち「大英帝国」(The British Empire) というアイデンティティーが生まれていく18世紀という時代を映し出したものであることは、言うまでもない。

さてそこで本稿では、こうした異邦人たちが、『西インド諸島人』でどのように描かれているかに焦点を当ててみたい。この感傷喜劇をいわば時代に差し出された鏡としてとらえ、彼らと大英帝国との関係を読み解くことが、したがって、本稿の主たる目的となるだろう。

II　ベルクール：ジャマイカからやってきた富の化身

この芝居は、ジャマイカからやって来た直情径行な孤児の若者ベルクールが巻き起こす恋の騒動に、彼を見守る実の父親ストックウェル (Stockwell) との再会という人情噺が絡んだ組み立てになっており、初演当時の1771年に『マンスリー・レビュー』(*The Monthly Review*) に掲載されたジョン・ホークスワース (John Hawkesworth, 1715–1773) の批評を見ても

> 私たちが思うに、上演を意図した芝居では、概して『西インド諸島人』より取り柄のあるものは少ない。筋は込み入ってはいるものの、混乱もなく当惑することもない。登場人物たちは非常に目立ってはいるが、自然である。対話も活気にあふれており、警句や機知の不自然な言い回しもない。さらに感情も高

尚にして繊細である。好奇心が強く呼び覚まされ、かき立てられるし、もし観客或いは読者が感受性と眼識を備えていれば、目に涙を浮かべながらほとんどいつも笑いっぱなしになるように、哀れをさそうものと滑稽なものが混じり合っている。(Vol. XLIV, 142)

と、この芝居の笑いあり涙ありの要素が、高く評価されていたことがわかる。また現代の批評でも、この芝居は、当時人気を博していた感傷喜劇の代表作として取り上げられることが大半であった (Ellis 89-99; Sherbo 153-155)。[2] だがここでは、登場人物たちのエスニシティに注目することで、この芝居に新たな光をあててみよう。

まず主人公ベルクールである。彼についてその登場前から強調されるのは、当然ながら、クレオールとしての特異な民族性である。彼の荷物を運んできた水夫は、彼が他にも「[…] ええっと、緑の猿２匹、番いの灰色のオウム、ジャマイカ産の雌豚と子豚たち、それにマングローブ犬、これでぜんぶでさ」(I.ii.11-14)[3] と、ジャマイカ産の動物たちまで、一緒にロンドンに連れてきたことを告げる。そしてそれを聞いた実父ストックウェルも「もし主役が先触れと一致するならば、かれはこの地で、まれに見る見世物となるに違いない」(I.ii.22-23) と断言するのだ。これでは「勅許劇場」(patent theatre) で演じられる感傷喜劇の主人公というよりは、「非正規劇場」(illegitimate theatre) の見世物に登場するジャマイカ産の珍奇な動物のような扱いだろう。

さらにこの異邦人は、莫大な富の所有者でもある。ストックウェルの召使いがベルクールについて「[…] 凄いお金持ち、それで十分よ。彼はテムズ川の水を全てパンチにしてしまうほどのラム酒と砂糖の持ち主だそうよ」(I.iii.16-19) と噂しているように、ベルクールにはこの物語の始まる以前に、すでに想像を絶する富が与えられているのだ。つまり「幸せな星回りで立派な財産を与えられ、[星と] 示し合わせた風によって、その財産を消費するためにかの地へと吹き寄せられてきた」(I.v.60-62) ベルクールは、いわば植民地がもたらす富の化身なのである。こうしたジャマイカという「土

地の精霊」(genius loci) 的な要素が付与されていることも、感傷喜劇の主人公としては例外的だろう。

　さらにベルクールは、ジャマイカの自然が生み出した「高貴なる野蛮人」(noble savage) でもある。その野人性は、一般的な感傷喜劇に見られるヒーロー像と比較してみれば、一目瞭然であろう。たとえば、ほぼ同時代のヒュー・ケリー (Hugh Kelly, 1739-1777) 作『偽りのデリカシー』(*False Delicacy*, 1768) は、主人公ウィンワース卿 (Lord Winworth) といとこのシドニー (Sidney) との以下のような会話で始まる。

> **シドニー**：それでも、僕はベティ・ラムトン嬢の拒絶は、あなたへの愛情不足よりは、はるかに、その特別なデリカシーのためだと考えざるを得ないな。
> **ウィンワース**：いやシドニー君、君は間違っている。僕は女性が自らの心を知らないと想像したり、あるいは求婚をはねつけられた女性から礼儀正しく接してもらったからといって、彼女が求婚者の好意についてひそかに思案していると思うような愚か者じゃない。ベティ嬢は分別ある女性だ。だから男に媚びたり気取ってみせたりすることは、軽蔑しているに違いない。(I.i.1-9)

ウィンワースが感傷喜劇におなじみの、上品で洗練された、むしろ去勢されたような心優しい恋人の典型だとすれば、対照的にベルクールは、舞台に登場する前から、すでにロンドンの住民と激しい暴力の応酬をしている。

> ああ、ほんとにそれはみんな僕のせいだったんです。
> 奴隷たちの国［ジャマイカ］に慣れていたし、それに、
> ぼくのまわりをぐるりと取り囲んだ税関の強請屋たちとか、
> 荷揚げの船頭とか、乗船税関監視官とか船舶検査官とか、
> まるで蚊の大群よりひどい連中にいらいらして、
> 前に進むのに僕の杖で連中を少々手荒に打ち払ったんです。
> そしたらその頑強な連中も、それに腹を立てて、
> 逆らい始め、群衆もそれぞれの側について、猛烈な
> 取っ組み合いになったんです。(I.v.30-38)

さらにベルクールは町で見かけた美しい娘、つまりこの芝居のヒロインのルイーザ（Louisa）に出会うや、彼女を追いかけまわし、結局見失ってしまってしまう。

　　［…］くそ、一体全体、何で彼女は僕から
　　逃げたんだ。もしこの町の綺麗な子がみんな、
　　僕にこんな無駄足をさせるのなら、
　　あの熱帯に留まっていた方がよかったな。(II.v.11-14)

つまり、ベルクールはその名の通り「美しい心」(belle coeur) の持ち主ではあっても、いまだ暴力や性欲を制御するすべを知らないのだ。そしてこうした人物を主人公に据えたこの喜劇は、当然のことながら通常の感傷喜劇とは異なる展開をすることになるだろう。つまり、『偽りのデリカシー』のように、登場人物たちの「繊細さ」や「節度」や「自制」が過剰なために生じる紛糾が主題ではなく、この芝居ではむしろ、主人公がこうした徳目を習得するまでのプロセスが描かれるのである。

　したがって最初の出会いから、ストックウェルは、父であることを隠したまま、息子ベルクールに以下のような教訓を与える。

　　有効に使うのだ、浪費しないようにね。
　　財産はね、ベルクール君、君が気まぐれに
　　横暴な権力を振う家来のようにではなく、
　　君が節度ある自制した権威によって
　　治める義務がある臣下として扱うのだよ。(I.v.63-67)

まるで教師が生徒に教え込むように、ストックウェルはこのジャマイカから来た富の化身に、「節度」と「自制」という大英帝国を支える中産階級のエートスを吹き込もうしているのだ。さらにストックウェルは、ルイーザに対し、劇終盤にいたってもさまざまな騒動を巻き起こすベルクールのことを

第 8 章　感傷喜劇のなかの大英帝国　　　153

[…] お嬢さん、
あなたはベルクールの品行を細々と見とがめて、
厳しくしすぎないでください。彼のマナーも、熱情も、
考え方も、まだこの国の風土に同化して
いないのです。彼はあなた方の間にやって来た
新参者で、新世界の住人ですから、歓待の情からしても
哀れみの気持ちからしても、私たちは彼に
寛大であるように求められているのです。(V.iii.19-27)

と、まるで学習の進度が遅れている生徒を庇う教師のようにわざわざ弁護する。これも、この芝居の目指すところが、主人公に帝国の価値観を学習させ、内面化させることにあるとすれば、けだし当然であろう。そして「この国の風土にまだ同化していない」(not as yet assimilated to this climate) 異邦人たちへの寛容な対応を訴える父の熱弁に応えるかのように、このあとの5幕5場で登場した息子ベルクールは、これまでの教育によって帝国の流儀を学習した証として、礼儀正しい求婚によって、ルイーザの愛を勝ち得ることになる。

　さらに、こうしたこの芝居の展開を考慮すれば、大詰めでのストックウェルとベルクールの親子の名乗りという感傷喜劇の見せ場が、意外に印象が薄いことも説明がつくかもしれない。比較対象として、リチャード・スティール (Richard Steele, 1672-1729) の『気配りの恋人たち』(*The Conscious Lovers*, 1722) から、同様の場面を引いてみよう。ちなみにこのスティールの芝居は、生き別れの親子の対面という趣向も含めて、感傷喜劇というジャンルのいわば原点となった作品である。

　さて芝居の大詰めで、商人シーランド (Sealand) は妹イザベラ (Isabella) と再会し、その導きで、長く生き別れだった娘インディアナ (Indiana) と対面する。

　　イザベラ：もしあなたの驚きにまだ説明がほしいのなら、
　　この顔をよくご覧になって。あなたの顔はよく覚えて

いますよ。よく見て、私の顔に妹イザベラをよみとって。
シーランド：妹よ！
イザベラ：でもこちらの方がもっと愛情をうける権利が
あります。長く失われていた娘インディアナですよ。
シーランド：ああ、我が子。我が子よ！
インディアナ：恵み深い神よ。そんなことがあり得る
のかしら。お父さんを抱きしめるなんて。
シーランド：そして私がおまえを抱くことになろうとは。
　　　　　　　　　　　　　　　　　(V.iii.176-185)

次に『西インド諸島人』での親子の再会場面を引いてみよう。

ベルクール：もう焦らさないで下さい。僕の心は感動的な発見に
備えて和らいでいますし、自然［の情］のおかげで父の
祝福を受ける準備も出来ています。
ストックウェル：私がお前の父だよ。
ベルクール：お父さんですって？　夢じゃないでしょうね？
ストックウェル：私がお前の父だよ。
ベルクール：そんな、幸せすぎて圧倒されます。友を得て、
その上に父が見つかるなんて、幸せすぎる。
僕があなたにどれほど値しないかと考えると
顔が赤くなりますが。［両者、抱き合う］(V.viii.107-116)

一見すると、よく似た設定である。だが『気配りの恋人たち』では、身元は最後まで隠されており、再会は父にも娘にも真正の驚きと感動をもたらす。他方『西インド諸島人』では、すでに一幕冒頭でストックウェルが「もし彼［ベルクール］が来ることで、私が幾分動揺しているとしてだね、スターキー君、彼が息子だと私が君に告げたら、それは驚くべきことかね？」(I.i.31-33) と、部下に（そして観客にも）主人公の身元についての秘密を、早々と明かしてしまっているのだ。つまり、この再会場面で驚いているのはベルクールだけなのである。したがって、この場面が『気配りの恋人たち』と比

第 8 章　感傷喜劇のなかの大英帝国　　　　　　　　　　155

べて、劇的な盛り上がりを欠くのはやむを得ないところかもしれない。だが
もし『西インド諸島人』でカンバーランドが主として目論んだのが、これま
で論じてきたように、今まさに帝国に続々と流入している異邦人たちを同化
することで、帝都の住民の不安や違和感を解消することだったとすれば、こ
の芝居の親子の再会場面は、こうした教育プロセスが終了したあとのいわば
「添えもの」という位置付けになるだろう。となれば、この場面のテンショ
ンの低さを、カンバーランドの作劇術の拙さに帰するのではなく、この芝居
の主題のしからしむるところとして弁護することも、おそらく可能なのでは
なかろうか。[4]

III　オフラハーティ少佐：新しいステージ・アイリッシュマン

　次に、同様にエスニシティに着目しながら、この芝居の脇筋に登場するア
イルランド人オフラハーティ少佐も読み解いてみよう。彼はすでにプロロー
グで

> もう一人の主人公も皆さまの容赦を願っております。
> ....
> 思慮はなくとも勇敢、生き生きしたひょうきん者、
> そこかしこに少々アイルランドなまりはあれど、
> 笑っても軽蔑はなさいませんように。言葉は過つとも
> 心は決して躓くことはありませぬゆえ。(13 & 17-20)

と紹介されるように、ジョージ・ファーカー (George Farquhar, 1676/7-
1707) の処女作『恋と酒瓶』(*Love & a Bottle*, 1699) の主人公ローバック
(Roebuck) に始まる、18 世紀演劇ではおなじみのステージ・アイリッシュ
マンである。お上りさんで単純素朴、喧嘩っ早くて、ひどい訛りを笑われる
彼らは、定番の喜劇的登場人物として、当時は舞台を沸かせる人気者だった
(Iwata 25-43)。たとえば、R.B. シェリダンの父トマス・シェリダン (Thom-

as Sheridan, 1719-1788) の笑劇『勇敢なアイルランド人』(*Brave Irishman*, 1743) は、この手のステージ・アイリッシュマン物の代表作だが、主役オブランダー大尉の「アイルランド訛り」(the brogue) は、この芝居でも過剰なほどに強調されている。ここでは、ロンドンに到着したオブランダー大尉が、物見高い群衆を罵る台詞を、英文も添えて引用してみよう。

  んだ、この生まれそくなれめ、服ば見て紳士だと
  わからんのけ。して、いまもっとええ服がねえからって、
  へばなんとしたって？[5]
  Yesh, you Shons of Whores, don't you see by my dress that
  I'm a shentleman?　And if I have not have better cloaths on now,
  phat magnifies that? (198)

 これに対し、カンバーランドの描くオフラハーティ少佐は訛らない。それどころか、脇台詞で内心を吐露する場面すらある。比較のために、こちらも英文も添えて引用しておこう。

  ［脇台詞］確かに、
  私が目にしたいと望みうる最良の若者だ。
  私の挨拶に答えてくれたかもしれなかったが…。
  それはまあいい。運命の女神様がたぶん、
  あの可哀想な若者にご機嫌斜めなんだ。
  彼女は全く信用ならない女だし、帽子に記章をつけた
  我々可哀想な連中を実によく袖にするからな。
  ［Aside］Upon my conscience,
  as fine a young fellow as I wou'd wish to clap my
  eyes on: he might have answered my salute, how
  ever--well, let it pass; Fortune, perhaps,
  frowns upon the poor lad; she's a damn'd slippery
  lady, and very apt to jilt us poor fellows, that wear
  cockades in our hats. (I.vi.196-203)

台詞だけ読めば、王政復古喜劇に登場するロンドンの伊達男たちとほとんど区別がつかないだろう。またさらにオフラハーティ少佐は、喧嘩っ早いどころか、逆に喧嘩の仲裁役を務める。ベルクールによって妹ルイーザを侮辱されたと勘違いしていきり立っている彼女の兄チャールズ・ダドリー (Charles Dudley) が、ルイーザの目の前でベルクールと剣を抜き合わせたところに、割って入ったオフラハーティ少佐は

> なんてことだ。この騒ぎは何のためなんだ。互いの喉を切ることをやめて、そこの可哀想な女性が言っていることに従うことは出来ないのかい。ふたりとも、彼女をこんな風に動揺させるなんて、たいしたことをしてくれたものだな。
> (IV.v.4–8)

と二人を叱るのだ。さらにベルクールが立ち去った後で、あらためてチャールズに対し

> […] デニス・オフラハーティが
> この件［決闘］については、君の介添え役をつとめよう。
> だが決して女性の前で剣を抜くな、ダドリー。
> まったくもう、今後決して女性の前で剣を抜いてはならん。
> (IV.v.36–39)

と諭す。軍人としての名誉を重んじるオフラハーティ少佐は、決闘という行為自体をとがめ立てしているのではない。大事なのは、女性の前では剣を抜き合わせないこと。つまり辺境からロンドンに移動してきた異邦人のベルクールや下級士官のチャールズに対して、彼は暴力性をコントロールすること、すなわち帝国の臣民たるにふさわしい「節度」と「自制」を教えるのである。その点で言えば、彼は主筋のストックウェルと役割が重なっているといってよいだろう。

さらにオフラハーティ少佐は、ダドリー家への遺産相続文書を隠匿しよ

うとする悪徳弁護士ヴァーランド (Verland) を、以下のように嚇す。

> ヴァーランド：何の権利があって、この書類を
> 私から取り上げるのだ。
> オフラハーティ：おい、貴様こそ何の権利があって、
> この書類をチャールズ・ダッドリーから遠ざけるのだ。
> 何が書いてあるのかは知らないが、
> 貴様よりは俺の手元にあった方が安全そうだな、
> だから、なんだかんだ言わずに渡すんだ。痛い目に遭わずに
> 済むから。さあ今よこせ。それが一番だ。(IV.ix.52-59)

何が書いてあるかもわからない文書を強引に奪い取るこのオフラハーティ少佐の振る舞いを見て、観客達はもちろん大笑いしただろう。しかし、それは「訛りのきつい野卑なアイルランド人」というステレオタイプの表象に対するこれまでの見下した笑いとは、おそらく質が微妙に異なっていたに違いない。かつてファーカーが描いた「高貴なる野蛮人」としてのアイルランド人、つまりブリテン島の辺境から出現する自然の生み出した紳士の役は、この芝居では、大英帝国の新たな辺境ジャマイカから現れた自然児ベルクールがすでに担っている。一方、オフラハーティ少佐は、訛りのない英語で話し、滑稽ではあれ勇敢な態度で、辺境から新たに宗主国へやってきた異邦人や、ロンドンに来て困窮しているイングランド人の家族を助けるのだ。つまり、この新しいステージ・アイリッシュマンは、単純な笑いの対象ではなく、むしろ帝国に溶け込み、それを下支えする存在に変貌しているのである。その点で言えば、この芝居には、大英帝国というまさに立ち上がりつつある想像の共同体に新たに参入した辺境の民クレオールが、帝国の流儀を学習し、価値観を内面化していくプロセスと並行して、すでに辺境の民ではなくなったアイルランド人が、その訛りに代表されるようなエスニシティを薄められ、大英帝国という新たなアイデンティティの中に組み込まれていくプロセスも、書き込まれているといってよいかもしれない。

IV　セネガンビア：大英帝国の闇

　最後に、この芝居におけるもう一つのエスニック・マイノリティについても、指摘しておきたい。つまり、ベルクールの莫大な富の源泉であるジャマイカのサトウキビ栽培に従事していた黒人奴隷たちのことである。西アフリカから西インド諸島に連れてこられた、大英帝国の最底辺に位置するこの異邦人たちは、もちろん、実際に登場するわけではない。だがその存在は、実は記号として、この芝居にひそかに書き込まれているのである。

　ベルクールの恋人ルイーザとその兄チャールズ・ダッドリー、そしてその父ダッドリー大尉（Captain Dudley）の一家は極貧の生活をしており、劇の冒頭、チャールズは叔母のラスポート令夫人（Lady Rusport）宅に借金を申し込みに来て、一家の窮状を以下のように訴える。

> ［…］全額支払いの辞令と引き替えるという
> 申し出に誘われて、30年勤続ののち退役した軍人［の父］は、
> セネガンビアの酷暑に遭う覚悟を決めました。
> しかし、父がその遠征にそなえて装備をそろえるための
> わずかな蓄えにも事欠いているのです。(I.vi.171-175)

そして、ここに登場する酷暑の地セネガンビア（Senegambia）こそが、その記号である。

　セネガンビアとは、16世紀に始まるフランスとの長い争奪戦の末、1758年に遂にイギリスが奪取に成功した、西アフリカにおけるイギリス最初の「直轄植民地」（Crown colony）である。この地域は、当時、ヨーロッパと新大陸との貿易の中継地点というだけでなく、西インド諸島で働く黒人奴隷の供給拠点として、重要性を増していた。この芝居が初演された頃、イギリスはこの拠点をまさに死守している。そしてこの土地を確保することがいかに重要であったか、またそこに赴くことがいかに過酷な体験であったかについては、たとえば、この地域を専門とする歴史研究者マシュー・ジエネク（Matthew Dziennik) の以下の記述からも、窺い知ることが出来るだろう。

> [...] セネガンビアで、地元民を軍の労働者として徴兵する必要は、そもそもヨーロッパ兵に対するこの気候の壊滅的影響によって生じたのである。1758年から1764年までに西アフリカに送られたヨーロッパ人兵士2,409名のうち、1,560名が死亡と記されている。(Dziennik 1154)

実に、投入された兵士達のおよそ65%は帰らぬ人となっているのだ。そして英仏が争奪戦を繰り広げたこの土地は、1783年のヴェルサイユ条約によっ

18世紀中葉のセネガンビア (Dziennik 1137)

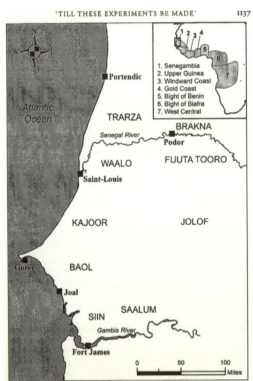

て、北側のサン・ルイ島とセネガル川の地域はフランスに、南側のジェイムズ砦のあるガンビア川の地域はイギリスに分割されることになるだろう。左頁にジエネクらが作成した当時の地図を挙げておくので、参照されたい。

　そして、このセネガンビアという記号が、実はこの芝居にとって、隠れたしかし重要な意味合いを持っていることは、ベルクールとダッドリー大尉との以下のような会話から明らかになる。

　　ベルクール：ちょっと待ってください。あなたは海外の遠隔地にいるあなた
　　の連隊に参加されるところと伺いました。
　　ダッドリー大尉：私はセネガンビアのジェイムズ砦に
　　駐留する歩兵中隊へ、給与全額払いでの転勤を
　　頼んでいます。しかしこの企ては中断せざるを
　　得ないと思います。
　　...
　　ベルクール：それであなたは、［装備のため］給料をかたにして
　　それだけの額を工面するのが難しいのですか。よくあることですよ。
　　ダッドリー大尉：［セネガンビアの］気候の特質のせいで難しいのです。だれ
　　にも私の生命保険を引き受けさせることができないので。
　　ベルクール：ああそういう事情なら、禍転じて福となすだ。
　　要するに、ダッドリー大尉、それでしたら、
　　たまたま私が200ポンド用立てられます。
　　よそを探さなくても、私があなたにその金を
　　［返却は］分割払いで融通しましょう。(II.vii.19-24 & 41-51)

こうしてダッドリー大尉は、見ず知らずの異邦人ベルクールの富のおかげで、ようやくセネガンビア行きの装備を調える事ができるようになる。したがって、感傷喜劇としては、ここは心優しい主人公の貧しい人々への同情があふれ出た場面として、感動を呼ぶところだろう。しかし同時にセネガンビアは、前述のごとく、黒人が捕らえられ、奴隷として新大陸へ送られる一大拠点でもあった。以下の表は、バウバッカー・バリー（Boubacar Barry）による当該分野の代表的研究書に掲載されているものだ。18世紀にセネガンビアか

らどれほどの黒人が奴隷として新大陸に輸出されたか、詳細な数字が記載されている。

Slave exports from Senegambia:1711–1810

Dates	French exports	British exports	Total
1711–20	10,300	20,600	30,900
1721–30	13,400	9,100	22,500
1731–40	12,300	13,900	26,200
1741–50	7,700	17,300	25,000
1751–60	6,300	16,200	22,500
1761–70	2,300	11,800	14,100
1771–80	4,000	8,100	12,100
1781–90	17,400	2,900	20,300
1791–1800	3,400	2,800	6,200
1801–10	500	1,500	2,000
Total	77,000	104,200	181,800

(Barry 63)

　この数字を信じるならば、イギリス側だけでも10万人あまり、フランス側によるものも加えれば約18万人というという膨大な黒人奴隷が、船に載せられて大西洋を渡っている。そしてその行く先の中には、もちろん、ジャマイカのプランテーションもあっただろう。

　つまり、見ず知らずの他人であるダッドリー大尉に気前よく貸し与えられ、一見浪費されているかにみえたベルクールの富は、実は英国兵士をセネガンビアに派遣する費用として、大英帝国のために大変有効に使われていたのだ。そしてこうした兵士たちがフランスから死守するセネガンビアでは、黒人奴隷が徴用され、労働力として西インド諸島に送られた彼ら／彼女らは、そこで砂糖という富を生み出す。さらにその富は帝国に還流して、次なる軍隊を西アフリカ植民地へ派遣する費用となり、そこで再び駆り集められた黒人たちが西インド諸島に送り出され、その奴隷労働によって生産される

第 8 章　感傷喜劇のなかの大英帝国　　　　　　　　　　　　　163

砂糖は、さらなる富となって大英帝国へ還流し…。以下、無限ループ、すなわち三角貿易の完成である。

　したがって、ジャマイカから富をたずさえてやって来たベルクールやステージ・アイリッシュマンのオフラハーティ少佐が、大英帝国の臣民として成功裏にその価値観を内面化していくプロセス、つまり「大英帝国の光」を言祝ぐこの感傷喜劇には、図らずも同時に、ベルクールの富の源泉たる黒人奴隷たちをジャマイカに送り込む呵責ない収奪システム、つまり「大英帝国の闇」が、セネガンビアという記号を介して描き込まれていたといえるだろう。あるいは、こう言ってもよいかもしれない。この『西インド諸島人』という時代に差し出された鏡には、クレオール、アイルランド人の他に、大英帝国が西アフリカに打ち込んだ最初の楔セネガンビアという土地の名前に姿を変えて、黒人奴隷たちという 3 番目のエスニック・マイノリティも、ひそかに映し出されていたと。

注

*　本稿は 2016 年 7 月 2 日（土）に開催された日本ジョンソン協会第 49 回大会シンポジアム「18 世紀演劇の面白さ：70 年代以降を中心に」（於　専修大学）での口頭発表に、大幅な加筆修正を加えたものである。多くの示唆を与えてくれたシンポ・メンバーの南隆太氏と岩田美喜氏ならびに聴衆の皆さんに、あらためて感謝したい。

1　たとえば、当時の人気俳優チャールズ・マックリン（Charles Macklin, 1690-1797）作の笑劇『いまどきの恋』（*Love á la Mode*, 1759）には、地主の娘シャーロッテ（Charlotte）の求婚者として、イングランド人の他に、ユダヤ人、スコットランド人、アイルランド人が登場する。そしてこのアフター・ピースもやはりヒットした様子で、『ロンドン・ステージ』の索引によれば、世紀後半 40 年間で 166 回も上演されている（Schneider 532-3）。

2　近年では、この芝居を大英帝国という枠組みで捉えるマージャ・A・スチュアート（Maaja A.Stewart）のような論考も出始めている。本稿も視点は異なるものの、この論考から多くの示唆を得た。

3　以下、引用は *The West Indian, in British Dramatists from Dryden to Sheridan*（Carbondale: Southern Illinois University Press, 1969）に拠り、括弧内に幕・場・行数を示す。なお、引用箇所の日本語訳は筆者による。

4　ほぼ同じ頃、サミュエル・フット（Samuel Foote, 1720-1777）は『ネイボッブ』

(*The Nabob*, 1772) において、『西インド諸島人』とは対照的に、インド帰りのネイボッブであるサー・マシュー・マイト (Sir Matthew Mite) を外部からの悪弊をもたらすものとして排除する笑劇を書き、これまたヒットしている。つまりこの当時、異質なエスニシティを持つ他者をどのように扱うかは、大英帝国という立ち上がりつつあるシステムにとって、まだ正解のない、しかし早急に解決すべき課題として、ロンドン市民たちの切実な関心を集めていたということであろう。

5 シェリダンは訛りのほかに 'signifies' を 'magnifies' と言い間違わせて笑いを取っているが、この仕掛けは、息子 R.B. シェリダンが『恋敵』(*The Rivals*, 1775) で使い、「マラプロピズム」(Malapropism) として人口に膾炙するようになることは、指摘するまでもないだろう。なおこの箇所の訳文はアイルランド訛りの雰囲気を伝えるため、試みに筆者の出身である東北弁に置き換えてみた。読者諸賢のご寛恕を請う。

引用文献

Barry, Boubacar. *Senegambia and the Atlantic Slave Trade*. Cambridge: Cambridge UP, 1998.

Cumberland, Richard. *The West Indian,* in *British Dramatists from Dryden to Sheridan*. Ed, G. H. Nettleton and Arthur E. Case, rev. George Winchester Stone, Jr. Carbondale: Southern Illinois University Press, 1969, 711–47.

Dziennik, Matthew P. "'Till these Experiments be Made': Senegambia and British Imperial Policy in the Eighteenth Century." *English Historical Review* Vol. CXXX No. 546 (2015): 1132–1161.

Ellis, Frank H. *Sentimental Comedy: Theory & Practice*. Cambridge: Cambridge UP, 1991.

Foote, Samuel. *The Nabob,* in *Plays by Samuel Foote and Arthur Murphy*. Ed. George Taylor. Cambridge: Cambridge UP, 1984.81–111.

Farquhar, George. *The Works of George Farquhar*. Ed. Shirley Strum Kenny. 2 vols. Oxford: Clarendon, 1988.

Iwata, Miki. "The Stage-Irishman's Stratagem: George Farquhar and the Emergence of the Smock Alley School." *Studies in English Literature* Vol.50 (2009): 25–43.

Kelly, Hugh. *False Delicacy,* in *The Works of Hugh Kelly*. London, 1788.1–58.

Macklin, Charles. *Love á la Mode,* in *Four Comedies by Charles Macklin*. Ed. J. O. Bartley. London: Archon Books, 1968. 44–77.

The Monthly Review, or, Literary Journal. Vol. XLIV. London, 1771.

Ragussis, Michael. "Jews and Other "Outlandish Englishmen": Ethnic Performance and the Invention of British Identity under the Georges." *Critical Inquiry* Vol. 26, No. 4 (2000): 773-797.
Steele, Sir Richard. *The Conscious Lovers.* Ed. Shirley S. Kenny. London: Edward Arnold,1968.
Stewart, Maaja A. "Inexhaustible Generosity: The Fictions of 18th-Century British Imperialism in Richard Cumberland's *The West Indian.*" *The Eighteenth Century* 37.1 (1996): 42-55.
Schneider, Ben Ross., Jr., comp. *Index to the London Stage 1660-1800.* Carbondale: Southern Illinois University Press, 1979.
Sheridan, Richard Brinsley. *The Dramatic Works of Richard Brinsley Sheridan.* Ed. Cecil Price. 2 vols. Oxford: Oxford UP, 1973.
Sheridan, Thomas. *Brave Irishman,* in vol. 3 of *A collection of the most esteemed farces and entertainments, performed on the British stage.* Edinburgh, 1792. 200-218.
Sherbo, Arthur. *English Sentimental Drama.* East Lansing, Michigan: The Michigan State University Press, 1957.

第9章

ジョン・ゴールトと「理論的ないし推測的歴史」
―― 政治小説『メンバー』と『ラディカル』をめぐって ――

金 津 和 美

I はじめに――ジョン・ゴールトとスコットランド啓蒙主義

　19世紀スコットランドの作家ジョン・ゴールト（John Galt, 1779-1839）にとって、改善（improvement）¹ は一貫した主題であった。スコットランド南西部エア州（Ayrshire）のアーヴィン（Irvine）で、西インド諸島貿易に携わる商人の息子として誕生したゴールトは、自身も貿易事業での成功を志して、25歳でロンドンに上京する。1813年にはナポレオンの大陸封鎖を回避して英領ジブラルタルに貿易会社の設立を試み、また1824年には英領カナダの特許会社総裁に任命されて大西洋を渡り、オンタリオ州南東部の都市グウェルフ（Guelph）の建設に尽力するなど、ゴールトは実業家として幅広く社会改善に関与した人物である。²

　ヨーロッパから大西洋対岸にいたる植民地貿易事業からゴールトが得た社会的関心は、彼の文学作品にも色濃く反映されている。例えば、1820年代に出版された代表作『年代記』（*Annals of the Parish*, 1821）や『市長』（*The Provost*, 1822）では、スコットランドの農村社会が近代的市民社会へと改善される過程が主題として描かれている。また、およそ10年後、ゴールトの最晩年の作品『メンバー』（*The Member*, 1832）と『ラディカル』（*The Radical*, 1832）においても、社会の進歩、改善の問題が取り上げられている。『年代記』と『市長』は、ピータールー虐殺やキャロライン王妃事件、

第 9 章　ジョン・ゴールトと「理論的ないし推測的歴史」　　167

それらを契機とした政治改革運動が加熱する時代に出版された作品であり、『メンバー』『ラディカル』もまた、1832 年の第一次選挙法改正運動のさなかに世に問われ、いずれも同じ社会的背景・関心を共有しているといえるだろう。しかし、初期の二作品に比して、晩年の作品『メンバー』と『ラディカル』では、社会的進歩・改善の理想に対するゴールトの明らかに否定的・懐疑的な姿勢が伺える。

　本論では、小説『メンバー』と『ラディカル』に焦点を当て、ゴールトにおける改善の理念を検証することを目的とする。文学都市エディンバラの繁栄が終焉を迎えてヴィクトリア朝へと移行する時代の転換期に出版されたこれらの小説は、いずれもフランス革命からナポレオン戦争、そして 1832 年に成立した第一次選挙法改正にいたるまでのイギリス社会を振り返り、それぞれ保守と急進という異なる立場から歴史的省察を加えた政治小説である。本論では、イギリス・ロマン主義時代末期に現れた異色の小説『メンバー』と『ラディカル』における改善の主題を分析することで、その理念を支える歴史観、すなわちスコットランド啓蒙主義の遺産である「理論的ないし推測的歴史」(Theoretical or Conjectural History) をゴールトがいかに受容・継承し、イギリス・ロマン主義期からヴィクトリア朝へと時代を超えて転用しようと試みたのかを考察してみたい。

II　「理論的ないし推測的歴史」と「進歩」

　最盛期の文学都市エディンバラで文学者として活躍したゴールトの作品が、その栄光の中心にあったウォルター・スコット (Walter Scott) の歴史小説から影響をうけたことは想像に難くない。しかし、興味深いのは、ゴールトが『自伝』(*Autobiography*, 1833) において自身の作品をスコットの歴史小説と区別して、次のように特徴付けている点である。

　　全くもって私の作品の特徴は正しく理解されていないと言わざるをえません。虚構の出来事が描かれているというだけで、おしなべて小説と考えられるよ

うですが、それに最も近いものでさえ、私の作品は小説としての特徴を多いに欠いているのです。私の作品は小説や恋愛物語(ロマンス)というよりも、むしろ理論的歴史と呼んだほうが適切でしょう。〈中略〉歴史小説を書くことにおいて、私よりもはるかに優れた作家が多数いることは喜んで認めましょう。しかし、社会の理論的歴史と呼べるものにおいては、それほど多くの先達がいるとは思えません。(2:219-20)[3]

ゴールトが自身の文学作品を定義して呼んだ「理論的歴史」という言葉は、エディンバラ大学道徳哲学教授ドゥガルド・スチュアート (Dugald Stewart) がスコットランド啓蒙主義の歴史観を総称して呼んだ「理論的ないし推測的歴史」[4]という語に由来する。スチュアートによれば「理論的ないし推測的歴史」の歴史観は「未開の自然状態における最初の小さな努力から、優れて人工的で複雑な状態へと段階的に移り変わっていく」(Broadie 670) という、「人間の進歩 (human improvement)」(Broadie 670) を根本原理とする。スチュアートはアダム・スミス (Adam Smith) の「言語起源論」("A Dissertation on the Origin of Languages") やディビッド・ヒューム (David Hume) の『宗教の自然史』(*The Natural History of Religion*) を例にあげ、人間本性の普遍性と、それに基づく進歩の原理の必然性を信じる歴史観をスコットランド啓蒙主義の優れた遺産として賞賛している (Broadie 671)。

しかしながら、スミスやヒュームといった18世紀の先人たちと、スチュアートを始めとするスコットランド啓蒙主義第二世代との間には、進歩の理念の捉え方に明らかな相違があることに注意しておかなければならない。例えば、『人間精神の哲学要綱』(*Elements of the Philosophy of the Human Mind*, 1792) においてスチュアートは、未開社会から文明社会への発展という歴史軸にしたがって科学と技術の発展を論じ、現実の商業社会における知識の増大と普及、特に印刷技術の発展と出版物の流通拡大に社会的進歩の大きな意義を見いだした。そして、進歩の原理を積極的に肯定し、人間と社会の発展が完全性に達するという理想を理論化するために「理論的ないし推測

的歴史」という思考方法を用いている（Plassart 167）。フランス革命が勃発し、イングランドでエドマンド・バーク（Edmund Burke）とトマス・ペイン（Thomas Paine）による革命論争が白熱したのと同時期に出版された『人間精神の哲学要綱』第一巻において、スチュアートもバークやペインと同じく、革命の原因を探り、革命がもたらした社会的変化について省察することを試みたのだといえるだろう。しかし、バークとペインの革命論争が自然権（natural right）の議論に主たる焦点を当てたのに対し、スチュアートはフランス革命をスコットランド啓蒙主義の進歩的歴史観の言説において再定位し、その展望を計ろうとする。[5]

> あらゆる政府において権威が安定し、影響力が確立されるのは、その政策と世論の動向が一致することによる。近代ヨーロッパにおいて印刷機の発明と出版の自由が獲得された結果、人間社会の問題において世論が持つ重要性が増し、その重要性の大きさは私たちが政治的先例とみなしてきた古い政体においては決して考えられなかった程である。〈中略〉近代ヨーロッパを震撼させた革命は、統治者や為政者の進取の精神から起こったものではなく、彼らが古い体制、啓蒙主義的でない原理に固執したために起こったのだ。世論の変化に無関心であったばかりではなく、権力の乱用が認められていたことに支配者たちが盲目であったため、政府はついに機能不全に陥ってしまった。(243-44)

スチュアートによれば、フランス革命による混乱は啓蒙主義が掲げる進歩の原理に誤りがあったからではなく、印刷・出版技術の発展にともなう世論の成長に気付かず、対応しきれなかった政府の失策にこそ原因があるという。それゆえに、改革にともなう不都合を恐れずに「理性の進歩と知識の流布から期待される人類の段階的改善（gradual improvement）」(248) を追求することが大切であり、「改革の精神から起こる最終的な結果は人類の幸せに好ましいものにならないはずはない」(247) と述べて、スチュアートはスコットランド啓蒙主義の進歩主義的歴史観を全面的に肯定する。[6]

　スコットランド啓蒙主義第二世代を担うスチュアートの進歩史観において、楽観主義的な傾向が明らかである一方、第一世代の思想家たちはその懐

疑主義において、スチュアートとは異なっている。確かにヒュームも、第二世代と同様に世論が「統治の第一原理」に他ならないと認めていた（"Of the First Principles of Government" 24）。[7] しかし、純粋な共和政体の誕生は「グレイト・ブリテンで起こりそうにもない」とこれ以上の推論を無用と退け、「そのような危険な目新しいものに熱中せずに、わが国古来の政体をできる限り大事にし、改善していくことにしよう」（28）とヒュームは改革主義的（reformist）な立場を貫いている。同様にスミスは『国富論』（*An Inquiry into the Nature and Cause of the Wealth of Nations*, 1776）において、労働の分化によって価値の交換・流通が拡大した結果、商業社会が発展し、私有財産の擁護を目的とした市民社会が成立する過程を詳述するとともに、同じ労働の分化が市民社会において個々人の能力、知性、精神性を腐敗させる方向に働く可能性を指摘することを忘れなかった。労働の分化によって人民大衆の職業は「少数のごく単純な作業」（Smith 781）[8] に限定される。その結果、彼らは身体的、精神的に遅鈍となり、「私生活の義務についてさえ」（782）、また「自分の国の重大で広範な利害関係について」（782）も正当な判断をくだすことができなくなる。社会の進歩を促す労働の分化は、同時に人民大衆の堕落を招くシステムとしても機能するのであり、スミスは「改善されたあらゆる文明社会」（782）がその内側に、自ら腐敗へと転じる可能性を秘めているという進歩の原理の矛盾を指摘し、警鐘を鳴らしている。

　そして18世紀スコットランドにおいて、啓蒙主義の進歩史観に最も懐疑的であった思想家はアダム・ファーガソン（Adam Ferguson）であろう。スミスと同様にファーガソンは、『市民社会史』（*An Essay on the History of Civil Society*, 1767）において、文明社会が人間性の堕落をもたらすという危険性を指摘している。さらに、時として未開社会のほうが文明社会よりも自由で平等であり、優れた人間性を保持しうるとして、社会の発展段階という概念に相対的な視点を持ち込んだがゆえに、ファーガソンはスミスよりもより懐疑主義的であったといえるだろう。

　ファーガソンによれば、動物がそれぞれに特有の習性をもつように、「進歩とは自然によって人間に与えられた本性」（Ferguson 10）[9] である。だとす

第 9 章　ジョン・ゴールトと「理論的ないし推測的歴史」　　171

れば、人間の進歩の結果である文明あるいは技術（art）を自然状態（the state of nature）よりも優位なものと考えることができるだろうか。

> 人間は改善する存在であり、進歩の原理や完全性への野心を備えていることを認めたとしても、それゆえに人間が前進を始めた時に自然状態を去ったのだと考えたり、他の動物と同じようにその本性にしたがい、自然が与えた能力を用いた結果、意図しなかった高い地位を得たのだと考えたりするのは適切ではなかろう。(14)

　進歩は人間の本性であり、その本性にしたがって社会を営むという点において、人間と動物は同じである。それゆえに、ファーガソンは人間の進歩を合目的性から切り離して考えようとする。人間は「他の動物と同じように、目的もわからないまま本性にしたがって」(119) 社会を営む。あらゆる社会形態は、「人間の企図というよりも、むしろその本能」(119) から生まれ、未開社会と文明社会には相違こそあれ、優劣は存在しない。社会に腐敗が生じれば、たとえ最も平等で文明的と思われる民主主義政体も未開状態に等しい独裁主義へと転じる危険性があるのだ。ファーガソンにとって、社会の進歩は一方向に進まないばかりでなく、完成へと達する頂点も存在しない。

　18 世紀スコットランド啓蒙主義第一世代の思想家の中で、ファーガソンのみがフランス革命の行末を見届け、ナポレオン戦争終結後の 1816 年に没した。そう考えれば、19 世紀初頭のエディンバラ文壇において、「理論的ないし推測的歴史」として想像された楽観主義的な文明社会像が支持を得て新しい思潮を形成する一方で、社会進歩に懐疑的な想像力も確固として知的命脈を保ち続けていたということになるだろう。そして、まさにゴールトの政治小説『メンバー』と『ラディカル』が出版された 1832 年は、スコットランド啓蒙主義の歴史的想像力の真価があらためて問い直された時代であった。フランスの七月革命に呼応して、イギリス自由主義運動が加熱する中、『メンバー』は三度目の選挙法改正法案が下院に提出された 1 ヶ月後、1832 年 1 月に出版された。また、『ラディカル』は選挙法改正法案が最終的に勅許を

得て成立する数ヶ月前、同年5月に世に送り出されている。この二つの作品は、保守と急進、それぞれ異なる立場から社会進歩の過程を描きながら、いずれも進歩の理念に失望することによって結末する。では、最晩年にむけて顕著となっていく、ゴールトのスコットランド啓蒙主義の進歩史観に対する複雑かつ曖昧な姿勢をいかに解釈すべきなのか。『メンバー』と『ラディカル』においてゴールトがいう「理論的歴史」を読み解くことで、彼の進歩の理念を考察してみたい。

III 『メンバー』──大英帝国と社会進歩

『メンバー』は、インドでの植民地貿易事業で財産を築いて帰国したスコットランド人アーチボルド・ジョバリー（Archibald Jobbry）が、腐敗選挙区の議員として活躍した数十年を振り返って語る回想記である。主人公の名前「利権あさり」（jobbery）からわかるように、彼が腐敗選挙区フレイルタウン（Frailtown）の議席を買い取ったのは、自分を頼って来る親類縁者に庇護を与えるという私的な動機をきっかけとする。だが、ジョバリーの野心は決して私利私欲の満足にあるのではない。むしろ、彼の政治的信条は、私的利益の追求といった自由な商業活動が公共の利益を生み、社会の発展を促すという18世紀スコットランド啓蒙主義の市民社会観に基づいている。

　ジョバリーが18世紀スコットランド啓蒙主義の自由主義と家父長制を体現する人物であることは、彼が腐敗選挙区の議員として手始めに一つの改善事業、フレイルタウンから少し離れた地域を通る運河建設への協力と投資に携わったことからも明らかである。例えばスミスが、「水運によるほうが、陸運だけで提供しうるよりもいっそう広大な市場をあらゆる部類の産業に解放するように、あらゆる種類の産業が自然に細分され改善され始めるのもまた、沿海方面や航行可能な河川の岸」（32）においてであると述べたように、市場の拡大、商業社会の発展には、まず水運の発達が不可欠であると考えられていた。事実、カレドニア運河を始めとした運河建設は、18世紀以降、スコットランドの近代化に向けた改善計画の要となる事業であったし、ゴー

ルト自身も 1819 年から 1820 年にかけて連合運河会社（The Union Canal Company）の議案通過運動者として活動した経歴を持つ。したがって、『メンバー』においても、運河建設によってもたらされる利益について説得されたジョバリーは、「自分の地所とは異なる他の地所を改善（improvement）するために、決して寄付しないのが私のやり方なのですが。丁度、私の領地を改善するのに加えて、屋敷のほうにも手を入れるのにかなりの金を使ったところで」(29) と、思わせぶりに何度も「改善」という言葉を繰り返しながら、選挙区のために尽くすのは国会議員の義務であると事業への協力に同意する。

　しかし、セルビーという男が被った悲劇に立ち会ったことをきっかけに、ジョバリーは 18 世紀スコットランド啓蒙主義の家父長的社会観の見直しを迫られ、その古典的自由主義に疑問を抱くようになる。興味深いのは、セルビーの苦境はゴールトが自ら関わった英領カナダの植民者たちの現実を反映しているという点だ。1820 年、ゴールトは 1812 年に始まった英米戦争によって財産を失った植民者たちの損害補償の代理人を請負って、彼らの窮状を目の当たりにした。また後年、ゴールト自身もカナダでの植民地事業に失敗して多額の負債を負い、帰国後、投獄生活を強いられている。小説『メンバー』においても同様に、セルビーは損害補償に応じる植民地総督からの特許を得たことを頼りに本国に帰国した英領植民者である。しかし、その補償は実現されないまま無効となり、破産に追い込まれたセルビーは、政府への嘆願を支援するジョバリーの助力の甲斐なく、非業の最期を遂げることになる。

　セルビーの悲劇を通して、ジョバリーは植民者の救済に一切応じようとしない政府の非情さに失望し、その家父長的権威の限界を痛感する。しかし、ジョバリーの失意はやがてセルビーの家族の救済に立ち会うことで癒され、またその出来事は社会進歩の新たな可能性に目覚める転機を用意する。路上で物乞いをしていたセルビーの娘メアリと偶然に再会したジョバリーは、さらに偶然なことに、新しい運河建設計画への協力を求めて彼を訪ねてきた紳士の一人が、メアリの伯父であることを発見する。自らの計らいで不幸な子

どもたちはこの善良な紳士の庇護に委ねられることになり、ジョバリーはセルビーへの償いを果たしたことに安堵する。

しかし、このセルビーの家族の物語において重要なのは、紳士の慈悲深さのみならず、彼が語って聞かせた改善についての新しい考え方に、ジョバリーが何よりも強く心打たれたという点であろう。紳士は自説を次のように述べる。

> 実際、公共の改善事業（the plans of public improvement）が全て発起人の裁量に委ねられているというのは、我が国の政府の大きな誤りです。信頼できそうな人であれば、その発起人はすぐに援助が得られ、事業を始めることができるでしょう。しかし、その結果、もっと有用な事業が後回しにされ、後々に大きな損失を生むということもあるのです。あらゆる改善の私法立案は、政府の委員会や部署によってその事業の重要性が検証されるまで、下院には提出しないようにすべきです。(113)

改善を公共事業として政府が管理するという紳士の考えに共感を覚えるとともに、その考えの斬新さに戸惑ったジョバリーは「こういったことはその事業に関心がある人の自由と裁量に委ねられるのが一番良いと考えられてきたのではないでしょうか」(113) と、スコットランド啓蒙主義の自由主義の原理に立って問い直している。確かに自由貿易主義を唱えたスミスは、帝国主義による独占が国家に大きな負担を強いることになり、結局は国益を損ねると懸念していた。アメリカ植民地について、帝国は「想像のなかだけに存在していたにすぎない」(946-47) と述べたスミスは、帝国を維持することが不可能であるならば、「国情からみて現実的に中庸を得たところ」(947) へと「自国の将来の見通しと計画」(947) を適合させるべきであると、自由貿易主義を守るために帝国主義の放棄を主張した。ファーガソンも同様に、行き過ぎた領土の拡張によって国としての自由と統一性が失われ、無秩序と腐敗が生まれる原因になると、帝国拡張政策に対して慎重であった (256-57)。しかし、18世紀スコットランド啓蒙主義の思想家にとって帝国主義は慎重に選択すべき道の一つにすぎなかったのに対して、19世紀イギリスでは、帝国

主義はもはや後戻りすることのできない現実なのだ。小説『メンバー』において、ジョバリーはイギリス帝国主義が行き過ぎたところに破綻した社会進歩の理想を取り繕うために、紳士の言葉のなかに希望を見出す。その提案こそ、国家を主体とした保護主義への転換を図り、18世紀スコットランド啓蒙主義以来の自由主義の伝統を修正すべきというものであった。

　実際、自由主義の修正を求める紳士の提案は、ゴールト自身の意見に他ならない。例えば『ブラックウッズ・マガジン』誌1822年10月号に掲載された記事「我が国の田舎紳士たちに寄せる指針」("Hints to the Country Gentlemen")において、ゴールトは世論による社会進歩の過程を支持しながらも、戦後不況に喘ぐ農村社会の問題を解決するのに、家父長主義的な土地の改善のみに頼る田舎紳士たちも、また、公平な富の分配を説く急進主義者たちも同様に無力であり、むしろ、国家が主導する適正な市場管理と公共事業による失業対策といった管理経済こそが必要であると主張している。さらに、1829年10月号の『ブラックウッズ・マガジン』誌に掲載された記事「時勢について意見」("Thoughts on the Times")では、帝国主義によってもたらされる社会の断片化を嘆きつつも、帝国の結束をさらに強固なものとするために、植民地への参政権の拡大、また、救貧法に代わって、国内における雇用創出を目的とした新たな基金の制定を提案している（642-43）。[10]

　しかし、小説『メンバー』では18世紀スコットランド啓蒙主義への不信を深めながらも、時代の混迷を打開する道を選ぶ決心がつかないまま、ジョバリーの回想は第一次選挙法改正運動が始まるとともに幕を閉じる。到来する新たな時代を前にして自らの無力に失望し、ジョバリーは「深謀遠慮な古い世代は公の場を去り、若く大胆な世代に道を譲るべき」(141)であると国会議員を辞し、「時代の単なる傍観者」(144)となることに甘んじるのだ。

IV　『ラディカル』──第一次選挙法改正と社会進歩

　『メンバー』で語られたスコットランド啓蒙主義の進歩史観への違和感、不信感は、続く小説『ラディカル』においてより複雑な陰影を帯びて論じら

れている。『メンバー』と比べて「より哲学的」(*Autobiography* 181) であるとゴールトがいうこの小説では、選挙法改正を支持する急進主義の視点から、例えばスチュアートに見られるような人間の進歩を楽観的に信じる完全主義 (philosophical perfectibilism; Plassart 167) を描き、現実との乖離の中にその理念を相対化することを試みている。

『ラディカル』の語り手、ナーサン・バット (Nathan Butt) は、「そればかり」("nothing but" のスコッツ語表現) という名が意味するように、ジョバリーとは対照的に、社会の進歩を純粋に信じて一切の妥協を許さない急進主義者である。ウィリアム・ゴドウィン (William Godwin) の小説『ケイレブ・ウィリアム』(*Things as They Are; or, The Adventure of Caleb William*, 1794) の主人公に自身を重ね合わせ (163)、彼は封建主義的な父親への反発から、家父長的な権威への憤りと憎悪を募らせていく。やがてゴドウィンの『政治的正義』(*Enquiry Concerning Political Justice and its Influence on General Virtue and Happiness*, 1793) に心酔し (187)、フランス革命の博愛主義の精神に共鳴して、紡績工場の職人たちを急進主義へと煽動する革命家へとバットは成長する。フランス革命の失敗、ナポレオンの台頭ゆえの失望を経験するが、しかし、そういった歴史的後退こそが「人間の進歩前進の証であり」(202)、必ず人間の聖なる大義が「一層明るい光を放って輝き」(202)、完全な自由が獲得できる革命の日が訪れるに違いないと信じている点において、バットはスコットランド啓蒙主義第二世代の楽観的進歩主義を代弁する登場人物といえよう。

しかし、バットの進歩の理念に対する姿勢は、次第に熱狂的な楽観主義から、より哲学的な懐疑主義へと変化していく。まず、バットはコブル氏 (Mr. Cobble) という改革主義者との会話から、自らの信念と現実との間にある矛盾の大きさに気付き、驚かされる。急進主義者として「既存の法や制度を撤廃し」(222)、「世の中の悪の根源」(222) にいたるまで駆逐して、自然の「最初の原理に立ち戻って」(222) 全てを刷新するのだと、バットはコブル氏に自身の信条を熱く語って同意を求める。ところが、それに答えてコブル氏は、急進主義と改革主義は本質的に異なっているのだと警告する。

第9章　ジョン・ゴールトと「理論的ないし推測的歴史」　　177

「だとすると急進主義は」とコブル氏は言った。「進歩の結果である進歩をさらに押し進めようとする欲求で、それには終わりも限界もないでしょう。しかるに私が求める改革とは、悪弊に落ちたものを節度にしたがって正すことです。あなた方が求めているのは新しい制度、革命です。しかし、我々は社会転覆を望んでいるのではありません。時代の荒廃を癒し、時の裂け目やほつれを繕い直したいと思っているだけなのです。」(222)

　何よりもバットがコブル氏の言葉に戸惑い悩まされたのは、頂点に向かって前進する進歩の始まりと信じていたものが、実は「進歩の結果」であり、自分はその頂点にすでに立っているという矛盾である。「知の進歩は社会が自然にかけた足枷を解くように人間に教えたのではなかったのか」(222)、「社会と自然状態ほど相異なるものはなかったのではないのか」(222) と、バットは自問する。しかし、コブル氏によれば、急進主義は「あらゆるものに悪を見いだし、完全に取り除こう」(222) とする、秩序の破壊行為に他ならない。そもそもコブル氏にとっては——ファーガソンにとってそうであったように——進歩の原理は社会と自然状態を隔てるものではないのである。

　さらにバットは、急進主義の同志たちでさえ政治的腐敗と汚職に塗れているという現実を目の当たりにして、「人間の完全性 (the perfectibility of man)」(226) という理想への懐疑を深めていく。選挙法改正法案を支持する議員として立候補したバットは、守旧派の対立候補が次々と名乗り出たため、焦りを募らせた支援者たちが寄付金による買収工作を始めたことに困惑する。しかも賄賂に頼る不正選挙は与党議員たちの手段で、こういった悪弊を是正するためにこそ立候補したのだと抗議するバットに対し、支援者たちは「いやいや、バット君、公正な選挙などは将来の賜物だよ。当面はあるがままの世の中を利用するのが賢明というものさ」(244) と、彼の批判を一蹴してしまう。私利私欲の欲求を前にして、公正な選挙という政治的正義が等閑にされることは、与党議員も急進主義者も変わらない。この現実こそ、人間がその本能を越えて高められ、知的に完成されることはなく——まさにファーガソンが指摘するように——社会は「人間の企図ではなく、むしろそ

の本能」から生まれるということの証左なのだ。バットは啓蒙主義の進歩の理念の限界に気づき、「この世は何と不純なのか」(244) と愕然とする。

　『ラディカル』の結末が、およそ10年前に出版された小説『市長』の結末とは明らかに異なっていることをここで確認しておこう。『市長』における語り手、ポーキー氏は、自らの都市がこれからも一層発展し、改善され続ける明るい未来を思い描くことで、次のように自らの語りを結んでいる。

>　間違いでなければ、後世の人たちは、市長として私が私的利益という細やかな動機を素直に受け止めるよう努めたからといって、腹を立てたりはしないでしょう。私がそうしたのは、改革の精神は広く人々の中にあるということ、また、この世は次第に良くなっていくということを信じ、伝えようとしたからなのです。ゆっくりと、しかし、着実にこの世の中は良くなっていくでしょう。そして、その実りはきっと私たちの次の世代に来る人々によって刈り取られることになるでしょう。(*The Provost* 404)

『市長』において、家父長的権威に基づく改善が富と安寧をあまねく社会に行き渡らせうるという信念は揺るぎない。しかし、それとは対照的に『ラディカル』の結末には、進歩への懐疑と未来への不安が深く影を落としている。

　小説『ラディカル』において、バットが求める進歩の理想が実現されることはない。選挙法改正法案を審議する国会に出席する機会を得たバットは、与党議員の策略で偽誓を疑われ、選挙審議委員会によって一方的に議員の権利を剥奪されてしまう。自由のための清き一票を投じることを悲願としていたにも関わらず、「人間進歩の完成にいたる里程標」(256) と切望された選挙法改正法案は、彼の一票を得ることなく可決される。しかも、その法改正によって参政権はわずかながら拡大されたが、依然としてバットを含む一般大衆の多くにはその権利は認められなかった。[11] 選挙法改正がもたらした自由が期待していたよりもはるかに限定的であったことに落胆したバットは、いつか完全な自由が獲得されて、誰もが「それぞれ自分のぶどうの木の下、イチジクの木の下に座る」(257)[12] ことのできる日が来るのだろうかと自ら

に問う。そして、その問いに「イングランドの冷たい気候では、イチジクの木はその木陰で安らぎや喜びを与えられるほどには大きくは育たないだろう」(257) と答えて、ウェストミンスターを中心としたイギリスの政治風土の不毛さを嘆きつつ、進歩の完成には至り得ないという人間の悲しい現実こそを自然の摂理として受け入れるのだ。

V　おわりに——出来損ないの物語としての「理論的ないし推測的歴史」

　ゴールトの政治小説『メンバー』と『ラディカル』は、フランス革命から第一次選挙法改正に至る時代を振り返り、スコットランド啓蒙主義による進歩の理念の省察を試みた作品であった。18世紀スコットランド啓蒙主義の懐疑主義からフランス革命期以降に普及した楽観主義まで、それぞれの言説を取り込みながら、この二つの小説は帝国主義に揺れる市民社会の現実を描いている。また、そうすることでゴールトは、ジョバリーのような家父長的権威に支えられた自由主義者とも、バットのような急進的平等主義者とも異なる、彼自身の進歩の理念を提示しようと試みている。イギリスの帝国主義化に慎重であったスコットランド啓蒙主義第一世代とは異なり、ゴールトは帝国主義の拡張によって生じる社会的矛盾や軋轢を、近代的市民政府の権限をさらに強固にすることで解決し、スコットランド啓蒙主義の理念を帝国主義の現実に見合うように押し進める道を選ぼうとした。しかしその一方で、ゴールトはもはやスコットランド啓蒙主義を大英帝国の病を癒す万能薬とは見なしてはいなかったようだ。帝国主義の犠牲となったセルビーの悲劇こそ、自身の経験を通して、ゴールトが最も深い共感を寄せたものであったことは間違いない。そのセルビーは、改革の必要について問われ、「私は断固たる改革論者です。でも、議会改革を求めているのではありません。法が清められ高められて、人々が政府を正しく用い、その恩恵を享受できるように願っているだけなのです」(76) と答えるように、ゴールトもまた法の精神の純化を求める改革論者であったといえるだろう。また、ゴールトの共感は、人間の本性の俗悪さに失望するバットにもむけられている。それは、進

歩の完成という理想は決して実現されるものではないという空しい現実を突きつけられたバットが、「友人ジョン・ゴールトの出来の悪い悲劇（unfortunate tragedies）」(245) の一節を思い出し、自身を慰めようとすることからもわかる。

「世の中の大抵のものがそうであるように、欠点ゆえに際立っている」(245) とバットが評するように、ゴールトの作品はその「出来の悪さ」ゆえに意義をもつ。というのも、「理論的歴史」と彼が呼ぶその作品は、スコットランド啓蒙主義の「理論的ないし推測的歴史」による進歩の理念が必然的な因果律ではなく、むしろどのような頂点にも決して達することのない出来損ないの物語にすぎないのだということを露呈しようとするからだ。ゴールトが自身の作品を小説・恋愛物語ではなく、「理論的歴史」と定義したのはそのためであろう。ジョバリーとバット、それぞれの作品の語り手の名前に見られる寓意性が示すように、その人物描写は平板で、例えばスコットの『ウェイバリー小説』(*The Waverley Novels*) といった教養小説において語られる主人公の成長の物語とは無縁である。ゴールトの作品では個としての自我というよりも、個を取り巻くさまざまな事物・事象の関連性に焦点があてられる。そして、その変化の諸相があたかもひとつの風景のように提示され、人間もその可変性に晒される事物の一つでしかない。そこに、啓蒙された近代的自我が社会を形作るというのではなく、事物の関係性としての環境が人間を形作るという、近代的価値観の転倒を見ることもできるであろう。[13] ゴールトの「理論的歴史」が、ウィリアム・M・サッカレー (William Makepeace Thackeray) やチャールズ・ディケンズ (Charles Dickens) によってヴィクトリア朝時代に受け継がれ、アントニー・トロロープ (Anthony Trollope) やジョン・ゴールズワージー (John Galsworthy) などによって完成される写実主義社会小説の表現を用意したと論じ、再評価を促す批評家も少なくない (Hewitt 290: Duncan 237)。しかし、今、ゴールトの作品が読み直されるべきであるとするならば、それはただ単にゴールトが近代イギリス小説に新しい文体を与えた先駆者の一人だったからだけではないだろう。むしろ彼が近代の名のもとに純化されていく進歩の神話の虚妄性を暴

き、その普遍性を解体してみせようとしたからではないだろうか。ゴールト自身が認めているように、『メンバー』と『ラディカル』は、出版直後の売り上げも捗々しくなく、ほとんど世に省みられることはなかった。近代の虚構性を警告するゴールトの声は、ヴィクトリア朝が幕を開けるその直前に発せられ、久しく時代の渦にかき消されてきた。だが、もしかしたら、持続可能な成長を夢見る 21 世紀の読者に向けてこそ、その声は真意の多くを語るのかもしれない。

注

* 本稿の一部は、BARS 2017: Romantic Improvement—The 15th International Conference of the British Association for Romantic Studies (2017 年 7 月 28 日、於 University of York) において口頭発表したものである。
1 スコットランド啓蒙主義の思想において重要な意味を持つ "improvement" という語については、本論では文脈に応じて「進歩」または「改善」と訳出した。
2 カナダのオンタリオ州ギャルト (Galt) は、1827 年にゴールトの名前にちなんで命名された市である。1973 年にケンブリッジ市として併合されたが、現在でも地名として残っている。
3 以下、ゴールトの著作は拙訳による。
4 Stewart, "Account of the Life and Writings of Adam Smith, LL.D" (Broadie 671). 以下、スチュアートの著作は拙訳による。
5 イングランドでは、リチャード・プライス (Richard Price) の『祖国愛について』(*A Discourse on the Love of our Country*, 1789)、バークの『フランス革命への省察』(*Reflections on the Revolution in France*, 1790) とペインの『人間の権利』(*Rights of Man*, 1791-92) の出版によってフランス革命論争が始まり、啓蒙主義が掲げる理性と進歩の思想が問い直されるようになるとともに、イギリス・ロマン主義期が幕を開ける。一方、スコットランドではフランス革命よりも、むしろアメリカ独立戦争という出来事によってスコットランド啓蒙主義の見直しが始められ、以降、その理念の再構築が試みられてきた。ウイリアム・ロバートソン (William Robertson) が『アメリカ史』(*The History of America*) の執筆計画変更を余儀なくされたのもそのためであったし、スチュアートの『哲学要綱』はそのような試みの結実といえるであろう。イングランドの革命論争とは地理的、知的に隔たったところでフランス革命が経験されたため、スコットランドにおいてロマン主義は、啓蒙主義とは未分化なまま併存的に発展したと考えられる (Plassart 3, Hewitt 12, Craig 21)。
6 拙訳による。スチュアートの楽観主義的進歩史観は、エディンバラ大学で彼から道徳

哲学を学んだ世代によって引き継がれていく。その代表的な人物として、文学都市エディンバラの礎を築いたフランシス・ジェフリー（Francis Jeffrey）が挙げられる。ジェフリーが1802年に創刊した『エディンバラ・レヴュー』誌（The Edinburgh Review）は、ナポレオンの台頭に対抗してイギリスの自由主義を擁護するという政治的意図を出発点としていた。しかし、例えば1814年4月号の『エディンバラ・レヴュー』誌において顕著なように、ナポレオン帝政の打倒を進歩の原理にしたがった歴史的必然であると論じ、古い体制に代わって世論に基づく新たな国家体制の構築を訴えるなど、ジェフリーは次第に民主主義的な政治改革を支持する論調を強めていく。そのため、1809年に『四季評論』誌（The Quarterly Review）、1817年に『ブラックウッズ・マガジン』誌（Blackwood's Edinburgh Magazine）といった保守系のライバル誌が誕生した。

7　田中敏弘訳による。
8　大内兵衛・松川七郎訳による。
9　拙訳による。
10　小説『メンバー』では、「労働基金」の設立が農村の焼き討ちを首謀するディフソング氏（Mr. Diphthong）によって提案されている。1830年から31年にかけて起こったスウィング暴動に見舞われた多くの教区では、十分の一税として集められた穀物に火が放たれ、焼き討ちされた。ディフソング氏もそのような暴徒の一人である。彼によれば、社会進歩の結果として誕生した労働者は、家父制の庇護によって救済されるべき貧民ではない。「救貧税」という名称がもはや現状にはあわないため、集められた税収を救貧のために使うのではなく、公共事業を通じて労働者に雇用を与え、富の流通を促進する「労働基金」として運用するべきであると、ディフソング氏は提案する（140）。
11　第1回選挙法改正により、腐敗選挙区が撤廃され、あわせて有権者資格も拡大された。しかし、財産制限は残され、都市選挙区では年価値10ポンド以上の建物の所有者と借家人が、州選挙区では年価値10ポンド以上の謄本土地保有者と自由土地保有者、また、50ポンド以上の土地の定期土地保有者に参政権が認められた。（村岡・木畑 77）
12　『旧約聖書』ミカエル書4章4節、列王記上5章5節、ゼカリヤ書3章10節。アメリカ初代大統領ジョージ・ワシントン（George Washington）がしばしば引用したことで知られる一節。
13　ゴットリーブは、ジョージ・ゴードン・バイロン（George Gordon Byron）によるスコットランド啓蒙主義の進歩史観の受容と変容を思弁的実在論において、特にブルーノ・ラトゥール（Bruno Latour）のアクター・ネットワーク理論を援用して分析している。ゴットリーブによれば、『チャイルド・ハロルドの巡礼』（The Pilgrimage of Child Harold）、『ドン・ジュアン』（Don Juan）などの詩作品には、近代的人間を非人間（モノ）との関連性の中に解体する脱人間中心主義的世界観が読み取れるという（Gottlieb 103-6, 129-30）。『バイロン伝』（The Life of Byron, 1830）を執筆するなど、バイロンとの親交が深かったゴールトは、バイロンと同じ世界観を共有していたと考えることもできるかもしれない。スコットランドのロマン主義期を問う上

でも、この両者の関係は興味深い。

参考文献

Broadie, Alexander, editor. *The Scottish Enlightenment: An Anthology*. Canongate, 1997.
Craig, Cairns. "Coleridge, Hume, and the Chains of the Romantic Imagination." *Scotland and the Borders of Romanticism*. Edited by Leith Davis, Ian Duncan and Janet Sorensen. Cambridge UP, 2004.
Duncan, Ian. *Scott's Shadow: The Novel in Romantic Edinburgh*. Princeton UP, 2007.
Fairclough, Mary. *The Romantic Crowd: Sympathy, Controversy and Print Culture*. Cambridge UP, 2013.
Ferguson, Adam. *An Essay on the History of Civil Society*. Edited by Fiona Oz-Salzberger. Cambridge UP, 1995.
Galt, John. *The Member: An Autobiography and The Radical: An Autobiography*. Introduced by Paul H. Scott. Canongate Classics, 1996.
——. *The Autobiography of John Galt*. 2vols. Cochrane, 1833.
——. *Annals of the Parish, The Ayrshire Legatees and The Provost*. Introduced by Ian Campbell. The Saltire Society, 2002.
——. "Hints to the Country Gentlemen." *Blackwood's Edinburgh Magazine*, vol. 12, Oct. 1822, pp. 482–491.
——. "Thoughts on the Times." *Blackwood's Edinburgh Magazine*, vol. 26, Oct. 1829, pp. 640–643.
Gottlieb, Evan. *Romantic Realities: Speculative Realism and British Romanticism*. Edinburgh UP, 2016.
Hewitt, Regina, editor. *John Galt: Observations and Conjectures on Literature, History, and Society*. Bucknell UP, 2012.
Hume, David. *David Hume: Selected Essays*. Edited by Stephen Copley and Andrew Edgar. Oxford UP, 1993.
——.『ヒューム――道徳・政治・文学論集』田中敏弘訳, 名古屋大学出版会, 2011.
Jeffrey, Francis. "State and Prospects of Europe." *Edinburgh Review*, vol. 23, April 1814, pp. 1–40.
Kidd, Colin. *Subverting Scotland's Past: Scottish Whig Historians and the Creation of an Anglo-British Identity, 1689-c.1830*. Cambridge UP, 1993.
Plassart, Anna. *The Scottish Enlightenment and the French Revolution*. Cam-

bridge UP, 2015.
Sher, Richard B. *Church and University in the Scottish Enlightenment: The Moderate Literati of Edinburgh*. Edinburgh UP, 1985.
Smith, Adam. *An Inquiry into the Nature and Cause of the Wealth of Nations*. Edited by R. H. Campbell, A.S. Skinner and W.B. Todd. Liberty Fund, 1981
――.『諸国民の富』大内兵衛・松川七郎訳, 岩波書店, 1995.
Stewart, Dugald. *Elements of the Philosophy of the Human Mind*. Garland, 1971.
荒井智行『スコットランド経済学の再生――デュガルド・スチュアートの経済思想』昭和堂, 2016.
浦口理麻「ジョン・ゴールト　変化の時代をとらえた歴史小説家――社会観察とリアリズムの表現」『スコットランド文学――その流れと本質』木村正俊編, 開文社出版, 2011.
村岡健次・木畑洋一編『世界歴史大系　イギリス史3――近現代』山川出版社, 2004.

第 10 章

舞台と書斎からみるシェイクスピア
――シバーによる改作劇『リチャード 3 世』を中心に――

伊　藤　優　子

I　はじめに

　ウィリアム・シェイクスピア（William Shakespeare, 1564-1616）の第 1・4 部作の完結編『リチャード 3 世』（*King Richard III*, 執筆 1592-1593）は、王政復古からヴィクトリア女王即位までのいわゆる長い 18 世紀（the long eighteenth century, 1660-1837）において、上演史はもとより出版史、広義の歴史の各方面から議論のつきない作品だ。シェイクスピア劇の改作上演は、1642 年の劇場封鎖と 1660 年の劇場再開を経て、盛んに行われていた。なかでも『リチャード 3 世』は『ハムレット』（*Hamlet*, 執筆 1600-1601）や『マクベス』（*Macbeth*, 執筆 1603-1607）と並んで人気を博した演目で、劇作家にして俳優のコリー・シバー（Colley Cibber, 1671-1757）が大胆な改作を手がけ、1699 年には、彼を主演にドルーリー・レイン劇場で初演された。1741 年には、シェイクスピアを重視する立場ながら時として改作も辞さないのちの名優デイヴィッド・ギャリック（David Garrick, 1717-1779）が本作で初主演の舞台に立ち、観客たちから熱狂とともに迎え入れられた。このシバー版改作劇は、世紀後半にはすでに劇場で定番の上演演目となり、次の 19 世紀まで時代を彩る俳優たちによってあたかもシェイクスピアを凌ごうとするかのように繰り返し上演された。

　当時の人々がシェイクスピア作品にふれようとすれば、ステージとページ

すなわち改作翻案劇と校訂編纂本、どちらの選択肢も徐々に選べるようになっていた。1709年、現在の著作権法の礎となったアン法の制定と同じ年に、ニコラス・ロウ（Nicholas Rowe, 1674-1718）は8つ折本全6巻のシェイクスピア全集を出版した。これは伝記や挿絵、幕場割りやト書きが加えられた全く新しい校訂本で、以降シェイクスピア全集は編者と読者、判型と価格帯、掲載項目をいっそう増やしていった。世紀半ばには、ホイッグ党の領袖にして第1大蔵卿ロバート・ウォルポール（Sir Robert Walpole, 1676-1745）を父に持ち、文芸から建築まで多彩な活動で知られるホレス・ウォルポール（Horace Walpole, 1717-1797）が『リチャード3世の生涯と治世についての歴史的懐疑』(Historic Doubts on the Life and Reign of King Richard the Third, 1768)を出版したところ、初版1,250部を即日完売して増刷をかけた。彼は序文で「シェイクスピアの悲劇を真実の描写とせず、(リチャード3世の)治世を想像力の悲劇としたい」(Walpole xiii-xiv)と述べて、後世に造り出された悪人像やテューダー朝への過度な対抗意識を排そうと合理的な論証を試みた。これに対して、デイヴィッド・ヒューム（David Hume, 1711-1776）やエドワード・ギボン（Edward Gibbon, 1737-1794）ら従来の悪人説に拠る者、ヴォルテール（Voltaire [François-Marie Arouet], 1694-1778）のように中立を保とうとする者、さらに仏訳を試みる者まで現れた。

　この世紀は、シェイクスピアと同時代から依然として根強い悪人説、それを決定づけたシェイクスピア劇の上演出版の転換期と本格的な擁護論の出現によって、さまざまなリチャード像が形作られていった時代だった。本論では、舞台と書斎からみるシェイクスピア作品、わけても『リチャード3世』をめぐる人々からその読みにせまるべく、シバーによる改作劇を中心に取り上げ、彼が劇作家として俳優として実現したものを明らかにする。

II　自ら筆を執り、自ら演じるシバー

　1699年末から1700年初頭にかけて、シバーはシェイクスピア劇の改作『リチャード3世の悲劇的物語』(The Tragical History of King Richard the

Third) 初演を当初の意図とは全く異なるかたちで迎えていた。シバーは、それまでに悪役を全く経験していないにもかかわらず、本作でタイトルロールを演じることになった。

そもそもシバーは俳優サミュエル・サンフォード (Samuel Sandford, 活動 1661-1699) の演技を念頭に本作を執筆した (Cibber, *Apology* 1:138-140)。チャールズ2世 (Charles II, 1630-1685) が「当代一の悪役」(Nicholson 83) と評したといわれ、シバーが自らを「崇拝者」(Cibber, *Apology* 1:134) と称して心酔したほど、サンフォードは当時悪役で名を馳せていた。

しかし、彼には契約上出演することができない事情があった。彼は、トマス・ベタートン (Thomas Betterton, 1635-1710) がリンカーンズ・イン・フィールズ劇場を拠点に新しく旗揚げした劇団へ、他の俳優たちとともに加わっていた。彼らが新しい劇団へ移籍したのは、ドルーリー・レイン劇場の経営者クリストファー・リッチ (Christopher Rich, 1657-1714) と対立したためとみられる。いずれにせよ、サンフォードは本作初演からほどなくして現役を退いた。

はからずも劇作家と主演俳優を兼任することになったシバーだが、1690年に俳優として演劇の世界に身を投じて以来、自ら手がけた作品に出演すること自体はこれが初めてではなかった。彼には、自作の喜劇および悲劇、悲喜劇に笑劇が20以上、演じた役柄が130あまりあった。そして、劇作家として初めて手がけた『愛の最後の策略』(*Love's Last Shift*, 初演 1696) の伊達男サー・ノベルティ・ファッションや、『軽はずみな夫』(*The Careless Husband*, 初演 1704) のフォッピントン卿を当たり役とした。

それでは、多作な彼の俳優としての才能が喜劇から悲劇へ、しかも主演の悪役に転じたさい、はたしてサンフォードに匹敵したかといえば、とてもそのようには捉えられない。なぜなら、シバーの演技、ことさら彼の発声法が批判の対象とされたからだ。シバーは、この俳優としての限界を、駆け出しの頃から自覚していた。彼は自伝『コリー・シバー氏の生涯についての弁明』(*An Apology for the Life of Mr. Colley Cibber*, 1740) を著し、悲劇役者としてサンフォードとは異なり、とりわけ「音域と声量が不足していること」

(Cibber, *Apology* 1:182-183) を認めている。したがって、本作の主演を務めればどのような批判を受けるのか、彼には当然予想することができただろう。実際、『弁明』と同じ年に、匿名の著者が『桂冠詩人あるいはコリー・シバー氏の正の側面』(*The Laureat; or the Right Side of Colley Cibber, Esq.*, 1740) を出版し、『リチャード3世』初演時に威厳や品格を微塵も感じさせることなく叫び続けたシバーの姿を克明に描いている (Anonymous 35)。その後シバーは、1710年から1736年までドルーリー・レイン劇場の経営に携わり、引退を数年後に控えた1739年には本作の主演で再び舞台に立った。彼は最後まで悲劇俳優への強い憧れを抱いて演じ続けたが、やはり以前と同様の批判を受けた。ただし、シバーと同時代では、チャールズ・ギルドン (Charles Gildon, 1665?-1724) だけが「所作に情緒、情熱に発声法」(Gildon 228) の点でシェイクスピアはシバーよりも優れていると評した以外、シバーの改作の詩行、言い換えると台詞や劇構造そのものを批判した者はほぼなかったことは覚えておきたい。

　シバーにとってさらに思いもよらなかったのは、『リチャード3世』初演時に冒頭第1幕のヘンリー6世殺害を含む場面を全て削除されることだった。その主な理由としては、当時の宮廷祝宴局長チャールズ・キリグルー (Charles Killigrew, 1655-1724/25) の検閲を受けたところ、劇中のヘンリー6世が当時フランスに亡命中だったジェームズ2世 (James II, 1633-1701) を彷彿とさせるものとみなされたことが挙げられる (Cibber, *Apology* 1:275-276)。一時は当局の好感を得た本作だったが、結果として局長の裁量により最初の幕場の全てを削除箇所に指定された。シバーは命令に従いつつも推察されるような意図はなかったと否定している。

　　本作は上演にあたり第1幕全てを削除されるという実に不利な条件で舞台にかかった。優れて誠実な方々がお読みになり、不遜な類似作や無作法の影響を免れた障りのない作品であると快くご署名をお申し出くださる方々がいらしたが、これに満足なさらないのが舞台の上演に情け容赦ないお力を発揮されるお方だった。嘆願しなかったが、おそらく許可されなかった理由は、ヘン

リー6世の不運で哀れな人物像が王ジェームズを観客に思い起こさせるためだろう。告白すると、執筆中に考えたことなど決してなかったし、両者には似通ったところなど到底なかった。(Cibber, *RIII* 279)

本作はおそらく初演から1709年まで第1幕が削除されたまま上演されたとみられるが、削除命令は決して全般的かつ持続的なものではなかった。シバーは、初演からほぼ時を同じくして本作初版を出版し、全ての幕場を直接観客ないし読者に伝える手立てとした。その後、本作の出版は断続的に行われ、1718年、1721年、1736年、そしてシバー最晩年の1757年と、世紀半ばまでに15以上の版を重ねた。

紙上と同様、舞台上でも削除箇所回復の兆しがみえてくる。『デイリー・クーラント』(*Daily Courant*) 紙上に、第1幕に相当するものの上演予告が掲載されたのだ。1702年10月21日付けでは、1幕ものの悲劇的インタールードへの改題作とあるが、上演にはいたらなかった。1710年3月20日付けでは、消されていたはずのヘンリー6世が再び配役され、1週間後の3月27日にはそのまま上演された。ついに本作はシバーの本来意図した作品として観客に披露されたのだ。

1713年から1728年までの15年間、途中1716年と1724年を除いて、本作は毎年決まって上演され、上演演目として徐々に人気を獲得していった。また、上演される劇場はドルーリー・レイン劇場に限られず、1721年のリンカーンズ・イン・フィールズ劇場、1728年のヘイマーケット劇場と、ロンドン市内に複数あった。1741年10月19日には、ギャリックがシバーからタイトルロールを継いでグッドマンズ・フィールズ劇場に登場し、自身初の当たり役とした。ギャリック以降、シバーによる改作版はジョージ・フレデリック・クック (George Frederick Cooke, 1756–1811)、ジョン・フィリップ・ケンブル (John Philip Kemble, 1757–1823)、エドマンド・キーン (Edmund Kean, 1789?–1833) にウィリアム・チャールズ・マクリーディ (William Charles Macready, 1793–1873) といった今をときめく俳優たちによって演じ継がれ、さらには海を渡ってアメリカ公演される運びとなった。その一方

で、本来のシェイクスピア劇としての『リチャード3世』はといえば、1845年にサミュエル・フェルプス（Samuel Phelps, 1804-1878）が手がけるまで、約150年ものあいだ上演されることはほぼ無きに等しかった。このように、シバーによる改作版『リチャード3世』は、劇作家本人による主演と第1幕の検閲削除という彼本来の意図とは全く異なる幕開けだったが、国内外の劇作家や時の名優怪優、観客そして読者から上演と出版の両方で広く受け入れられ、いわば決定版として成功を収めた作品だった。

III　シェイクスピアの様式に準じるシバー

　改作版『リチャード3世』の執筆時、シバーの心の中にあったのは、サンフォードの演技だけではなく、「彼（シェイクスピア）の様式と思想に倣うよう最善を尽くす」（I have done my best to imitate his Style, and manner of thinking）(Cibber, *RIII* 279) ことだった。その端的な例として、台詞の表記方法が挙げられる。シバーは本作の序文で、登場人物の台詞をイタリック体、文頭のみのシングルの引用符付き、標準字体のローマン体の3つの方法に区別して印刷するという。

>　　イタリック体で印刷された詩行は全てシェイクスピアのものだ。この印（'）のある詩行は概して彼の思想で、私が最もふさわしいと考える表現に書き改めた。このような印がないか、もしくは異なる字体のものは全て私のものだ。(Cibber, *RIII* 279)

これらの表記方法はいずれも当時の定期刊行物から書籍までに散見されることから、それほど難しい印刷作業は求められなかったと考えられる。一見すればありふれた方法のようだが、本来のシェイクスピア作品を損なわないよう的確に引用抜粋することができ、さらに言い換えたり書き加えたりすることもできると、シバーは自らの知識と技術を誇示する。

　それでは、シバーが採用した表記方法を実際の劇中で確認しよう。まず、

第 10 章　舞台と書斎からみるシェイクスピア

第1幕は、先に述べた通り、初演時の幕開きでは検閲によってやむを得ず削除され、第2幕が割り当てられていた箇所だ。第1幕第1場では、ヘンリー6世がロンドン塔で長官やスタンリー卿、トレッセルらを介して敵方の動向を探っている。すると、グロスター公リチャード到着の知らせがもたらされる。清々しい朝から一転して暗鬱な夜を迎えたかのように、ヘンリーの心にはたちまち暗雲が垂れこめる。彼はすすんで自らの死についてふれ、周囲の者たちに自分の最期を見届けるまでは涙をこらえるよう命じる。つまり、作品の起点を『ヘンリー6世第3部』(*3 Henry VI*, 執筆 1590) 第5幕第6場に相当する時点とするため、ヘンリーは存命中で、すでにテュークスベリーで大敗を喫したことを知っている。

続く第1幕第2場、リチャードはヘンリーの首を求めて早駆けの馬で到着し、ひとり舞台に立ち、次のように語り始める。

> 今や俺たちの額は勝利の花輪に飾られ、
> 急を告げる軍鼓の響きは陽気なさざめきに変わり、
> 重苦しい軍靴の足並みは軽やかな踊りに変わった。
> 額に皺を寄せていた軍人たちは顔をほころばせ、
> このあいだまで武装した軍馬にうちまたがり
> おびえた敵兵どもの肝を冷やしていたのに、
> 今はどうだ、うきうきと貴婦人の部屋へ通い
> 淫らなリュートの音に合わせて跳ね回っている、
> ところが俺は色事の似合う柄ではないし、
> この俺は美しい均整を奪い取られ、
> 不細工にゆがみ、出来損ないのまま
> 月足らずでこの世に送り出された。
> そんな俺が無様に足を引きずって通りかかれば、
> 犬も吠えかかる、そんな俺だ、
> のどかな笛に浮かれるやわで平和なご時勢だ、
> 暇つぶしの楽しみと言えば
> 陽だまりの己の影法師でもながめながら
> そのおぞましさを種に、出まかせの歌でも歌うしかない。

——ならばこの世が俺に与えられる喜びはただ一つ、
　'俺より恵まれたやつらに向かって
　命令し、叱りつけ、力をふるうことしかない、
　この安らぎのない世は地獄にすぎないと思い決めよう、
　この出来損ないの体に載った頭が
　'輝かしい栄光の冠で飾られるまでは——
　ああ、何とはるかな高みにあることか、俺は
　この魂を最大限広げなくてはならない。
　　　後悔も恐れもなくすぐに登りつめよう、
　　　その第1歩にはヘンリーの首がいいだろう。(Cibber, *RIII* 1.2.1-28)

　シバー版では、この第1幕第2場1行目以降がシェイクスピアの第1幕第1場5行目以降に相当し、ようやく主役のリチャードが第一声を発する。シェイクスピアから削除された1行目から4行目までは、リチャードの長兄にして新たなる王エドワード4世が、不満の冬を越えて太陽のイメージと重ね合わされ、鮮烈な印象を残す箇所だ。太陽のイメージがやや先送りされ、ヨーク側が勝利に沸き立つ様子が描かれる。シバー版の9行目から18行目まではリチャードが先天的な身体障害を自嘲気味に語る。シェイクスピアの本文そのままとはいえ、綴りや記号、人称代名詞は語意と発音を考慮して細かく変更される。途中、本文の15行目から17行目までと19行目が削除されるのにともない、鏡に映った自分の容姿への陶酔も色男としての自信もどちらもないことへの嘆きが排除されて、彼の歪んで欠けた身体が前面に押し出される。さらにリチャードは影さえも醜いわが身を皮肉る。兄王ではなく末弟の彼こそが太陽、ただし太陽につきまとう影、身体という枷から逃れられない陰鬱な男のイメージを帯びることになる。

　その直後の19行目から24行目までには、『ヘンリー6世第3部』第3幕第2場166行目から168行目までと、170行目から172行目までがイタリック体と引用符付き、ローマン体で用いられ、25行目から28行目までには書き下ろしの詩行が配置される。本文の意味に基づいて既出表現やより分かりやすい同意語に置き換えられ、語数が抑えられる。加えて、前の第1場のヘ

ンリー存命中の場面との整合性が保たれる。『ヘンリー6世第3部』では、「ぶよぶよした生まれたての小熊」(3.2.162) や「日陰の身」(5.6.84) と、醜悪で継承権の低いリチャード像と彼の王位奪取の目論見がすでに語られるが、シバーはそれらと巧みに結びつけることで、愛し愛されるに値しない容貌と心情の男の野心を暴いている。

　次に注目するのは、ボズワースの戦いを直前に控えた第5幕第5場で、リチャードに殺された4人の亡霊すなわちヘンリー6世、その王子エドワードの未亡人でリチャードの妻となった王妃アン、エドワード4世の残した皇太子エドワードとヨーク公リチャードの幼い王子たちが、リチャードの夢枕に次々と立つ場面だ。亡霊はランカスターとヨークの両家で王位継承順位の高かった者もしくは彼らにごく近しかった者のみに人数を抑えられ、リチャードに向けられる台詞も変更される。

　　王ヘンリーの亡霊、王妃アンの亡霊、幼い王子たちの亡霊登場。

　　王ヘンリーの亡霊　たとえ無慈悲なお前でも、
犯した罪の恐ろしさから一切逃れることはできない、
その身の良心は眠ったままだ。
一睡するがいい、天が命じるままに
お前のおののく魂を悪夢で目覚めさせてやる。
今こそ私を思い出せ、しかと見よ
この大きく開いた風穴を、聖油を注がれたこの身に
ロンドン塔ではお前の手によって致命傷を負った、
今こそお前を悩ます良心で
お前の心臓を食らい、私を殺した復讐を遂げよう。
　　幼い王子たちの亡霊　リチャード、夢を見ろ、
ロンドン塔で殺されたお前の幼い甥たちのさまよう魂を見ろ。
私たちが幼く、純粋でも、お前の冷酷な心は
いたいけな命を助けようとしなかったのか？
ああ、他の誰でもないお前のためにも、
私たちに約束された幸せな歳月を送ったのなら。
お前の魂は何ものからも守られないが、私たちの無念は偲ばれる。

何と残酷な所業か！それゆえ孤独に、
憐れむことも憐れまれることもなく、お前は倒れるのだ。
　王妃アンの亡霊　お前の妻、みじめなアンへの過ちの数々を思え、
戦闘の最中でも私を思い出せ、
そして刃の欠けた剣を取り落とし、絶望して死ね。
　王ヘンリーの亡霊　夜明けが私をせき立てる。
今リチャードはあらゆる罪の苦しみの直中で目覚める。
今お前のずたずたに引き裂かれた思いを蝕む
あの激しい絶望で世界に警告せよ。
目覚めよリチャード、目覚めよ！罪を犯した心には
ひどい見せしめを──。(Cibber, *RIII* 5.5.32-59)

　本来リチャードに殺された者は、上記4名に、ヘンリー6世の王子エドワード、リチャードの次兄クラレンス、エドワード4世王妃エリザベスの兄リヴァーズ伯と彼女が先夫グレイ卿との間にもうけた息子グレイ卿、ヨーク家に仕える騎士トマス・ヴォーンにヘイスティングス卿とバッキンガム公を加えて、倍以上の11名にのぼる。彼らは殺された順に名を名乗り、自らが殺された時の悲痛な様子を描写する。それから、クリストファー・マーロウ (Christopher Marlowe, 1564-1593) の『フォースタス博士』(*Doctor Faustus*, 初演 1588-1593) 第5幕第1場を引用して、彼らは口々に「絶望して死ね」とリチャードを呪い、同時に「生きて栄えよ」とリッチモンド伯を守るので、両者の敗北と勝利を祈る声は亡霊の数だけ増幅される。シバー版では、登場人物は王位継承権がランカスターとヨーク両家で上位にあった者または彼らの配偶者のいずれか半数以下に絞られる。彼らは殺された順番のまま変更なく登場する。しかし、ボズワースの戦いの敗者とその最期を予言する台詞は、死してなおリチャードを責め続けるアンの台詞にだけ残される。先夫や舅に続いて自らの命までも奪われた彼女の悲嘆と現夫への死の宣告は、彼女以外全員の呪詛と守護の言葉が一切削除される分、非常に重苦しく響く。
　また、3つの書体のうちイタリック体の割合が激減し、リチャード、ロンドン塔、それにアンの3つの固有名詞と彼女の台詞のほぼ全てに採用される

にとどまる。後述するクリストファー・スペンサー（Christopher Spencer）によると、シバー独自のローマン体の詩行は、第1幕第2場で4行、第5幕第5場で53行、場全体に占める割合で4倍近くに増えるとされる（Spencer 452）。そして、イタリック体とローマン体の一部に、同じ人物が発するシェイクスピア本来の台詞もしくは削除された別の登場人物と重複する台詞が、ほぼそのまま使われる。「王として聖油を注がれたこの身」は、もとよりヘンリー6世の台詞で、かつて王として聖別された身体には今なおリチャードの開けた風穴が残る。「夢を見ろ」と、幼い王子たちだけでなくバッキンガム公もまたリチャードを誘うが、当然その夢とはリチャードの死が現実のものとなり、彼がかつて手にかけた者たちから永遠に責めさいなまれる悪夢である。「私を思い出せ」は、ヘンリー6世と王妃アンのほか、彼女の先夫エドワード、グレイ卿、ヴォーンにバッキンガム公らの台詞でもあり、呪詛と守護の言葉に次いで繰り返し使われる。戦場で「刃の欠けた剣を取り落とし」、武器を持たずにいれば、リチャードはたちまち致命的な一撃を受けるだろうが、アンとヴォーンはともども同じ願いをかける。リヴァーズ、グレイ、ヴォーンの3名、ヘイスティングスと王子たちは、安らかに眠るリッチモンドに「目覚めよ」と次々呼びかけて、彼に勝利を約束する。この台詞がヘンリー6世からリチャードへ呼びかけるものに転じると、リチャードには決定的な敗北のみならず絶望の淵に沈む死に場所、まもなく訪れる凄惨な死、生前犯した罪を購うことなく良心の呵責に苦しみ続ける死後の世界が約束される。亡霊の個々の台詞は、実に重層的に響き合う。

IV　シバー版改作劇の成功要因

　シバーによる改作版『リチャード3世』とシェイクスピア本来の『リチャード3世』に関して、シェイクスピアの本文研究者やテクスト編者の多くは、スペンサーやスコット・コリー（Scott Colley）らとは対照的に、2つのテクスト上の異同を精査しようとするよりもシバー版のおおよその特徴を捉えようとする傾向にある。例えば、アーデン版第2版の編者アンソニー・

ハモンド（Anthony Hammond）に遡ってみると、シバー版からは哀愁と悪への意志が強く感じられるという。

> シバーが行った改訂あるいは彼が自らの『リチャード3世』に他のシェイクスピア作品から取り込んだ数々の盗用について、詳しく述べる価値はほとんどないようだ。そのおおよその特徴はすぐに捉えられる。予想した通り、哀感がいっそう込められる。王子たちの殺害は舞台上で行われるので、私達は彼らを犠牲にして思い切り泣くかもしれない。動機は常に明らかだ。シバーは下手な講釈師さながらで、常にくどくどと説明するし、誤解されるのを恐れるあまり言ったことを繰り返す。リチャードの勇猛さは強調される。彼は善人の可能性を秘めていたにもかかわらず悪人になった人物として描かれ、私達がシェイクスピア作品に見出すような天罰は何も残されていなかった。(Hammond 69)

このように、彼は、観客が涙をこらえきれないほど悲しみを深め、登場人物が過剰なほど動機に自己言及する場面が増加すると評価する。アーデン版第3版の編者ジェームズ・R・シモン（James R. Siemon）もまた、ハモンドと同じように、シバー版の特徴を捉えようと力を注ぐ。彼は、シバー版それ自体が、上演用台本の基準としても影響を与え続けるものとしても、歴史上実在した特異な人物以上のものを示すと評価する。その上で、今日においてもなお上演するとなると登場人物は常に削られ、語りの要約や家譜、派閥や一族を見分けるために色を塗り分けた衣装などに頼らざるをえないと、上演上の制約や視聴覚的な要素に一定の配慮を示している (Siemon 88-89)。

　また、ハモンドは、シバーがしたのはシェイクスピア作品からの引用転載ではなく盗用だとやや大仰に言い、しかもそれらを細かく検討しようとはしない。その理由のひとつとして考えられるのは、シバーが改作を執筆するにあたって参照したシェイクスピアの版本を知る手がかりが現在までにほとんど残されていないことだ。ハモンド自身、ジョン・ドーバー・ウィルソン（John Dover Wilson）が編集したニュー・ケンブリッジ版にリストが収録されていると注釈をつけるにとどめる。かろうじてスペンサーは、リチャー

第 10 章　舞台と書斎からみるシェイクスピア　　　　　　　　　　197

ド・ドーゼ (Richard Dohse) を援用し、第 4 幕と第 5 幕には 2 つ折本と 4 つ折本、特に第 3・2 つ折り本と第 1・4 つ折本がそれぞれ下敷きにされたと指摘する (Spencer 453)。アルバート・E・カルサン (Albert E. Kalson) は、ドーゼやアリス・I・ペリー・ウッド (Alice I. Perry Wood)、加えて年代記を指摘する (Kalson 253)。彼ら以降現在にいたるまで、確信をもってシバーによる改作版の元となる版本を答える者はほとんどいない。シバーは、表記方法を決めて初版を発行した後も、度々改訂を行ってきた。時代が下るほど、シェイクスピア全集が編者も新たに入手できるようになり、仮に盗用だとして比較精査する手段は十分に用意されていた。それでもなお、他ならぬ読者と観客さらには演劇人が長きにわたって改作版を受け入れ続けた事実は揺るがない。シバーにシェイクスピア作品を盗もうとする意思が少なからずあったなら、表記方法を明言することも、それを本文中で実践することも、どちらもなかっただろう。

　スペンサーは、王政復古期におけるシェイクスピア改作劇の作品集を編集するにあたってシバー版『リチャード 3 世』を取り上げ、彼の改作が著しい耐久性をもって上演され続けた要因は時代背景と構成の簡略化、それに伴う焦点の先鋭化にあるとする (Spencer 27)。確かに、たとえ一連のシェイクスピア歴史劇を未見の観客ないし未読の読者であっても、彼らの脳裏には時代背景と登場人物の相関関係が浮かぶよう配慮される。前述するように、第 1 幕では、幽閉先のロンドン塔でスタンリー卿らが取り巻くなか、ヘンリー 6 世が苦境に立たされた心情と敵方への憎悪をあらわにする。すると、そこに現われたグロスター公リチャードが何ら躊躇なく彼を殺害する。シェイクスピア本来の『リチャード 3 世』にはない幕開けからも明らかなように、シバー版には『リチャード 3 世』はもとより第 1・4 部作から『ヘンリー 6 世第 3 部』、第 2・4 部作から『リチャード 2 世』(*Richard II*, 執筆 1595) と『ヘンリー 4 世第 2 部』(*2 Henry IV*, 執筆 1596-1599) の一部がそれぞれ施される。なお、本作の副題には「悲劇的物語」(Tragical History) と掲げられるにもかかわらず、シバーがシェイクスピアの他の作品から引用した台詞は、先に挙げたものを含む歴史劇が大部分を占める。シェイクスピア自身、

演劇作品を細かに分類する態度と軽やかに戯れ、『ハムレット』でポローニアスを介して「悲劇的喜劇的歴史的牧歌劇」(tragical-comical-historical-pastoral) とうそぶく。シバーの改作を読み解くと、カテゴリー概念の発達した新古典主義全盛の時代にあってなお、「歴史」(history) と「物語」(story) が弁別される以前の、シェイクスピア的な想像力の揺らぎがみえてくる。

また、構成の簡略化と焦点の先鋭化でいえば、行数はおよそ3分の2の約3,600行から約2,200行へ、幕場の数は全5幕25場から全5幕20場へと抑えられる。これらは登場人物と彼らの相関関係にも確実に及び、ヘンリー6世の妃マーガレットやエドワード4世、リチャードの次兄クラレンス公ジョージにヘイスティングス卿らの台詞が大胆に削除される。リチャードが登場する場は依然として15を数えるが、彼の台詞が劇全体に占める割合は約3割から約4割へと着実に増加する。これには、シバーが新たに書き加えた7つの台詞すなわち第2幕第1場と第2場、第3幕第1場と第2場、第4幕第3場、それに第5場第5場の独白が含まれる。つまり、シバー版『リチャード3世』とは、劇全体に占めるリチャードの台詞と上演中に彼を演じる俳優の舞台に立つ時間がいや増しになり、王座に就いてはたちまち失う急進的なリチャードを中心とした作品として強化され、リチャードの存在感ひいては主演俳優へ求める力量が存分に高められた改作劇だった。

V おわりに

シバーは、自ら改作劇上演を手がけた『リチャード3世』の序文で宣言する通り、印刷表記を区分することによって台詞選定の3段階すなわちシェイクスピアに忠実な箇所、変更および創作を施した箇所をそれぞれ明示する。イタリック体で記される箇所ひとつ取ってみて、シェイクスピア作品の本文がそのまま使用されるとして、必ずしも同じ作品の同じ幕場、同じ登場人物から、変更あるいは削除なしに、一語たりとも過不足なく使用されるとは限らない。そうかといって、本文からそのまま使用されることも、その逆も、どちらも決して少なくない。複数の登場人物に重複する台詞を整理して、最

第 10 章　舞台と書斎からみるシェイクスピア　　　　　　　　　　　　　199

も高い効果が期待できる人物だけに割り当てることもあれば、敢えてそのまま残すこともある。終始一貫した厳密な表記区分とは言い難いことを懸念してか、『桂冠詩人』を著した匿名の著者は、台詞と作品がつぎはぎだらけの「へぼ職人」（botcher）といういささか不名誉な称号をシバーに贈った（Anonymous 34-35）。しかし、彼が読み手の集中を妨げないほどの最小限にして最大限の区別で、シェイクスピア本来の台詞と自ら書いた台詞との相違を明確に示そうとする強い意思を持っていたことは間違いないだろう。

　また、『桂冠詩人』の著者は、副題「あるいはコリー・シバー氏の正の側面」とは裏腹に、辛辣な語り口でシバーの負の側面をあぶり出そうとするかにみえて、本作は上演すると良い作品だと高く評価する（Anonymous 36）。そこでいま一度、シバーと同時代においては、彼の改作劇の詩行そのものを批判する声はきわめて少なかったという事実を思い起こしてみる。印刷された紙面では、詩行が異なる表記方法でそこここに分断され、時に他のシェイクスピア作品やシバー自身の言葉と混じり合う。いうなれば言語的視覚的交錯がみられるとしても、劇場でそれらを聴いて、観て、想像力を働かせてみれば、シェイクスピアとの異同を感じさせない、構成力の高い作品として成立しうる。そうであるならば、先に挙げた称号は、文字通りの痛烈な批判というよりもむしろ優れた改作劇の作者への賛辞として捉えられるだろう。

　シェイクスピアの上演作品とはかつて台詞を頼りに「聴く」（hear the play）ものだった。それが観るもの、さらに読むものとして一気に受容を拡大していく長い 18 世紀において、シバーは改作劇初演の苦しみを味わいながらも、舞台と書斎を仲立ちする印刷形態つまり実際の上演用台本を刊行し、観客と読者の新しい傾向にかなり早い段階で見事に対応した。観客と読者、次世代の役者たちに支持される新しい時代のシェイクスピア劇の幕を開けたのだ。これこそまさに、実作者としても演じ手としても、シェイクスピア劇の様式を理解しようとする努力を惜しまず、ついには世紀を通じた改作劇の長期的な成功を用意したシバーの正の側面、功績といえよう。

図

Cibber, *RIII*（London: 1700）から転載する。左上 Cibber, *RIII* 7、右上 Cibber, *RIII* 8、左下 Cibber, *RIII* 51

注

1　本稿は、第55回シェイクスピア学会セミナー1「先人たちはシェイクスピアをどう読んできたのか」(2016年10月9日於慶應義塾大学三田キャンパス)における口頭発表を加筆修正したものである。
2　シバーによる改作版『リチャード3世』の引用および行数は全てスペンサー編に基づく。引用は松岡訳を先行訳として参照し、拙訳とする。

引用・参考文献

Anonymous. *The Laureat: or, the Right Side of Colley Cibber, Esq.; Containing Explanations, Amendments and Observations, On a Book Entitled, An Apology for the Life, and Writings of Mr. Colley Cibber*. London: 1740.

Caines, Michael. *Shakespeare & the Eighteenth Century*. Oxford: Oxford UP, 2013.

Colley, Scott. *Richard's Himself Again: A Stage History of Richard III*. New York: Greenwood P, 1992.

Cibber, Colley. *An Apology for the Life of Mr. Colley Cibber Written by Himself*. Ed. Robert W. Lowe. 2 vols. New York: AMS P, 1966.

——. *The Tragical History of King Richard III*. London: 1700.

——. *The Tragical History of King Richard III (1700)*. *Five Restoration Adaptations of Shakespeare*. Ed. Christopher Spencer. Urbana: U of Illinois P, 1965.

Gildon, Charles. "Remarks on the Plays of Shakespeare." *William Shakespeare: The Critical Heritage*. Ed. Brian Vickers. Vol.2. Oxford: Routledge, 2009.

Kalson, Albert E. "The Chronicles in Cibber's *Richard III*." *Studies in English Literature, 1500-1900* 3.2 (1963): 253-267.

Merians, Linda E. "Colley Cibber (6 November 1671-11 December 1757)." *Restoration and Eighteenth-Century Dramatists: Second Series*. Ed. Paula R. Backscheider. Vol. 84. Detroit: Gale, 1989.

Milhouse, Judith, and Robert D. Hume. "The Silencing of Drury Lane in 1709." *Theatre Journal* 32.4 (1980): 427-447.

Nicholson, Watson, ed. *Anthony Aston: Stroller and Adventurer: to Which is Appended Aston's Brief Supplement to Colley Cibber's Lives; and A Sketch of the Life of Anthony Aston, Written by Himself*. Michigan: Published by the author, 1920.

Ritchie, Fiona, and Peter Sabor, eds. *Shakespeare in the Eighteenth Century*. Cambridge: Cambridge UP, 2012.

Ross, Robert H. Jr. "Samuel Sandford: Villain from Necessity." *PMLA* 76.4 (1961): 367-372.

Shakespeare, William. *King Richard III*. Ed. Anthony Hammond. London: Cengage Learning, 2007.

――. *King Richard III*. Ed. James R. Siemon. London: Bloomsbury Publishing, 2009.

――. *William Shakespeare Complete Works*. Eds. Jonathan Bate and Eric Rasmussen. London: Macmillan, 2008.

Swindells, Julia, and David Francis Taylor, eds. *The Oxford Handbook of the Georgian Theatre, 1737-1832*. Oxford: Oxford UP, 2014.

Viator, Timothy J., and William J. Burling, eds. *The Plays of Colley Cibber*. 2 vols. Madison: Farleigh Dickinson UP, 2001.

Walpole, Horace. *Historic Doubts on the Life and Reign of Richard the Third*. London: 1768.

Williams, Anne. "Reading Walpole Reading Shakespeare." *Shakespearean Gothic*. Ed. Christy Desmet and Anne Williams. Cardiff: U of Wales P, 2009, 13-36.

伊藤優子「書斎の中のシェイクスピア」『シェイクスピアの広がる世界 時代・媒体を超えて「見る」テクスト』冬木ひろみ・本山哲人編著，彩流社，2011 年，115-132.

――「*Notes by Horace Walpole on Several Characters of Shakespeare* の出版」『日本ジョンソン協会年報』日本ジョンソン協会，2015 年 7 月，1-4.

シェイクスピア『ヘンリー六世 全三部』松岡和子訳，筑摩書房，2009 年．

――『リチャード 3 世』松岡和子訳，筑摩書房，2010 年．

第 11 章

古代近代論争におけるスウィフトの
ハイドロロジカル (hydrological) な風刺 [1]

下 川 舞 子

I 古代の知的遺産の象徴たる霊泉ヒッポクレーネー

　ジョナサン・スウィフト (Jonathan Swift, 1667-1745) の『桶物語』(*A Tale of a Tub*, 1704) には、人間を狂気に陥らせる架空の病理学が登場する。下半身から発した蒸気が体内を上り、脳に到達する事によって狂気をもたらすとするその理論には、人体と自然が相似の構造を持つとするミクロコスモス的アナロジーによって蒸発と降水という気象学的な描写が付与され、水循環と同等のスケールを持つイメージにまで次第に拡張されていく。スウィフトの諷刺が当時の自然哲学に対する豊富な言及で満ちている事は、数多くの先行研究によってこれまで明らかにされている。中でもこの蒸気のイメージを扱った近年の主な批評には、フランク・ボイル (Frank Boyle) の『ネメシスとしてのスウィフト』(*Swift as Nemesis: Modernity and its Satirist*, 2010) や、グレゴリー・リノール (Gregory Lynall) による『スウィフトと科学』(*Swift and Science: The Satire, Politics, and Theology of Natural Knowledge, 1690-1730*, 2012) などがあり、前者はこの表象をアイザック・ニュートン (Isaac Newton, 1642-1727) による蒸気についての考察と密接に関連づけて分析し (Boyle 130)、後者はロバート・ボイル (Robert Boyle, 1627-1691) による機械論的人体観のカリカチュアとして論じている (Lynall 39-49)。しかし『桶物語』出版直前である 17 世紀後半という時代が、科学史に

おいて水循環理論が革新的な変化を迎えた時期でもある事に焦点を当てた批評は存在しない。また前近代の英文学における水循環の表象を扱った批評には、ドナルド・ディクソン（Donald R. Dickson）の『生ける水の泉』（*The Fountain of Living Waters: The Typology of life in Herbert, Vaughan, and Traherne*, 1987）が存在するが、これは死と救済を表す神学的象徴としての水循環イメージの分析を行った論文であり、当時の水循環論に関する科学的議論の膾炙と文学とを接続する批評が豊富であるとは言い難い。本論はスウィフトが『桶物語』内で用いたハイドロロジカルなイメージ、すなわち、同時代に急激な進展を遂げた水文学における水循環論の動向及び特徴をつぶさに写し取った表象を分析する事によって、その諷刺の働きを明らかにする。

　スウィフトの『書物戦争』（*The Battle of the Books*）は、宗教諷刺を主眼とする『桶物語』と同じ書物に収録され、1704年に出版された諷刺作品である。彼が古代近代論争、すなわち、古代と近代の学問は一体どちらが優れているかという議論へと本格的に参入したのは、この『書物戦争』の発表をもってであると言えよう。『書物戦争』は、古代人が住まうパルナッソス（Parnassus）の最も高き峰に対する居住権を巡る諍いを契機として、古代人及び古代優越論者と、近代人との間に勃発した戦争を書き記した架空の戦記という体裁を取っており、近代を代表する学者らが古代軍に完膚なきまでに打ち負かされる描写には、スウィフトの舌鋒の威力が遺憾なく発揮されている。しかし本稿では、この『書物戦争』において重要な役割を果たす霊泉ヒッポクレーネー（Hippocrene）のイメージと、語り手が狂気と蒸気の因果関係について持論を述べる『桶物語』第9章とを比較分析する事によって、古代近代論争におけるスウィフトのハイドロロジカルな風刺の対象が近代的堕落に限定されてはいない事を示したい。『桶物語』における水を用いたイメージについては、『ネメシスとしてのスウィフト』の著者であるボイルが近代自然哲学者らによる論との比較分析を行っている。ボイルは、ニュートンが自然界において人の手を借りずとも循環し続ける蒸気を観察すると共に、ミクロコスモスたる人体における蒸気の循環にも思索を巡らせ、そこに「神の偉大な設計」（"the grand design of the Creator"）が存在する証を読

み取ろうとしていた事を指摘する。そしてスウィフトは、そんな彼らを「世界が微細な物体、微粒子、または蒸気で構成され、神がその完璧な設計者、もしくは原初の調合師であるような宗教の創始者[2]」であると見なしていた(Boyle 143)。ボイルによれば、体内蒸気が循環し人間に狂気をもたらす『桶物語』第9章の架空理論とは、自然の普遍的システムを探求する事が信仰の強化につながると自負するこのような自然哲学者らのパロディなのである。ボイル同様に、本論も近代自然哲学と密接に関連づけて一連のハイドロロジカルなイメージを分析するが、ボイルが読み取るのは近代自然哲学への一方向的諷刺であるのに対し、ここでは最終的にこれを古代近代論争全体へと及ぶ諷刺として読むことを試みる。

　古代優越論者に対するスウィフトの肩入れの理由について理解するには、彼が1699年まで個人秘書として仕えたウィリアム・テンプル（William Temple, 1628-99）がこの論争において果たした役割を把握する事が必要不可欠だ。17世紀後半のフランスに端を発する古代近代論争が、英国でスウィフトらを巻き込む一大論戦へと発展したきっかけは、テンプルが『古代及び近代の学問についての小論』（*An Essay upon the Ancient and Modern Learning*, 1690）内で、イソップ寓話とファラリス書簡（The Epistles of Phalaris）を人類史上最も古い書物の例として挙げつつ、近代学問のめざましい発展を信奉する進歩主義的歴史観に疑問を呈した事であった。これに対しウィリアム・ウォットン（William Wotton, 1666-1727）は、1694年に発表した『古代と近代の学問に関する考察』（*Reflections upon Ancient and Modern Learning*）の全編を通して、古代の優越を説くテンプルの歴史観に反駁した。そればかりか、1697年に出版された『考察』の第二版には、ファラリス書簡が後世に書かれた偽書である事をテクスト分析によって示した古典学者リチャード・ベントレー（Richard Bentley, 1662-1742）の『ファラリス書簡に関する論文』（*A Dissertation upon the Epistles of Phalaris*）を収録し、二人とテンプルとの対立構造は一層強化されたのである。ベントレーらの古典文献に対するアプローチは、古典教育を施され、古典テクストへの占有的アクセス権を有していたエリートの権威を脅かすものであった。

スウィフトのパトロンであるテンプルに真っ向から挑んだこの所行によって、ベントレー及びウォットンは『書物戦争』において近代軍の総大将の座に据えられ、スウィフトの諷刺の集中砲火を浴びる事となったのである。

　スウィフトは『書物戦争』において古代優越論者を率いる大将の座にテンプルを据えたのみならず、古代に培われた知識の総体を擬えるのにテンプルが『小論』内で用いた比喩を再利用した。『小論』においてテンプルは、コペルニクス (Nicolaus Copernicus, 1473-1543) 及びウィリアム・ハーヴェイ (William Harvey, 1578-1657) の発見に限定的な価値を認めつつ、両者のオリジナリティ、その真偽にも多大な議論の余地が残る事を指摘している。

> 古代に匹敵する新たな発見が天文学にあるとすれば、せいぜい地動説しかなく、医学に関しても似たようなもので、ハーヴェイの血液循環論程度だ。しかしこれらが近代の発見であるのか、それとも古き泉 ("old fountain") から引き出されたものなのかについては議論の余地が存在する。いや、そもそもそれらが本当に真実なのかについてすら、そうであるのだ。(Temple 25)

古代の知的遺産を表すのにテンプルがここで用いた「古き泉」のイメージが、『書物戦争』のクライマックスにおいてベントレー及びウォットンが討ち死にする直前のシーンの舞台として具象化されている。

> ウォットンは、人間の言葉でヘリコン ("Helicon") と呼ばれる泉から流れる小川にたどり着いた。ここで彼は足を止め、からからに乾いた喉を、その透き通った流れで潤そうと考えた。三回手で水をくみ上げようと試みたが、水は三度とも全て指の間をこぼれ落ちていく。そこで次にウォットンは腹ばいに伏せたが、その口が水晶のごとき流れに触れる前にアポロが駆けつけ、泉とこの近代人の間を遮るよう小川に楯を突き立てたので、ウォットンの口が吸い上げるのは泥だけだった。
>
> [Wotton] arrived at a small rivulet that issued from a fountain hard by, called in the language of mortal men, Helicon. Here he stopped, and parched with thirst resolved to allay it in this limpid stream. Thrice with profane hands he essayed to raise the water to his lips, and thrice it

slipped all through his fingers. Then he stooped prone on his breast, but ere his mouth had kissed the liquid crystal, Apollo came and in the channel held his shield betwixt the Modern and the fountain, so that he drew up nothing but mud. (123)

ここでは泉自体がヘリコンと呼ばれているが、ヘリコンは本来アポロが住むとされるギリシャの山の名前であり、そこには人間に霊感を授ける泉、霊泉ヒッポクレーネーがあるとされた。古代に対する近代の優越を主張するウォットンら近代優越論者は、その古代に対する不敬故に、ヒッポクレーネーの水を飲む事が許されないのである。この後ウォットンは泉のほとりで水を飲むテンプルの姿を発見し、彼を討ち取って手柄を立てるべく彼を目掛けて槍を投げる。しかしこの槍はテンプルを逸れて落ちた事で泉を汚し、それに激怒した古代軍の守護神アポロの命によって、ウォットンは戦友ベントレー共々壮絶な最期を迎えることになるのである。

　霊泉ヒッポクレーネーは、スウィフトが後に書いた『詩の発展』(The Progress of Poetry, 1720) と題する短い詩にも登場している。この詩においては、酒と美食で肥えた詩人と、食うや食わずの貧しい詩人が対比され、現世的な欲望に身を任せていては詩が書ける筈もない、という詩作の心得が説かれる。「飲むのはヒッポクレーネーの水ばかり」(Complete Poems 196; l. 32) である真の詩人の肉体はやがて痩せて軽くなり、スウィフトらにとって近代における粗悪な出版物の量産を象徴する地であったグラブ・ストリート (Grub-street) を眼下に見下ろしながら、蒸気のように舞い上がって ("up he rise like a vapour") 詩を紡ぐのである (l. 43)。『詩の発展』におけるヒッポクレーネーには、霊感の源として名高い古代の泉に対するスウィフトの崇敬が反映されていると言える。『書物戦争』における「ヘリコンと呼ばれる泉から流れる川」は、近代学問における発見は所詮古代からの借り物に過ぎないという持論を託すのにテンプルが『小論』で用いた「古き泉」のイメージを、詩神アポロ所縁の聖地としてスウィフトが肉付けしたものであり、それ故に古代優越論者が勝利を収める決戦の舞台としてふさわしい。

『書物戦争』におけるヒッポクレーネーの水は、アポロのみならず、主神ユピテルの計らいによっても近代人から守られている。

> というのも、ヘリコンの清さに太刀打ち出来る泉は地上にないものの、その水底には厚く泥と粘土が堆積していたからである。これは罰当たりな唇でその水を味わおうとする者に対する仕置、また人があまりに深くから水を吸い上げたり、水源から離れて飲んだりしないための教訓となっており、斯くあれとアポロがユピテルに請願したのだ。(123)

水源からあまりに遠く、或いはあまりに深くから水を汲もうとすれば無価値な泥を啜らざるを得ないこの川は、フランシス・ベーコン (Francis Bacon, 1561-1626) が『大革新』(*The Great Instauration*, 1620) 序文において、時を川に準える比喩と好対照をなしている。ベーコンは「時は川のようなもので、我々に軽く膨らんだものしか運んで来ず、重く中身の詰まったものは沈んでしまう」(*The Philosophical Works of Francis Bacon* 244) と記した。重要な事柄こそ時の流れに埋没し、後世には伝わらないと述べる事によって、古典教養に偏重する事の危険性を訴えたのである。水源もしくは上流を古代、下流を近代と位置づける点においては、ベーコンの川も『書物戦争』の川も同様だ。しかし後者の川は近代批判を意図した諷刺であるが故に、その矛先は、ベントレーのような近代的注釈学者の古典テクストに対するアプローチに向かっている。テンプルのような古典教育を受けたエリートらがテイスト (taste) でもって古典の精髄を味わうのとは異なり、ベントレーらが実践するテクスト読解とは、些事に拘泥しているという点で、川の深みに頭を突っ込み泥を啜るも同然の行為であるという訳である。『書物戦争』におけるヒッポクレーネーは、古代優越論者の「近代学問的な源泉たる古代」というイメージを具象化しつつ、ベーコンが『大革新』で用いた比喩をも正反対の警句としてアレンジし、反映させているのだ。

　古代優越論が古代の知的遺産に対する近代の借りを強調する一方、近代優越論者は逆説的なレトリックで近代の優越を訴えた。『書物戦争』冒頭には、

次のような近代人の主張が提示されている。

> 近代人は … 近代人の方が古代人よりも余程古い事が … これほど明白であるにもかかわらず、如何にして古代人が自らの事を古いなどと主張出来たものか、まるで理解が出来ないといった風であった。自分たちが古代人に対して負っている恩義に関しては、その一切を認めなかった。
> These [Moderns] … seemed very much to wonder how the Ancients could pretend to insist upon their antiquity, when it was so plain … that the Moderns were much the more *ancient* of the two. As for any obligations they owed to the Ancients, they renounced them all. (110)

『書物戦争』の編者であるアンガス・ロス（Angus Ross）は、この近代人の主張の「パラドクス（"paradox"）」がベーコンの『学問の進歩』(*The Advancement of Learning*, 1605) 内の「世界が年齢を経た、今の時代こそ古い時代なのだ（"These times are the ancient times, when the world is ancient"）」(*Works* 58) を反映している事を注釈において示唆している (*Tale* 219-20)。このような逆説を用いたのはベーコンだけでなく、『書物戦争』に近代軍として登場するリチャード・ブラックモア（Richard Blackmore, 1654-1729）もまた、1725年の『脾臓についての批評論文』(*A Critical Dissertation upon the Spleen*) で「近代人は … 年長の熟練者、古代人は見習いと見なされるべき (The Moderns therefore must be … accounted the Fathers, and the Ancients the Novices)」と述べており (*Treatise* iv)、このようなレトリックが近代学問の進歩を強調する論者らに広く用いられていた事実が見て取れる。『書物戦争』冒頭における近代人の主張は、この近代優越論者のパラドクスを戯画化したものであり、近代優越論側の恩知らずさ、その主張の支離滅裂さを強調する効果を奏しているのだ。

　『書物戦争』を貫いているのは、古代の知的遺産こそ近代学問の起源であって、近代に実りをもたらしたのだという古代優越論の主張であり、霊泉ヒッポクレーネーはそれを最も端的に、視覚に訴える形で表していると言える。しかし『桶物語』に目を転じれば、古代優越論の代弁者とも言うべき役

割を果たすヒッポクレーネーとは趣を異にする、別のハイドロロジカルなイメージを用いた風刺がそこには登場している。しかし『桶物語』第9章の分析へと移る前に、まず17世紀以前の自然哲学における二つの循環論、水循環論および血液循環論の動向を追わなければならない。

II　前近代における水循環論の転換

　ジェイミー・リントン（Jamie Linton）は著書『水とは何か？』(*What is Water? A History of Modern Abstraction*, 2010) において、水循環についての標準的な科学史の叙述を概観している (Linton 111-119)。リントンによれば、水循環の実態解明について記す多くの歴史家は、ペロー（Pierre Perrault, 1611[?]-80）、マリオット（Edme Mariotte, c.1620-84）、ハレー（Edmond Halley, 1656-1742）ら17世紀半の科学者による業績を重要な科学史上の転換点と見なす。川を下り海へと流れ込んだ水は地中の水路を通って泉までくみ上げられるとする従来の定説は、彼らの研究を起点として、雨によってもたらされる水量で湧き水は十分まかなわれるとする現代的な水循環モデルに徐々にではあるが置き換えられていく事となる。このように水循環についての科学史を要約した一方で、リントンは別の着眼点から語られる水循環の歴史をも紹介している。それは地理学者イーフー・トゥアン（Yi-fu Tuan）が1968年に著した『水循環と神の叡智』(*The Hydrologic Cycle and the Wisdom of God*) に代表されるナラティブであり、そこでは水循環に対する人間の知識が増進し正確になっていく過程のみを追うのではなく、水循環というメカニズムを通して自然を設計した造物主の意図を見出そうとした博物学者ジョン・レイ（John Ray, 1627-1705）のような、神学的・目的論的アプローチに分析の重点が置かれている。水循環の実態についての正確な知識の増進にのみ注目してきた科学史と、トゥアンが提示した水循環という概念やその受容についての文化史は、「互いへの言及が非常に乏しく、ほとんど重なり合う事がなかった」(Linton 108)。しかし本論では科学史において水循環の理論を発展させた立役者の一人であるハレーの論文と、スウィフト

のテクストとを比較分析し、水循環論に関する当時の議論の発展が後者に如何に反映されているかを読み込む事を試みる。

　まずは標準的科学史のナラティブに沿って、17世紀以降における水循環論が従来の説とどのような点において異なるかを簡略にまとめる事としたい。ここでは、近代にまで絶大な影響を残したアリストテレス（Aristotle）の『気象論』（*Meteorology*）及び、17世紀終盤にハレーがロンドン王立協会の定期刊行物に掲載した論文に焦点を絞る。

　17世紀に至るまで、大海へと下った水は何らかの方法で地中を経由して川の源へと戻っていくという推論が主流であった。アリストテレスは『気象学』において、当時一定の影響力を持っていた「雨と川の水は、地下の巨大な貯水槽へ流れ込み、そこが川の源となっている」という説を退けた。地上の至る所で一年中流れる水を収められるような容器を考えれば、それは地球そのものにも等しい大きさになってしまう筈だ、と彼は述べている。アリストテレスが地中湖の代わりに想定したのは地中水路であり、上空で起きる蒸発を引き合いに出しつつ、川の源について「地上において、蒸気を含んだ空気が冷気によって水へと凝縮されると考えるならば、地中についても同様に考えねばならない」（Aristotle 570）という推論を出した。太陽が地球の周りを動く事によって蒸発した水が、空中で冷え、再び水となって降る、このような蒸発―降雨のプロセス自体は、当時から想定されていた。アリストテレスは、この凝結のプロセスが地中でも生じ、それが水源となる地表の一点に向かって上がっていると考えたのである。また彼は、山こそが川の起源であるとも推測している。「水源は山々から流れ出すものだ、という事が観察されており、最も大きな山からは最も数多く、最も大きな川が流れるのである」。スポンジのように降ってきた雨を貯蔵し、霧を冷却して、再び水に変える場所であるが故に、山は川の源なのであると彼は考えたのだ。

　17世紀半ばの転換期に至るまで、アリストテレスの提唱した水循環論が強力なモデルとして長く存続した事は、ミルトン（John Milton, 1608-74）の『失楽園』（*Paradise Lost*, 1667）における描写にも見て取れる。「神は庭の土台として、急流の上に高くそびえる山を投げた。川は、山の穏やかな乾き

によって、海綿状の大地の中、水脈を通して吸い上げられ、泉として湧き出た」("God had thrown/That mountain as his garden-mould high raised/Upon the rapid current, which, through veins/Of porous earth with kindly thirst up-drawn,/Rose a fresh fountain") (*PL* 4.223-28) とあるように、地中の水が山中を吸い上げられていくというイメージが用いられた。

　17世紀半ばに地中水路による水循環モデルからの脱却の契機をもたらしたペロー、マリオット、ハレーらの業績に共通する特徴は、蒸気、或いは雨による降水の重要性を強調したこと、またそれを示すのに、実験や計量といった手段を用いた事である。ここではハレーが1686年に発表した論文、『海から発する湿った蒸気の循環、及び泉の起源に関する報告』("An Account of the Circulation of the Watry Vapours of the Sea, and of the Cause of Springs") を分析し、彼の説において蒸気が果たす役割の大きさを確認する。ハレーは王立協会の会員らを前にして行った水の蒸発量を計測する実験から、海で日々発生する蒸気の量が膨大である事を計算によって導き出し、その蒸気が一体どのようにして水源へと還元されているのか、その説明をここで試みている。この『報告』を支えているのは、彼が天体観測のためとある山頂にいた際、観測の妨げになるほどに、びっしりと露が眼鏡に付いたという体験であった。ハレーは、冷えた大気の中、高くそびえる山が蒸留器の役割を果たし、その山の空洞にたまった水が下へ流れ、湧き出たものが泉、そこから流れ出るものが川である、と結論づける。ここで着目すべき点は、アリストテレス同様、彼も山こそが川の源となると考察している点である。「川の大きさ、或いはその水量は、その源となる山の長さと高さに比例する」("the Magnitude of a River, or the Quantity of Water it Evacuates is proportionable to the length and height of the Ridges from whence its Fountains arise") (Halley 471) と述べている箇所は、アリストテレスの『気象論』における叙述と酷似している。山中の土を通して泉へと水が吸い上げられるという水循環モデルから脱却しつつある時代となっても、山の規模の大きさが水量の豊かさに直結すると考える説自体は、形を変えて根強く影響を残していた事が伺える。『書物戦争』冒頭で描かれた「古代人の住ま

う最も高い山」もまた、古代学問が近代人の未だ到達していない高峰である事を示すと同時に、その知識が山から発する大河の如く、豊かで実りをもたらすものである事をも強く印象づけるイメージだったであろう事は想像に難くない。またハレーの『報告』で興味深い点は、彼が目的論的叙述やミクロコスモス的アナロジーをも用いている事である。

> 人と獣のために、山が真水を供給する蒸留器として役割を果たすように、山は大陸の中央に配置されている。また、川がマクロコスモスにおける数多くの血管のごとく、緩やかに流れくだって、より創造物の役に立つように、傾斜が存在している。(473)

現代一般に受容されている科学史において、近代科学を特徴付けるのは、実験や計量による裏付けを重んじる姿勢であるとされる。しかしハレーが用いたこれらの表現からは、山が人類をはじめとした被創造物に奉仕するよう「設計」されている事を見出そうとする、近代自然哲学者らの試みが読み取れるのである。

III　血液循環論

　続いて、水循環論の洗練期に先だってヨーロッパの自然哲学に登場した、もう一つの循環論に目を転じる。これこそテンプルが『小論』の中で揶揄したウィリアム・ハーヴェイ（William Harvey, 1578-1657）による血液循環論、1628 年の『動物の心臓ならびに血液の運動に関する解剖学的研究』（*On the Motion of Heart and Blood*）だ。当然ながらスウィフトはハーヴェイをも近代軍の戦士として『書物戦争』に登場させており、戦半ばで負傷し退場していく彼の描写を挿入している。ハーヴェイは論文内で血管の圧迫実験や、一定時間に心臓が送り出す血液量の観察結果を示し、そこから血液は循環しているという結論を導いた。

　しかしハーヴェイは同時にアリストテレスからも多大な影響を受けてお

り、その点は「科学革命」という言葉を広めたバターフィールド (Herbert Butterfield) による 1957 年の『近代科学の誕生』(*The Origin of Modern Science*) をはじめとした先行研究の数々によって、早くから指摘されてきた。ハーヴェイはアリストテレスの論じた水循環論を引用し、自らが発見した血液循環運動はミクロコスモスにおけるその相似形なのだと述べる事で、持論の説得力を増す事を試みている。

> アリストテレスが、空気と雨は天体を真似て循環運動を行う、と述べたのと同様に、我々もこの血液の動きを循環と呼ぶ事が出来る。湿った大地は太陽に暖められて蒸気を放ち、蒸気は上空に運ばれた後、凝縮した形態で雨となって再び落ち、大地を再び湿らせる、と彼は書いた… これが体内で血液の動きについても十分起こりうるのである。
> We have as much right to call this movement of the blood circular as Aristotle had to say that the air and rain emulate the circular movement of the heavenly bodies. The moist earth, he wrote, is warmed by the sun and gives off vapours which condense as they are carried up aloft and in their condensed form fall again as rain and remoisten the earth … It may very well happen thus in the body with the movement of the blood. (58-9)

水循環と血液循環が相似の関係にあるというレトリックは、ハーヴェイのみならず、彼の新たな説を支持する自然哲学者によっても用いられた。アレン・ディバス (Allen Debus) は 1965 年出版の『英国のパラケルスス主義者』(*The English Paracelsians*) において、ハーヴェイの医師仲間であるロバート・フラッド (Robert Fludd, 1574-1637) について以下のように述べている。

> フラッドは、太陽が日々円を描いて地球の周りをまわることによって、風にも循環運動を伝える、と論じた。そして循環運動を伴うこの風が人体に吸入され、生命精気が心臓に達し、神聖なる円環を真似ながら、循環運動によって身体中を運ばれる、と考えたのである。(Debus 116)

フラッドは、ハーヴェイの循環論に対して最初に支持を表明し、共に解剖に立ち会った経験もある近しい仲間であったが、彼の循環論に対する信念も、太陽によって引き起こされる水循環を引き合いに出す、ミクロコスモス的アナロジーによって支えられていた。ここまで、水循環論と血液循環論の双方に古代の知的遺産が依然として影響を及ぼし、またこの二つの循環論は、ミクロコスモスというアナロジーによって、密接に関わり合う事を確認してきた。ここで、スウィフトの『桶物語』の分析へと戻る事としたい。

IV 『桶物語』における狂気の水循環

『桶物語』第9章の語り手は、人類史上の重大な出来事の原因となっているのは、必ず狂気であると持論を述べる。そしてその狂気の原因を、「人体の下層部分から立ちのぼる蒸気が一面に広がり、混乱した脳」(brain ... troubled and overspread by vapours ascending from the lower faculties) (82) にあるとした。更に語り手はここでミクロコスモス的アナロジーを用い、この体内蒸気と気象現象の蒸気とを重ね合わせる。

>　どこで炎が焚かれたかなどは、蒸気が脳へと上がりさえすれば、何ら重要な事ではない。というのも人間の上層部は、大気の中間領域と同様に構成されているからで、まるで異なる原因から生じた物質は、最終的に同じ性質と効果を生むのだ。大地からは霧が立ちのぼり、肥やしの山からは靄が、海からは蒸発物が、そして火からは煙が上がる。だが空の雲は全て、その構成も、もたらすものも同じであり、便器からあがる煙も、祭壇の香炉からあがる煙同様、心地よく有益な蒸気を供給するのである。雨が降るのは必ず自然の表が覆われ、乱されている時であるように、脳に位置する人間の知性も、創造力を潤し実りをもたらすには、人間の下層部から立ちのぼる蒸気によって、かき乱されなければならないのだ。
>
>　[I]t is of no import where the fire was kindled if the vapour has once got up into the brain. For the upper region of man is furnished like the middle region of the air: the materials are formed from causes of the widest difference, yet produce at last the same substance and effect. Mists

arise from the earth, steams from dunghills, exhalations from the sea, and smoke from fire; yet all clouds are the same in composition as well as consequences, and the fumes issuing from a jakes will furnish as comely and useful a vapour as incense from altar ... as the face of nature never produces rain but when it is overcast and disturbed, so human understanding, seated in the brain, must be troubled and overspread by vapours ascending from the lower faculties to water invention, and render it fruitful. (78)

　この狂気を生む蒸気は、体内において循環運動を行っている事が示唆されている。語り手は、頭に蒸気が上がった結果として各地を攻めてまわっていたが、突如侵略行為から手を引いたある英雄の例を持ち出すが、それも人体を「常に巡り続ける」("being in perpetual circulation") という性質を持つ蒸気が、脳から他の部位へと移ったからであると説明している。

　更に語り手は、この狂気の循環システムが個人の体内においてのみ働いているのではなく、人類史全体にまでその流れを及ぼしている事を示唆する。「あらゆる時代に豊穣をもたらす、このような流れを絶えず注ぎこんできた熱狂の泉をのぞき込む者はみな、水源がその流れ同様、かき回され泥だらけなのを目の当たりにするだろう」(81)。この熱狂の泉は、水源から下流に至るまで泥に満ちている点で、底に泥こそ沈殿しているものの、全体として澄んだ流れのヒッポクレーネーとは対照を成している。しかし蒸気 - 雲 - 雨 - 泉 - 川という一連のハイドロロジカルな循環を完成させ、近代自然哲学者が論文を発表する際に用いたようなディテールを付加している点で、この狂気の水循環は遥かに鮮烈なイメージを喚起するのだ。『書物戦争』においてスウィフトが用いたハイドロロジカルなイメージは、古代を水源として、また近代をその恩恵にあやかる下流と規定する、一方向的な風刺の舞台装置にとどまっていた。しかし『桶物語』の風刺は、近代自然哲学が著しく発展させた「循環論」というモチーフを取り入れた事によって、古代優越論者が「古代こそ近代学問の起源である」と位置付けるために用いてきたそのレトリックを揺るがすのである。

第11章 古代近代論争におけるスウィフトのハイドロロジカル (hydrological) な風刺　217

　ヒッポクレーネーのイメージは、その守護者であるアポロに関わる諷刺によっても蝕まれる。八章には、風を信奉する風信者が登場し、ふいごなどを用いて人体に風を詰め込む、という方法で学問知識や霊感を蓄えようと試みる、彼等の儀式が描かれる。無理矢理自分達の体内に溜め込んだ風と蒸気がせり上がり、彼らの表情が苦痛に歪む有様もまた、「人間の小宇宙に地震を起こす (74)」というミクロコスモス的表現で表されている。そして、女性神官を崇める風信者たちの風習について、語り手はこのように述べるのだ。

> 　風信者達の儀式は、地下からの特殊な風の放出によって霊感を得る、古代の他の儀式と全く同じように映る....。...そしてその儀式は、その内臓が神託を含んだ風を入れるのにより適した配置であると考えられた、女性神官によって執り行われた....。... さて、ここで述べられた制度が、完全に近代人の手によって作り上げられたのか、それとも何人かの書き手が信じるように、むしろデルフォスの起源に倣い、時代と環境に応じて、追加と手直しを加えられたものなのか、それを私がここで断言する事はよそう。
>
> 　[The rites of the Aeolists] appears exactly the same with that of other ancient oracles whose inspirations were owing to certain subterraneous *effluviums* of *wind* ... these were frequently managed and directed by *female* officers, whose organs were understood to be better disposed for the admission of those oracular gusts .... Now, whether the system here delivered was wholly compiled by [a Modern], or as some writers believe, rather copied from the original at Delphos, with certain additions and emendations suited to times and circumstances; I shall not absolutely determine. (75-7)

この記述は第一に、この風信者の儀式がアポロの神託を受けるデルフォイの巫女の卑猥なカリカチュアである事を明示しており、それによって『書物戦争』においてはヒッポクレーネーの威厳ある守護者であるアポロに陰を落としている。またデルフォスとはテンプルが『小論』内で用いた綴りであり、誤った綴りを用いた事についてウォットンから批判を受けた箇所でもあるのだ。そして、この荒唐無稽な近代の宗教儀式の起源が古代に存在する可能性

を語り手が仄めかすこの箇所は、近代学問における発展の起源を古代に求めようとする古代優越論の主張をも彷彿させる。同様の諷刺が第5章にも登場している。そこで近代優越論を弁護する側に立って、語り手は「ホメロスがコンパス、火薬、血液循環説の発明者である点については、寛大な心で譲歩し、認めよう」("We freely acknowledge him to be the inventor of the compass, of gunpowder, and the circulation of the blood") (62) と述べるのだ。近代の三大発明を、発明とは無縁な古代人の手柄として認めるこの度を越した譲歩に至って、『桶物語』の諷刺の矛先は近代優越論のみならず、人類史上の業績を巡って互いに諍う古代近代論争全体の滑稽さにまで及んでいると言える。

『書物戦争』におけるヒッポクレーネーは紛れもなく、古代こそ近代学問における進歩の起源である、という古代優越論者の主張のシンボルである。しかしスウィフトは、「近代学問の源泉たる古代」というクリシェをただ反復するだけではとどまらなかった。近代自然哲学における循環論の発展を踏まえた上で『桶物語』における狂気の泉を分析すれば、彼がハイドロロジカルなイメージを風刺に用いる際に、そのディテールをつぶさに反映していた事が読み取れる。

古代近代論争は、正統な古典テクスト読解とは何かという「文学的」側面と、「科学的」側面を併せ持つ論争であり、現在一般的に信じられている「文学」と「科学」との隔たりを投影すれば関係を見誤る程に、両者は密接に絡み合っている。テンプルに与して近代文献学者を揶揄すると同時に、近代自然哲学の発展が水循環のイメージに与えたインパクトをも如実に写し取るスウィフトのハイドロロジカルな諷刺は、この両者が交差する結節点から、古代近代論争全体へとその働きを及ぼしているのである。

注

1　本稿は、2016年7月2日（土）に行われた日本ジョンソン協会第49回大会において筆者が行った研究発表「ヒッポクレーネーはどこから湧くか？スウィフトの諷刺と循

環論」を元に、加筆修正を行ったものである。
2 本稿内の邦訳は拙訳による。必要に応じて、引用部全体もしくはキーワードに原文を付した。

引用文献

Aristotle. *The Complete Works of Aristotle.* The revised Oxford translation. Ed. Jonathan Barnes. Princeton: Princeton UP, 1985.

Bacon, Francis. *The Philosophical Works of Francis Bacon.* Ed. John M. Robertson. New York: Books for Libraries Press, 1970.

Blackmore, Richard. *A Treatise of the Spleen and Vapours, Or Hypocondriacal and Hysterical Affections: With Three Discourses on the Nature and Cure of the Cholik, Melancholy, and Palsies.* London: J. Pemberton, 1726. *Google Books Search.* Web. 4 Apr. 2016.

Boyle, Frank. *Swift as Nemesis: Modernity and its Satirist.* Stanford: Stanford UP, 2000.

Debus, Allen G. *The English Paracelsians.* London: Oldbourne, 1965.

Dickson, Donald R. *Fountain of Living Water: the typology of the waters of life in Herbert, Vaughan, and Traherne.* Columbia: University of Missouri Press, 1987.

Halley, Edmund. "An Account of the Circulation of the Watry Vapours of the Sea, and of the cause of Springs, Presented to the Royal Society." *Philosophical Transactions.* 16. (1686): 468-473.

Harvey, William. *The Circulation of the Blood and Other Writings.* Trans. Kenneth J. Franklin. London: Everyman Library, 1993.

Linton, Jamie. *What is Water? The History of a Modern Abstraction.* Vancouver: UBC Press, 2010.

Lynall, Gregory. *Swift and Science: The Satire, Politics, and Theology of Natural Knowledge, 1690-1730.* Basingstock: Palgrave Macmillan, 2012.

Milton, John. *Paradise Lost.* Ed. Stephen Orgel and Jonathan Goldberg. Oxford: Oxford UP, 2005.

Swift, Jonathan. *A Tale of a Tub and Other Works.* Ed. Angus Ross. Oxford: Oxford UP, 1999.

――. *The Complete Poems.* Ed. Pat Rogers. Penguin Classics, Harmondsworth: Penguin Books, 1989.

Temple, William. *Essays on Ancient and Modern Learning and on Poetry.* Ed.

Joel. E. Spingarn. Oxford: Clarendon Press, 1909.
Tuan, Yi-fu. *The Hydrologic Cycle and the Wisdom of God: A Theme in Geoteleology*. Toronto: University of Toronto Press, 1968.

[SYNOPSES]

Chapter 1

Japan in the Birth of the English Prose Fiction:
Psalmanazar, Defoe, and Swift

Noriyuki Harada

In spite of its seclusion policy from European influence from the middle of the seventeenth century to that of the nineteenth century, Japan shows its interesting reflection on some memorable scenes of eighteenth-century English literature. In particular, a few decades of early eighteenth-century England saw its remarkable appearances in well-read pieces of prose fiction. Focusing on George Psalmanazar's *An Historical and Geographical Description of Formosa* (1704), Daniel Defoe's *The Farther Adventures of Robinson Crusoe* (1719), and Jonathan Swift's *Gulliver's Travels* (1726), I examine here the details of the representation of Japan in each work and discuss the literary function by which each fiction can form its proper relationship with reality. In *Formosa*, Psalmanazar successfully gives a sense of reality to the fictitious description of Formosa, referring frequently to Japan whose history was only vaguely recognized among the common reader. Defoe, on the other hand, carefully leaves a detailed description of Japan in the hands of his "young Man" in *The Farther Adventures of Robinson Crusoe*, because the author did not have sufficient information about the country to create an elaborate fiction. Like Defoe, Swift, too, have only insufficient information about Japan, but he often mentions the country in *Gulliver's Travels*; in fact, we can say that Japan functions well in the development

221

of the story. The reason is that Swift uses the representation of Japan as an important knot between "several remote nations of the world" like Lilliput and Brobdingnag, and the reality that the reader and the author faced. From these examinations and discussions, we can clearly understand the role of the representation of Japan in the formation of the concept of fiction in early eighteenth century and this article shows the importance of the representation of Japan in the birth of the genre of English prose fiction.

Chapter 2

Populousness of China and Population Controversy:
Duplicity of China's Images in the Accounts of the First British Embassy to the Middle Kingdom

Hirotsugu Katoh

At the end of the eighteenth century Lord Macartney and his attendants were sent as the first British official mission to China for the extension of commerce between two countries. Macartney and some of his entourage left the records of their respective experiences during the mission to the Qing dynasty. One of the center pieces of their narratives is the populousness of China, population density of which was supposed to be a little more than twice as large as that of the early modern Britain. Why were they intrigued with Chinese population as typified by the comment from the ambassador Macartney: "the population everywhere in China is so vastly disproportionate to what we have been accustomed to observe in Europe"?

In Britain during the second half of the eighteenth century there was a heated controversy over a trend of population in England and Wales. Due to the sparse and poor data until the first census in 1801, the disputes about the rise or fall in population assumed a speculative trait. In the age typical of the mercantilism when the size of population was regarded as an index of nation's well-being, there were the various arguments about incentives for population growth, which were generally divided into something like binary opposition. One is the ideal that nostalgically advocates the simplicity in the agrarian society found in the Greek and Roman republics, and the other is the ideology that in a utilitarian way supports the prevalence of luxury in the modern commercial and manufacturing society. Eventually in the late eighteenth century the ideology championing utilitarian commercialism became dominant backed by the assertions about the expansion of population which were to be proved by the 1801 census.

The above-mentioned ideological discourses in the British population debate are reflected in the accounts by the members of mission. As if they were advocates for the agrarian virtue that is claimed to lead to the growth of population in the debates, they depict laudatorily the agriculture-based economy in China where the industrious Chinese people who are mostly small holders are reported to cultivate not only their fertile soils but also their barren ones to the best of their abilities. At the same time, they never forget to refer to the miserable conditions of the lower sort (that is assumed to account for more than half of the Chinese) who "must some way or another make shift to continue their race so far as to keep up their usual numbers" despite of "their scanty subsistence" as asserted by Adam Smith. Are their duplicitous descriptions concerning Chinese population relevant to the then current trend of population controversy mentioned above, or reflective of the way the ideal images of China were transfigured inversely in Britain in the second half of eighteenth century?

However that may be, their depictions foreground a disparity between "an expanding population" and "a stagnant production system centered exclusively on an agriculture" to borrow Alain Peyrefitte's expression; moreover, their representations about the poverty-stricken Chinese problematize the backwardness in the Middle Kingdom which was "inimical to the unquestioned values of a modern mercantile society" as David Porter puts it. Given such circumstances surrounding the negative aspects of Chinese population expansion exposed in their narratives, there seems to be little likelihood that the populousness of China was received as an ideal index of population growth.

Chapter 3

Influence of *Metamorphoses* on Tobias Smollett's *Humphry Clinker*

Hayashi Tomoyuki

This paper aims to evaluate Tobias Smollett's *The Expedition of Humphry Clinker* (1771), with its references to *Metamorphoses* by the Roman poet Ovid. The novel is composed of letters written by a Welsh family, who travel through Great Britain. In the paper, I place special emphasis on the relationship between the hero Bramble, his nephew Jery, and the title character Humphry Clinker.

First, I analyze Jery's quotation of Latin phrases from *Metamorphoses* Book 1. He quotes a phrase about floodwaters invoked by God, in

Hotwells on April 18 and again in Inverary, Scotland on August 28. By referring to the same motif twice, Jery builds a connection between the two places in south and north Britain.

Next, the word "metamorphose," which is derived from the title *Metamorphoses*, is frequently used in this novel. Here I focus on Clinker, who is "metamorphosed": first after being a vagrant, he becomes the loyal servant after joining the party. At last, he turns out to be Bramble's son.

Finally, the paper discusses another quotation in the text from *Metamorphoses* Book 13. It is about the quarrel between Odysseus and Ajax over the arms of Achilles. It is associated with the revelation of Clinker as the heir to Bramble's house. At first, Bramble, who seemed to be childless, introduces his nephew to British society as his successor. However, Clinker saves Bramble's life and turns out to be his child. The hero appoints Clinker as the heir to his house.

Jery, then, becomes independent from his uncle. While his uncle returns to his house with his child Clinker, he chooses to visit Bath. After losing his hopes of inheriting the house, Jery assumes his place in society from his uncle. Thus, in this paper, I illuminate their changing relationship, with references to Ovid's *Metamorphoses*.

Chapter 4

Female Gaze and Male Sensibility in *A Sentimental Journey*

Naoki Yoshida

The aim of this paper is to examine that Laurence Sterne's *A*

Sentimental Journey though France to Italy (1768) insists the significance of gender difference to recognize the realistic meaning of sensibility and, at the same time, paradoxically reveals the annihilation of the difference.

I start by examining the religious aspects of sensibility in *A Sentimental Journey*. In the second section, we see Sterne's insistence on the significance of Christian benevolence, whose effective use in society is the main topic of discussion among eighteenth-century moral philosophers. Sterne participates in this philosophical debate from his own religious and literary point of view. In Yorick's invocation of sensibility, we see two sides of pleasure and pain in his sentiment—the sensorium, a medium for connecting the secular with the religious, is quite significant for understanding the eighteenth-century debate on sensibility. The third section goes on to examine Yorick's failure to exert generous feelings toward the beggars and his need to divide himself into two, which gives him the chance to appreciate his former immature identity. Although he is mostly ashamed of his past self, he changes his negative profile into a positive one, from which he can gain sympathetic pleasure. Finally, the fourth section argues that Yorick's close observation of female sensibility makes his benevolence subject to moral criticism. It is quite difficult for him to maintain the balance between mental generosity and physical pleasure; however, by transposing himself into two characters—a female shopkeeper and Eugenius—he manages to become a spectator of his own behavior. Paradoxically, this creates a singular moment in which we realize the disappearance of Yorick's adherence to the gender difference in *A Sentimental Journey*.

Chapter 5

Barbauld's Anthropomorphic Mouse and Animal Welfare

Masae Kawatsu

Anna Letitia Barbauld's "The Mouse's Petition" addressed "To Doctor Priestley" in her *Poems* (1773) is one of the earliest texts about animal welfare in Britain. To reply to the reviewers of the first edition, Barbauld added in the third (1773), fourth (1774), and fifth (1776-77) editions of *Poems*, implying her intention of pleading to release a mouse from all night lengthy suffering rather than criticizing the inhumanity of the animal experimenter Joseph Priestley. A focus was on the animal's feelings, not the human's. Unlike most animal welfare texts of the late eighteenth century, the voice of Barbauld's anthropomorphic mouse, who claims to have a "brother's soul" (line 34), reveals an escape from anthropocentric humanitarian sentiment, and anticipates what modern ecocritics call "ecocentricism."

However, the reception of the poem was not the result she intended, probably because anthropomorphism was a familiar technique of fables like Aesop's to convey a moral. "The Mouse's Petition," initially for adult readers, was reprinted many times in anthologies and textbooks to inculcate children with the virtue of humanity. The earliest example is Thomas Percival's *Father's Instruction to His Children* (1776). He included Barbauld's poem, deleting her footnote, as one of "Moral Tales, Fables," and put it after "Cruelty in Experiments," a reading of the tale in which a father shows his son how to experiment on animals with "the emotion of humanity" (64). Percival thus managed to alter the poem's supposed readers from adults to children and to induce the latter to read this poem as a plea to humanity. Barbauld herself could not go against such a trend of using the poem for children's moral lessons. The 1792 version of the poem erased both the addressee and her intention which she expressed in the former editions' footnote consequently making it possible to be read allegorically. This 1792 version is a modern authorized text (ed. William McCarthy and Elizabeth Kraft, 1994).

Chapter 6

Sarah Fielding's *Countess of Dellwyn*:
Friends, Enemies and Refinement

Mika Suzuki

This piece examines representations of friendship with an attention to enemies, not overt enemies but hidden foes like Iago in literature in the eighteenth century. I suggest that writers think the nature of friendship has changed and that it is a challenge to describe it in fiction. It is a question of the ideal and the reality, the appearance and the truth, honesty and duplicity, credulity and manipulation; it is also about how discrepancy or deceit is figured out and how the society deals with it. Othello succumbed to the scheming man's manipulation to Desdemona's destruction and his ruin, making his whole story a tragedy, which his misplaced confidence invites. In contrast, observation on Iago-like hidden wickedness turns out to be social satire, not a tragedy, in, for example, Sarah Fielding's *The History of the Countess of Dellwyn* (1759). Her works show wonderfully astute capacity in observation of human nature and merciless satirical handling of the situation. What is important is the author's skills in observation and depiction. However, apart from the triumph of the author's writerly artistry, there are other purposes and goals that deserve closer attention. I have sought for clues in educational tracts and dependence on Shakespeare.

Despite eighteenth-century proliferation of profession of friendship and numerous exchanges of familiar letters, there is a perception that everyday world is too civilized and banal to nurture real friendship. To seek for examples of courage, generosity, gratitude and fidelity, they claim they have to go back to older chivalry and romance. One method to support modern literature as Sarah Fielding adopts, was occasional use of Shakespeare. And another solution was to accept estrangement between the ideal and the reality, trying to embrace them both in satire.

Chapter 7

Lovers' Vows and *The Natural Son* as Supplementary Readings for *Mansfield Park*

Hiroko Nakamura

In Jane Austen's *Mansfield Park*, young people enjoy themselves with a private theatrical production of Elizabeth Inchbald's *Lovers' Vows*. The novel and the drama are closely knit together, and critics have found many parallels between them. However, *Mansfield Park* considerably relies upon readers' prior knowledge to enable them to understand allusions to the drama. At the same time, the novel assumes some readers may have little or no knowledge of it; for the heroine herself is ignorant of the play at the beginning of the theatrical episode.

This paper explores how that knowledge affects understanding of *Mansfield Park* and how readers are encouraged to acquire the knowledge and reread the novel.

First, in order to understand the irony in the second paragraph of Volume 2 of *Mansfield Park,* readers should know not only the general plot of the drama but also its details, such as the words and postures of its characters. Second, Fanny in *Mansfield Park* and Agatha in *Lovers' Vows* show a number of similarities, and Maria in *Mansfield Park* may be based upon Wilhelmina (the original name of Agatha) in August von Kotzebue's *Das Kind der Liebe* (*The Natural Son*), the inspiration of *Lovers' Vows.* In short, Fanny and Maria are the two sides of Agatha (or Wilhelmina). Lastly, *Mansfield Park* invites readers to read *Lovers' Vows* and creates the necessity of then rereading the novel. Fanny has been ignorant of *Lovers' Vows* and reads it for the first time in the theatrical episode, and the novel shows readers how she reacts to the play, which can arouse readers' interest in *Lovers' Vows*. *Mansfield Park* waits to be reread with the knowledge of *Lovers' Vows* and *The Natural Son*, both highly recommended supplementary readings for *Mansfield Park*.

Chapter 8

Sentimental Imperialism:
Richard Cumberland, *The West Indian*

Kazuki Sasaki

Richard Cumberland's *The West Indian* (1771) is the most important work in his career and one of the most famous sentimental comedy in this era. But this paper explores this work not from the genre but from the viewpoint of ethnicity of characters.

Belcour, a hero in the main plot, is an orphan and a millionaire, who comes from Jamaica to London and is involved in many troubles and finally meets his real father and finds his true lover. The audience, watching what he does, almost continually laughs with tears. But from our viewpoint, this play represents the education of this creole to become a true English gentleman. Through his trials, Belcour, who comes from the colony, assimilates and internalize values of the British Empire.

Major O'Flaherty, another hero in the subplot, is a merry, wild and typical Stage Irishman. But he never speaks an Irish brogue, which is a derisive mark of his ethnicity. Besides, he teaches the temperate and restrained manner to the violent young men. In other words, he is an Irishman who has already internalized values of the British Empire and accordingly, his Irishness is diluted.

And Senegambia, the first Crown colony of South Africa, where heroine's father wants to serve again in the army, also suggests another ethnic minority, black slaves. Around 180,000 black people were transported from there over the Atlantic to the new continent during the eighteenth century. That is to say, at that time Senegambia was a name of place which symbolized the triangular trade, the ruthless system of exploitation.

In summary, this play intentionally represents the process of assimilation of two ethnic minorities to the Empire, and unintentionally reveals the brutal plunder of another ethnic minority by the Empire.

Chapter 9

Theoretical or Conjectural History in John Galt's *The Member* and *The Radical*

Kazumi Kanatsu

Improvement is the key word to read the political novels of John Galt, a Scottish writer who was remarkably prolific in the early nineteenth century Romantic period. As a Clydeside entrepreneur, Galt takes the central theme of British imperialism in his novels by describing Scottish rural life, which is disintegrated and corrupted under the pressure of improvement. In particular, *The Member* and *The Radical*, two of his political novels, are insightful of Galt's ambiguous and questioning attitude to the idea of progress promoted by the Scottish Enlightenment. Both novels were published at the near end of Galt's writing career, which is around the passing of the Reform Act of 1832. Published within a few months apart, these two novels present the main characters that are totally opposite in their social positions: Mr. Jobbry in *The Member*, a member of the pre-reform parliament, who purchases a seat in a rotten borough, and Nathan Butt in *The Radical*, a fanatic radical who ardently supports the parliamentary reform. The main interest of this paper lies in examining John Galt's two political novels, *The Member* and *The Radical*, and illustrating his changing thoughts on improvement. This is also an attempt to portray his trust of and subsequent disillusionment with history, or what is called "Theoretical or Conjectural History" of the Scottish Enlightenment and to clarify how Galt redefines the Scottish Enlightenment according to the changing cultural and intellectual circumstances from the Romantic to the Victorian periods.

Chapter 10

Shakespeare on Stages and on Pages
in the Long Eighteenth Century:
Colley Cibber's Adaptation *The Tragical History of King Richard III*

Yuko Ito

This article searches for the choices made by successors of William Shakespeare (1564-1616) both on various stages and on pages available to them, mainly for significant characteristics of *Richard III* (written in 1592-1593) from Colley Cibber's (1671-1757) point of view as both an actor and a playwright. In the long eighteenth century, the lengthy and revolutionary period from King Charles II (1630-1685) on his restoration to the throne in 1660 to Queen Victoria (1819-1901) at her enthronement in 1837, Shakespeare's *Richard III* was a highly controversial historical play among actors, playwrights, publishers, and historians. In 1699, the play in which Cibber doubled as a playwright and, as Richard, played the leading role for the first time at the Drury Lane Theatre, was one of the most outstanding of Shakespeare's adaptations performed on the London stage. While his contemporaries had published scholarly editions of Shakespeare's works with Nicholas Rowe (1674-1718) listed first, Cibber had adopted a clarified structure with the original texts in italics, quotation marks, and paraphrases of his own understanding during the latter part of his career. Although Cibber's style of writing was not always strictly consistent, in a startling debut by David Garrick (1717-1779) as the heroic villain, this morally suffering protagonist with his fewer co-stars was given new soliloquies to greatly excite the audiences, and Garrick later showed a profound respect for the original dramas even though he revised them by his own hand. Cibber's *Richard*

III had been frequently performed in subsequent decades by the renowned actors of the times, including Garrick, George Frederick Cooke (1756-1811), John Philip Kemble (1757-1823), and Edmund Kean (1789?-1833) to surpass the national poet in the theatrical field and the play had been regarded as a firmly established programme during the latter half of the century. When Horace Walpole (1717-1797), the fourth Earl of Orford, wrote in the prologue of *Historic Doubts on the Life and Reign of Richard the Third* (1768) that "I did not take Shakespeare's tragedy for a genuine representation, but I did take the story of reign for a tragedy of imagination" to defend Richard's irrational characteristics as a villain and Tudor history but not the play's rhetoric, the competent representations of Shakespeare's *Richard III* were widely recognized.

Chapter 11

Swift's Hydrological satire in the Quarrel of Ancients and Moderns

Maiko Shimokawa

When Jonathan Swift set "a small rivulet from a fountain ... Helicon" as a final scene of *The Battle of the Books* (1704), he must certainly echoed a metaphor used in *An Essay upon the Ancient and Modern Learning* (1690), written by his patron William Temple with the intention of exalting arts and learning in ancient Greece and Rome. Questioning the originality of the theory of blood circulation discovered by William Harvey, Temple implied that the progress in modern learning such as Harvey's is not innovative, but "derived from old fountain". The description of Apollo preventing Moderns from drinking the water of Helicon, and of their defeat at the riverside in *The Battle* is a visualization of the rhetoric commonly used by supporters of Ancient in the Quarrel of the Ancients and Moderns.

But there is another striking fountain (river) metaphor in the ninth chapter of *A Tale of Tub*, in which the narrator attributes great historical events to madness caused by "vapour being in perpetual circulation" springing from lower, filthy part of human body. He imitates the narrative of commonly employed by natural philosophers of the seventeenth century, especially those who are now considered to have contributed in revealing the truth of two circulation theories: water cycle and circulation of blood. Early modern philosophers often associated them with each other, because they drew an analogy between the circulation in microcosm and macrocosm. The narrator of the *Tale* also replicates it in a grotesque way, but by doing so, the hydrological image in the *Tale* pollutes the fountain Helicon in *Battle*, transforming it into a satire not really claiming the "originality" of the Ancient learning, but rather ridiculing the madness and folly (including the quarrel of the Ancients and Moderns itself) universal among human history.

索　引

1. 人　名

ア行

アダムズ、ウィリアム (William Adams)　3, 15
アッティレ (Father Attiret)　41
アリストテレス (Aristotle)　211-14
アレクサンダー大王 (Alexander the Great)　29
アンダーソン、イーニアス (Aeneas Anderson)　23, 25-27, 31, 35
イソップ (Aesop)　101
イネス、アレグザンダー (Alexander Innes)　5
インチボールド、エリザベス (Elizabeth Inchbald)　126, 131, 135-37, 143
ウェルギリウス (Virgil)　46, 103
ウォットン、ウィリアム (William Wotton)　205-07, 217
ウォード、ジェイムズ (James Ward)　106
ヴォルテール (Voltaire [François-Marie Arouet])　186
ウォルポール、ホレス (Horace Walpole, 4th Earl of Orford)　186
ウォルポール、ロバート (Robert Walpole)　14, 186
ウォーレス、ロバート (Robert Wallace)　**29-32**, 36, 41
ウッドフォール、ウィリアム (William Woodfall)　95, 101

ウルストンクラフト、メアリ (Mary Wollstonecraft)　103
エイキン、ジョン（父）(John Aikin the Elder)　65, 94
エイキン、ジョン（子）(John Aikin the Younger)　105
エディ、ウィリアム (William A. Eddy)　14, 15
オウィディウス (Ovid)　**46-48**, **57**, 63-65
オースティン、ジェイン (Jane Austen)　125-28, 131, 136-37, 141-43

カ行

カエサル (Gaius Julius Caesar)　29
カンバーランド、リチャード (Richard Cumberland)　148, 155, 156
キーマー、トマス (Thomas Keymer)　45, 47
ギボン、エドワード (Gibbon, Edward)　186
ギャリック、デイヴィッド (Garrick, David)　185
曲亭馬琴　14
キリグルー、チャールズ (Killigrew, Charles)　188
ギルドン、チャールズ (Gildon, Charles)　188
キーン、エドマンド (Kean, Edmund)

237

189
クイン、ジェイムズ (James Quin)　52
クック、ジョージ・フレデリック (Cooke, George Frederick)　189
グリフィス、エリザベス (Elizabeth Griffith)　115
ケリー、ヒュー (Hugh Kelly)　151
ケンブル、ジョン・フィリップ (Kemble, John Philip)　189
ケンペル、エンゲルベルト (Engelbert Kaempfer)　4
乾隆帝 (Qianlong)　4, 25, 34
コウルリッジ、サミュエル・テイラー (Samuel Taylor Coleridge)　105
コツェブー、アウグスト・フォン (August von Kotzebue)　128, 134, 136-37, 143
ゴドウィン、ウィリアム (William Godwin)　176
コペルニクス、ニコラウス (Nicolaus Copernicus)　206
ゴールズワージー、ジョン (John Galsworthy)　180
ゴールト、ジョン (John Galt)　166-68, 171-73, 175-76, 179-81
ゴールドスミス、オリヴァー (Oliver Goldsmith)　99
コンプトン、ヘンリー (Henry Compton)　6

サ行

サッカレー、ウィリアム・メイクピース (William Makepeace Thackeray)　180
サルマナザール、ジョージ (George Psalmanazar)　2, **4-9**, 14, 18
サンフォード、サミュエル (Sandford, Samuel)　187

シェイクスピア、ウィリアム (Shakespeare, William)　115, **185-202**
ジェイムズ1世 (King James I)　3
ジェイムズ2世 (James II)　188
ジェフリー、フランシス (Francis Jeffrey)　181-82
シェリダン、トマス (Thomas Sheridan)　155-56
シェリダン、リチャード・ブリンズリー (Richard Brinsley Sheridan)　148, 164
シバー、コリー (Cibber, Colley)　**185-202**
島田孝右　18
シャフツベリ伯爵、第3代 (Cooper, Anthony Ashley, Third Earl of Shaftesbury)　86
ジョージ2世 (George II)　2
ジョンソン、サミュエル (Samuel Johnson)　2, 3, 4, 5, 97, 112
スウィフト、ジョナサン (Jonathan Swift)　2, 4, **13-17**, 18, 203-10, 213, 215-20
スコット、ウォルター (Walter Scott, Sir)　45-46, 65, 167, 180
スターン、ローレンス (Laurence Sterne)　70, 72-76, 81-82, 90
スティーブンス、ジョージ (George Stephens)　97
スティール、リチャード (Richard Steele)　153
ステュアート、チャールズ・エドワード (Charles Edward Stuart)　3
ステュアート、デュガルド (Dugald Stewart)　168-69, 176, 181
ストーントン、ジョージ (George Staunton)　23, 26-27, 31-36, 38
スペンサー伯爵夫人 (Margaret Georgiana, Countess Spencer)　111

スミス、アダム（Adam Smith） 25, 27, 31, 34-37, 41, 74, 87-88, 168, 170, 172, 174
スモレット、トバイアス（Tobias Smollett） 3, 4, **45-67**

タ行

タウンゼンド、ジョセフ（Joseph Townsend） 33
ターナー、ウィリアム（William Turner） 94, 98, 106
チェンバーズ、ウィリアム（William Chambers） 41
チャールズ2世（Charles II） 187
ディケンズ、チャールズ（Charles Dickens） 180
デフォー、ダニエル（Daniel Defoe） 2, 4, **9-12**, 14, 18
デュ・アルド（Du Halde） 41
寺島良安 15
テンプル、ウィリアム（William Temple） 205-08, 213, 217-18
徳川家康 3
トムソン、ジェイムズ（James Thomson） 99
トムソン、ベンジャミン（Benjamin Thompson） 136-37
トリマー、サラ（Sarah Trimmer） 107
トロロープ、アントニー（Anthony Trollope） 180

ナ行

夏目漱石 16
ナポレオン、ボナパルト（Napoleon, Bonaparte） 166, 176, 182
ニューカッスル公爵（Thomas Pelham-Holes, 1st Duke of Newcastle） 52

ニュートン、アイザック（Isaac Newton） 203-04

ハ行

ハイデンライヒ、ヘルムート（Helmut Heidenreich） 12
バイロン、ジョージ・ゴードン（George Gordon Byron, Lord） 182
ハウ、キャロライン（Caroline Howe） 111
ハーヴェイ、ウィリアム（William Harvey） 206, 213-15
ハウレット、ジョン（John Howlett） **28-30**, 32-33
バーク、エドマンド（Edmund Burke） 169, 181
パーシヴァル、トマス（Thomas Percival） 102, 103
バーボールド、アンナ・レティシア（Anna Letitia Barbauld） 45-46, 65, **93-106**
パーマー、サミュエル（Samuel Palmer） 5
ハレー、エドモンド（Edmond Halley） 210-13
バロー、ジョン（John Barrow） 23-25, 27, 32-36, 38, 40, 42
ヒューム、ディビッド（David Hume） **29-30**, 36-37, 41, 84, 168, 170, 186
平賀源内 14
ファーカー、ジョージ（George Farquhar） 155
ファーガソン、アダム（Adam Ferguson） 170-71, 174, 177
フィリップス、エドワード（Edward Phillips） 66
フィールディング、セアラ（Sarah Fielding） 110, 116-123

フェルプス、サミュエル（Phelps, Samuel）190
フェレイラ、クリストヴァン（Christóvão Ferreira）15
ブーセ、ポール・ガブリエル（Paul Gabriel Boucé）49, 65
フット、サミュエル（Samuel Foote）163
プライス、リチャード（Richard Price）**28-30**, 32, 181
ブラックモア、リチャード（Richard Blackmore）209
フラッド、ロバート（Robert Fludd）214-15
ブランド、アダム（Adam Brand）10, 11
プリーストリー、ジョゼフ（Joseph Priestley）94, 95, 96, 97, 98, 99, 102, 103, 106, 107
プリニウス（大）(Pliny the Elder) 46
プリュンター、アン（Anne Plumptre）134, 136-37, 143
ペイン、トマス（Thomas Paine）169, 181
ベーコン、フランシス（Francis Bacon）208-09
ベタートン、トマス（Betterton, Thomas）187
ペロー、ピエール（Pierre Perrault）210
ベントレー、ロバート（Robert Bentley）205-08
ボイル、ロバート（Robert Boyle）106, 203
ホークスワース、ジョン（John Hawkesworth）149
ボズウェル、ジェイムズ（James Boswell）2, 3
ポーター、スティーブン（Stephen Porter）136-37
ホラティウス（Horace）46, 50, 58

ポーロ、マルコ（Marco Polo）3

マ行

マークリー、ロバート（Robert Markley）15, 16
マクリーディ、ウィリアム・チャールズ（Macready, William Charles）189
マクリン、チャールズ（Charles Macklin）163
マーチン、ベンジャミン（Benjamin Martin）97
マッカートニー、ジョージ（George Macartney）4, 23, 25-27, 31, 34, 36, 38, 41
マッキオン、マイケル（Michael McKeon）57-58
マリオット、エドム（Edme Mariotte）210
マルサス、トーマス R.（Thomas R. Malthus）33, 35-37, 41
マーロウ、クリストファー（Marlowe, Christopher）194
ミルトン、ジョン（John Milton）211
モンタヌス、アルノルドゥス（Arnoldus Montanus）10
モンテスキュー（Charles de Secondat Montesquieu）29

ヤ行

遊谷子 14

ラ行

ライト、ジョゼフ（Joseph Wright）106
リッチ、クリストファー（Rich, Christopher）187
リッチ、ジョン（John Rich）66

ルイス、ジョアン（Joanne Lewis） 62, 66
ルソー、ジャン＝ジャック（Jean-Jacques Rousseau） 107
レイ、ジョン（John Ray） 210
ロウ、エリザベス（Elizabeth Rowe） 114
ロウ、ニコラス（Rowe, Nicholas） 186
ロック、ジョン（John Locke） 101
ロバートソン、ウィリアム（William Robertson） 181

ワ・ヲ・ン

ワシントン、ジョージ（George Washington） 182

2. 作品名

ア行

『アトムの物語と冒険の数々』(*The History and Adventures of an Atom*) 3
『アメリカ史』(*The History of America*) 181
『イヴァン、ピョートル両ロシア皇帝派遣使節団訪中記』(*A Journal of the Embassy from Their Majestic John and Peter Alexievitz*) 10, 11
『イギリス演劇集』(*The British Theatre*) 131
『イソップ物語』(*Æsop's Fables*) 205
『偽りのデリカシー』(*False Delicacy*) 151
『いまどきの恋』(*Love á la Mode*) 163
『印刷史』(*A General History of Printing*) 5
『ウェイバリー小説』(*The Waverley Novels*) 180
『ウオッチマン』(*The Watchman*) 105
「海から発する湿った蒸気の循環、及び泉の起源に関する報告」("An Account of the Circulation of the Watry Vapours of the Sea, and of the Cause of Springs") 212-13
『英国使節団中国訪問記』(*A Narrative of the British Embassy to China, in the years 1792, 1793 and 1794*) 23, 25-27, 31, 35
『英国小説家選集』(*The British Novelists*) 45, 65
『エディンバラ・レビュー』誌 (*The Edinburgh Review*) 40, 182
『エマ』(*Emma*) 128, 141-43
『桶物語』(*A Tale of a Tub*) **202-05**, 209-10, **215-218**
『オセロー』(*Othello*) 116, 117-120

カ行

『学問の進歩』(*The Advancement of Learning*) 209
『家庭の夕べ』(*Evenings at Home*) 105
『ガリヴァー旅行記』(*Gulliver's Travels*) 4, **13-17**, 18
『気配りの恋人たち』(*The Conscious Lovers*) 153
『気象論』(*Meteorology*) 211-12
『救貧法をめぐる論説』(*A Dissertation on the Poor Laws. By a Well-Wisher to Mankind*) 33
「空気ポンプ中の鳥の実験」("An Experiment on a Bird in the Air Pump") 106
『寓話的物語』(*Fabulous Histories*) 107
『桂冠詩人あるいはコリー・シバー氏の正の側面』(*The Laureat; or the Right Side of Colley Cibber, Esq.*) 188
『ケイレブ・ウィリアム』(*Things as They Are; or, The Adventure of Caleb William*) 176
「言語起源論」("A Dissertation on the Origin of Languages") 168
『恋敵』(*The Rivals*) 164
『恋と酒瓶』(*Love & a Bottle*) 155
『恋人たちの誓い』(*Lovers' Vows*) **126-43**

索　引　243

『恋人たちの誓い、すなわち私生児』(Lovers' Vows: or, The Child of Love) 136
『恋人たちの誓い、すなわち私生児』(Lovers' Vows: or, The Natural Son) 136
『公正と比較して善良の優しい性質に関する考察』(The Amiable Quality of Goodness as Compared with Righteousness, Considered) 97
『国富論』(An Inquiry into the Nature and Cause of the Wealth of Nations) 25, 27, 31, 34-37, 170
『古代諸国の人口稠密に関して』(Of the populousness of ancient nations) 29-30, 36
『古代と近代における人間の数についての論説』(Dissertation on the Numbers of Mankind, in Ancient and Modern Times) 29-31
『古代と近代の学問に関する考察』(Reflections upon Ancient and Modern Learning) 205
『古代と近代の学問についての小論』(An Essay upon the Ancient and Modern Learning) 205-07, 217
『子どもたちのレッスン』(Lessons for Children) 101
『子どもたちへの父親の教え』(Father's Instruction to His Children) 102
『コリー・シバー氏の生涯についての弁明』(An Apology for the Life of Mr. Colley Cibber) 187-88, 198-99
『坤輿万国全図』 15

サ行

『シェイクスピア劇の道徳性について』(The Morality of Shakespeare's Drama Illustrated) 115-16

『四季評論』誌 (The Quarterly Review) 182
『私生児』(Das Kind der Liebe) 126, 128, **134-39**, 142
『私生児』(The Natural Son) 126, **134-39**, 142
『使節団にまつわる正式な報告』(An Authentic Account of an Embassy from the King of Great Britain to the Emperor of China) 23, 26-27, 31-33, 35-36, 38
『市長』(The Provost) 166, 178
『失楽園』(Paradise Lost) 211-12
『自伝』(Autobiography) 167, 176
『シナ帝国全誌』(Description de la Chine) 41
『詩の発展』(The Progress of Poetry) 207
『市民社会史』(An Essay on the History of Civil Society) 170-71
「自由」("Liberty") 99
『宗教の自然史』(The Natural History of Religion) 168
『女性読本』(The Female Reader) 103
『書物戦争』(The Battle of the Books) 204, **206-09**, 212-13, 216
『白小ネズミの奇妙な冒険』(The Curious Adventures of a Little White Mouse) 104
『白小ネズミの滑稽な冒険』(The Comical Adventures of a Little White Mouse) 103
『人口論』(An Essay on the Principle of Population) 33, 35-36
『政治的正義』(Enquiry Concerning Political Justice and its Influence on General Virtue and Happiness) 176
『センチメンタル・ジャーニー』(A Sentimental Journey) **70-90**

『祖国愛について』(*A Discourse on the Love of our Country*)　181

タ行

『大革新』(*The Great Instauration*)　208
『伊達男の計略』(*The Beaux' Stratagem*)　61
『チャイルド・ハロルドの巡礼』(*The Pilgrimage of Child Harold*)　182
『中国旅行記』(*Travels in China*)　23-27, 32-36, 38, 40, 42
『慎ましき提案』(*A Modest Proposal for Preventing the Children of Poor People from Being Burthen to Their Parents of the Country*)　14
『デルウィン伯爵夫人』(*The History of the Countess of Dellwyn*)　110, 116-22
『電気学の歴史と現状』(*The History and Present State of Electricity*)　95, 98, 106
『テンペスト』(*The Tempest*)　26
『ドン・ジュアン』(*Don Juan*)　182

ナ行

『西インド諸島人』(*The West Indian*)　148, **149**, **154**, **155**, **163**, **164**
『日本誌』(*The History of Japan*)　4
「日本の宮廷および皇帝について」("An Account of the Court and Emperor of Japan")　13-14, 16
『人間精神の哲学要綱』(*Elements of the Philosophy of the Human Mind*)　168-69, 181
『人間の権利』(*Rights of Man*)　181
『人間論』(*Observations on Man*)　95
『ネイボッブ』(*The Nabob*)　163-64
「ネズミの請願」("The Mouse's Petition")　**93-107**
『年代記』(*Annals of the Parish*)　166

ハ行

『廃村』(*The Deserted Village*)　99
『バイロン伝』(*The Life of Byron*)　182
『博物誌』(*Pliny's Natural History*)　46
『パメラ』(*Pamela*)　134
『バランタイン版小説家選集』(*Ballantyne's Novelist's Library*)　45, 65
『ハーレクィン・スケルトン』(*Harlequin Skeleton*)　61-62, 66
『ハンフリー・クリンカー』(*The Expedition of Humphry Clinker*)　3, **45-67**
『東インド会社遣日使節紀行』(*Gedenkwaerdige Gesantschappen der Oost-Indische Maetschappy aen de Kaisaren van Japan*)　10
『脾臓についての批評論文』(*A Critical Dissertation upon the Spleen*)　209
『ファラリス書簡』(*The Epistles of Phalaris*)　205
『ファラリス書簡に関する論文』(*A Dissertation upon the Epistles of Phalaris*)　205
『風刺詩』(*Satires*)　50, 58
『風流志道軒伝』　14
『フォルモサ』(*An Historical and Geographical Description of Formosa*)　**4-9**
『プライス博士のイングランドとウェールズの人口についての小論に対する考察』(*An Examination of Dr. Price's Essay on the Population of England and Wales*)　**28**, 30, 32
『ブラックウッズ・マガジン』誌(*Blackwood's Edinburgh Magazine*)　175, 182

『フランス・イタリア紀行』(*Travels through France and Italy*) 46
『フランス革命への省察』(*Reflections on the Revolution in France*) 181
「プリーストリー博士へ。1792年12月29日」("To Dr. Priestley. Dec. 29, 1792") 105
『ペリグリン・ピクルの冒険』(*The Adventures of Peregrine Pickle*) **58**, 65-66
『ペルシャ人の手紙』(*Persian Letters*) 29
『変身物語』(*Metamorphoses*) **46-51**, 55-58, 62-65
『ヘンリー6世第3部』(*3 Henry VI*) 191-93, 197

マ行

『マンスフィールド・パーク』(*Mansfield Park*) **126-45**
『夢想兵衛』 14
『名誉革命から現在までのイングランドの人口についての小論』(*An Essay on the Population of England, from the Revolution to the Present Time*) **28**, 30, 32
『メンバー』(*The Member*) 166-67, 171-76, 179, 181-82
『モル・フランダース』(*Moll Flanders*) 134

ヤ行

『勇敢なアイルランド人』(*Brave Irishman*) 156
『友情について』(*Thoughts on Friendship*) 113, 115
『ユニヴァーサル・ヒストリー』(*The Universal History*) 5

ラ行

『ラディカル』(*The Radical*) 166-67, 171-72, 175-81
『リチャード3世』(*King Richard III*) **185-202**
『リチャード3世の生涯と治世についての歴史的懐疑』(*Historic Doubts on the Life and Reign of King Richard the Third*) 186
『リチャード3世の悲劇的物語』(*The Tragical History of Richard the Third*) **185-202**
『ロビンソン・クルーソー』(第2部)(*The Farther Adventures of Robinson Crusoe*) 4, **9-12**, 13

ワ・ヲ・ン

「若いネズミ」("The Young Mouse") 105
『若き紳士・淑女の哲学』(*The Young Gentleman and Lady's Philosophy*) 97
『我が国最初の中国への使節』(*Our First Ambassador to China: An Account of the Life of George, Earl of Macartney*) 23, 26-27, 36, 38
『和漢三才図絵』 15
『和荘兵衛』 14
『悪口学校』(*The School for Scandal*) 148

執筆者紹介
(論文掲載順)

原田範行(はらだ　のりゆき)
　東京女子大学　現代教養学部　教授
　主要業績：『セクシュアリティとヴィクトリア朝文化』(共編著、彩流社、2016)、"Literature, London, and *Lives of the English Poets*" (*London and Literature 1603-1901*, Newcastle: Cambridge Scholars Publishing, 2017, pp. 65-77)

加藤弘嗣(かとう　ひろつぐ)
　関西学院大学　非常勤講師
　主要業績：「ウィリアム・チェンバーズの庭園論再考——英国庭園風景の反証としての中国の庭」(『関西学院大学英米文学』第 83 号、2015 年 3 月、255-70)、「イニーアス・アンダーソンの曖昧な中国像——『英国使節中国訪問記』にみられるピクチャレスクとの戯れ」(『関西学院大学英米文学』第 85 号、2016 年 3 月、1-17)

林　智之(はやし　ともゆき)
　和歌山大学　非常勤講師
　主要業績：「ノスタルジアという病——18 〜 19 世紀のスコットランドのハイランド地方における「クリアランス」へのアン・グラント夫人の抗議」(口頭発表：2016 年 8 月 26 日(金)　テクスト研究学会　第 16 回大会、於・関西大学)、「"My Savage Journey, Curious, I Pursue"——旅するロバート・バーンズ」(口頭発表：2016 年 12 月 17 日(土)　日本英文学会関西支部　第 11 回大会、於・神戸市外国語大学)

吉田直希(よしだ　なおき)
　成城大学　文芸学部　教授
　主要業績：「『乞食オペラ』における諷刺の階級／ジェンダー的主体の捻れ」(*Seijo English Monographs*, No. 44 (2015), 141-167)、"When Pleasure Becomes Word: Sexual Desire in *Memoirs of a Woman of Pleasure*" (東北大学『試論』第 46 集 (2011)、25-45)

川津雅江（かわつ　まさえ）
　名古屋経済大学　名誉教授
　主要業績：「メアリ・シェリーと菜食主義サークル——怪物の食生活をめぐって」(武田悠一・武田美保子編『増殖するフランケンシュタイン——批評とアダプテーション』彩流社、2017年、27-58)、「動物愛護と食育——キャサリン・マコーリーの『教育に関する書簡』」(小口一郎編『ロマン主義エコロジーの詩学——環境感受性の芽生えと展開』音羽書房鶴見書店、2015年、107-28)

鈴木実佳（すずき　みか）
　静岡大学　人文社会科学部　教授
　主要業績："Sharing One's Story and 'a Faithful Narrative of Every Event'" (*Critical Survey* 26-1 (2014), 59-75, Special Issue: Jane Austen)、「スペンサーの慈善：金銭と物語」(『十八世紀イギリス文学研究5』開拓社、2014、250-70)

中村裕子（なかむら　ひろこ）
　神戸大学　非常勤講師
　主要業績：「南太平洋の島から英国を訪れた最初の人：オ＝マイ」(日本ジョンソン協会編『十八世紀イギリス文学研究』第4号、開拓社、2010、19-39)、「ジョアンナ・ベイリーの名声とその理由」(日本ジョンソン協会編『十八世紀イギリス文学研究』第5号、開拓社、2014、54-74)

佐々木和貴（ささき　かずき）
　秋田大学　教育文化学部　教授
　主要業績：「舞台を駆ける馬——ヒッポドラマ盛衰記」(『東北ロマン主義研究』第2号、2015、33-45)、「舞台の上の名誉革命—トマス・シャドウェル再考」(富樫剛編『名誉革命とイギリス文学——新しい言説空間の誕生』、春風社、2014年、163-205)

金津和美（かなつ　かずみ）
　同志社大学　文学部　教授
　主要業績：「非 - 場所の詩学——現代環境批評とジョン・クレア」(『ロマン主義エコロジーの詩学——環境感受性の芽生えと展開』、音羽書房鶴見書店、2015年、83-104)、「悪、破局、そして笑い——災害の物語としてのジェイムズ・ホッグ『男の三つの危険』」(『幻想と怪奇の英文学II——増殖進化編』、春風社、344-362)

伊藤優子（いとう　ゆうこ）
　学習院大学　非常勤講師
　主要業績：　「書斎の中のシェイクスピア」（『シェイクスピアの広がる世界　時代・媒体を超えて「見る」テクスト』冬木ひろみ・本山哲人編著、彩流社、2011年、115-132）、「*Notes by Horace Walpole on Several Characters of Shakespeare* の出版」（『日本ジョンソン協会年報』日本ジョンソン協会、2015年7月、1-4）

下川舞子（しもかわ　まいこ）
　上智大学　研究補助員
　主要業績：　"Jonathan Swift and the Reform of the English Language: A Study of the Workings of his Satire"（上智大学修士論文、2014年）、"Swift's *Proposal for Correcting English* and *Gulliver's Travels*: Satirist against Theorist"（『上智英語文学研究』第39号、2014）

編　集　後　記

　『十八世紀イギリス文学研究』の第6号をお届けいたします。人文学という学問分野自体が縮小傾向にあり、多くの英文学関連学会が会員数の伸び悩みに苦しむ中、こうして日本ジョンソン協会の論集を継続的に刊行できていることは、大きな喜びであります。執筆者は11名と、第5号の15名に比べると減少いたしましたが、取り扱う内容は昨今の拡大する〈英〉文学の動向を反映し、前号に劣らぬ広がりを持つものになったと自認しています。本書に収められた論文の数々では、いわゆる狭義の〈英文学〉が、近代日本文学、西インド諸島問題、中国の人口問題、動物寓話など他の学問領域と学際的に切り結んでおり、グローバルな世紀にふさわしい豊かな知的刺激を与えてくれる書物となりました。執筆者の皆様、ありがとうございました。

　また、今号より、特に若手の執筆者の経済的負担を軽減するために、協会から出版助成金が下りるようになりました。人文学研究分野においても研究成果の積極的な公表が求められるようになった昨今、この助成金が良い後押しとなって、若手の方々からの投稿がさらに増えればと願っています。とはいえ、ボズウェルの『ヘブリディーズ諸島旅行記』によれば、ジョンソンは大衆（劇）作家ヒュー・ケリーを紹介しようと言われた際、「私はこれまで読んだ本の数より、書いた数の方が多いような男とは会話したくないですな」と、断ったそうです（ケリーからすれば、単なる言いがかりかも知れませんが）。いかに"publish, or perish"の旗印のもとで喘ぐとしても、我々もジョンソンに「話もしたくない」と言われぬよう、きちんとした地道な研究に基づく良質な論文を志すべきでしょうし、また、『十八世紀イギリス文学研究』はそのアゴラでありたいものです。

　今号の編集委員会は、鈴木雅之、原田範行、佐々木和貴、佐藤光、吉野由利の各氏に岩田を加えた6名で構成されました。また、刊行をお引き受く

ださった開拓社の川田賢氏には、何から何まで大変お世話になりました。この場を借りて、心よりの御礼を申し上げます。

2018 年 4 月 6 日

『十八世紀イギリス文学研究』第 6 号
編集委員会代表　　　岩田　美喜

十八世紀イギリス文学研究　　[第6号]
──旅、ジェンダー、間テクスト性──

ISBN978-4-7589-2257-9　C3398

編　者	日本ジョンソン協会
発行者	武村哲司
印刷所	萩原印刷株式会社

2018年7月14日　第1版第1刷発行Ⓒ

発行所　　株式会社　開　拓　社　　113-0023 東京都文京区向丘 1-5-2
　　　　　　　　　　　　　　　　　電話　(03) 5842-8900（代表）
　　　　　　　　　　　　　　　　　振替　00160-8-39587
　　　　　　　　　　　　　　　　　http://www.kaitakusha.co.jp

JCOPY ＜出版者著作権管理機構 委託出版物＞

本書の無断複製は著作権法上での例外を除き禁じられています。複製される場合は、そのつど事前に、出版者著作権管理機構（電話 03-3513-6969，FAX 03-3513-6979，e-mail: info@jcopy.or.jp）の許諾を得てください。